裸足でかけてくおかしな妻さん

吉川トリコ

新潮社

目次

第一章　楓　5
第二章　野ゆり　119
第三章　私たち　225

装画　藤巻佐有梨

裸足でかけてくおかしな妻さん

第一章　楓

1

世界の果てにきてしまった。

東京から名古屋まで新幹線、そこから在来線に乗り換えてさらに一時間十五分。電車を降りると、木造の古い駅舎が楓（かえで）を出迎えた。太陽は高く、白飛びしたようなおもての風景とは対照的に駅舎の中は濃い影に塗りつぶされていた。

壁に貼り出された時刻表は、上りと下りそれぞれ一時間に一本しか電車がこないことを示している。バスの案内板は確認するまでもないだろう。タクシー乗り場にはタクシーの一台もなく、駅の前にぽつんと一軒、喫茶店なのかスナックなのか、営業しているのかどうかも怪しい「ミカド」という看板を掲げた店があるだけだった。駅舎の天井に設置された扇風機がゆっくりと首をまわし、ぱさついた楓の髪を流していく。

ここから逃げ出すのは、そうかんたんではなさそうだ。着いて早々この町から出ていく方法について考えていると、深緑色の大きな車が駅前に滑り込んできた。「買っちゃった、ディフェンダー」といつだったか先生が写真を見せてくれたことがあったが、角ばったフォルムがあのときの写真と似ている気がする。楓にはベンツぐらいしか車の区別がつかない。

「ごめん、待った？」

運転席から飛び降りてきた先生は、都内のカフェで待ち合わせていたみたいな軽い調子で言って、楓の手からボストンバッグを奪った。先生と楓が会うのはいつも密室で、都内のカフェどころか太陽の下、こんなふうに顔を合わせるのははじめてだった。なんか照れる、と楓がはにかんだら、なにがよ、と先生も笑った。

東京ではきれいに整えられていた先生の髭が伸びっぱなしになっている。知らない人みたいでなんだか楓はどきどきする。薄ピンク色のレンズが入った眼鏡。ぴかぴかに磨きあげられたイギリス製の革靴。真夏だというのにわざわざ長袖のシャツを着て、袖をまくりあげている。腕時計は大学の入学祝いに祖父から買い与えられたという古い型のセイコー。

手に取るもの、身につけるものひとつひとつに先生は明確な意図を持っている。楓からすると意味不明のことばかりだったが、ひとつひとつ、そのストーリーを聞かされるたびに不思議と胸が高鳴った。楓の知らない世界、楓の知らない時代を生きてきた人。そこが同年代の男の子たちとはぜんぜんちがう――そういうことを楓が言うと、「どうちがうの、くわしく教えてよ」と先生はしつこく聞きたがる。にやにやしながら、うれしそうにしている。先生は、かわいい。

「荷物、これだけ？」

「昨日、段ボール三個送ったから、明日とどく」

「あ、そういうこと、後乗りでね」

「着払いにしちゃったけど、よかった？」

「ん、了解」

　後部座席にボストンバッグを放り込むと、先生は運転席に乗り込んだ。車高がある上にステップも高い位置にあるから、腹をかばいながら助手席に乗り込むだけで一苦労した。シートベルトも締め切らないうちに車が動きはじめたので、せっかち、と非難するようにつぶやいたら、妻にもよく言われる、と先生が笑った。窓の外にひろがる景色を眺め、もう戻れないんだな、と楓は思う。戻るって、でもどこに？　そんな場所どこにもないのに。

　駅前の集落を抜けたとたん、あとはもう山と川と田畑が広がるばかりで、コンビニの一軒も見あたらなかった。緑と緑のはざまに宇宙人の棲み処のような太陽光パネルの一群が唐突に顔を出し、面食らいながら楓はスマホの画面に目を落とした。

「3Gって！　こんなところにほんとに住めるの？」

「住める、住める」笑いながら先生は軽い調子で言う。「ネットもない時代にこんなところで育った人間がここにいるから安心しな。いまはネットでなんでも買えるし、車で三十分ぐらい行ったところに温泉街があって、そっちはだいぶひらけてるからそこまで不便じゃないよ」

　車で三十分。運転免許証を持っていない楓には異国よりも絶望的な距離だった。

「コロナで都会からの移住者もずいぶん増えたんだって。子育てするには最高の環境だから、これからもっと増えるんじゃないかな。古民家を改修したカフェとかゲストハウスとか、若い人たちがあちこちではじめてるみたいよ」

　どうせオーガニックとかそっち系なんだろうなと思いながら、「その移住者に、もしかして私も入ってる？」と楓は訊ねた。

「いや、どうだろう？　うちは妻が補助金を申請するって言うから夫婦で住民票を移したけど

「……あれ、楓って住民票どうなってるんだっけ?」

「よくわかんないから、そのままにしてある」窓の外に目をやったまま楓は答える。

「よくわかんないよな、そういうのって」そう言って先生がまた笑ったから、調子を合わせて楓も笑っておいた。「俺も妻にまかせっきりだから、楓も相談してみたらいいよ。きっと、いいようにしてくれると思う」

「さすがにそれは……」

気が引ける、とまでは口にせず、楓はスマホを操作した。「移住　補助金」で検索をかけると、「単身で六十万円以内、世帯で百万円以内」とある。楓は自分が「単身」なのか、それとも「世帯」に組み込まれるのか、よくわからなかった。先生に訊いたところで、「楓は僕らの家族だよ」といったような薄きらびやかな答えしか返ってこないことは想像がついた。おひさまのにおいのする、なんの腹の足しにもならない言葉。

「だめだ3G、遅すぎて苛々する。大丈夫かな、限界感ハンパないんだけど」

「大丈夫だって、うちにはW i - F iも通ってるから」

「先生もしかして、W i - F iがあるって言えば若い女みんな喜ぶと思ってる?」

「ちがうの?」

「ちがわない。W i - F i最高。愛してる」

雨風をしのいで安心して眠れる場所がある上に、食べるものに困らず身のまわりの世話をしてくれる人までいて、W i - F i完備。こんな夢のような生活を与えてくれるなんて、楓にとって先生はまちがいなく神様だった。ここが岐阜の僻地でさえなければ。

さぞ立派な家なのだろうと想像していた先生の家は、だだっ広い敷地にちんまりと建つ、よくある田舎の家だった。昔ながらの屋根瓦に土壁の古ぼけた家。とてもリフォームしたばかりには見えなかった。まわりに何軒か似たような家が寄り集まり、すぐ裏には竹林が広がっている。

「たぬきっ」

　車を降りてすぐ、風鈴の音のように涼やかな声が聞こえた。たぬき？　とびっくりしてあたりを見まわしていると、開け放した縁側から女の人が裸足で飛び出してきた。ぴょんと庭に降り立ち、そのまま軽やかな足取りで畑のほうへかけていく。

「いまのが野(の)ゆり。うちの妻」

「思ってたのとちがう」

「こっちにきてから、ずいぶん逞(たくま)しくなったからね」

　呆気にとられる楓の横で、先生が体をくの字にして笑った。妻さんとの初対面にそなえ、新幹線の車中からずっとぴりぴり身構えていたのに、気勢をそがれてしまった。もしかしてこれも、向こうの手の内なんだろうか。

「緑がうるさい」

　目から耳から——五感すべてから、身内に押し入ってくる暴力的な気配に楓は顔をしかめた。駅の周辺では感じなかった、生きものの濃厚な気配に息が詰まる。ピンヒールのミュールをとおして、ごつごつした砂利の感触が足裏に伝わる。

「緑？　虫の音じゃなくて？」

「ちがう」楓は首を横に振った。先生は平気なんだろうか。こんなにうるさいのに。それともここで暮らしているうちにすぐに慣れてしまうものなんだろうか。

「緑がうるさい、か」

スマホを取り出し、先生が素早く文字を打ち込む。職業柄、こんなふうに会話を中断し、楓の発した言葉をメモに取ることが先生にはよくあった。

先生は金村太陽（かねむらたいよう）という名でこれまでに七冊の本を世に出している。先生が小説を書いて稼いだ金で楓は暮らしている。だから、楓の言葉は先生のものだった。

おそらく同じように妻さんの言葉も採集しているのだろう、そうして書かれた小説が『人青（じんせい）』なのだろうと楓は想像する。拾い集めたどんぐりを得意げに披露するリスの姿が浮かび、思わず笑ってしまう。だめだ、かわいい。どうしたって楓は先生を憎めなかった。

楓はゆっくりと息を吸って吐いた。陽射しは強いけれど、東京よりはいくらか涼しくて、呼吸もしやすかった。

「東京の空気とはぜんぜんちがうよな。めっちゃマイナスイオン出てる」

そう言って先生も目をつぶり、両手を広げて空を仰いでいる。朝ドラのヒロインでもいまどきこんなムーブはしないだろうと冷めた目でそれを眺め、そうか、はしゃいでいるのか、とようやく楓は理解する。今日の先生はなんだか妙にテンションが高い。

「マイナスイオン？」

つめたく刺すような声がしてふりかえると、両腕にとうもろこしを抱えた妻さんが畑から戻ってくるところだった。なんとなく視線を合わせられなくて、土にまみれた妻さんの素足に楓は視線を落とす。

「マイナスイオンなんて存在しない、だろ。はいはい、わかってますわかってます」それ以上を言わせまいと、急（せ）いたように先生が言う。「ニュアンスじゃん、ニュアンス。いかにもマイナスイオン的ななにかが出てるかんじ、するじゃん。フィトンチッドとでも言い換えるべき？」

そんな先生を見るのも、楓ははじめてだった。楓の前ではいつも余裕ありげな大人の顔をしているのに、悪戯を咎められた子どもみたいな顔をしている。

「ごめんなさい、いきなりみっともないところをお見せしちゃって。お昼の準備してたら、裏からたぬきが出てくるのが見えて」

　先生を無視して、妻さんは楓に向かってほんの少しだけ頭を下げた。

「たぬき、出るんですね」

　ほかに言うべきことがある気がしたが、反射神経で答えていた。その場を取り繕うために惰性でする会話。

「そうそう、ちょっと目を離したすきに畑を食い荒らされちゃうから毎日戦いで。ほかにも猿とか猪とか……」

「わあ、たいへんですね」

「えっと、楓さん、でいいのかな」と言ってから、なんかちがうな、というふうに妻さんが首を傾げた。「楓ちゃん?」

「どっちでも」と楓は首をすくめた。「そのときどきのノリで」

「ノリ……」

　妻さんが口にすると、ぜんぜん別の意味合いの言葉のように聞こえた。

　白い肌に散ったそばかすとちぎったようなおかっぱ頭。化粧もしていない。頭からすっぽりかぶるだけの麻のワンピース。四十をすぎているはずだが、どこか少女っぽい雰囲気がある。

　いかにも先生が自分の妻に選びそうな女でもあったし、意外といえば意外なような気もした。楓の中で像を結んでいたイメージ――つめたくおしゃれな都会の女の面影がまったくないかといったら、そういうわけでもない。

「野ゆりと楓、どっちも植物の名前だね。太陽がないと生きていけない」

うまいことを言ったとばかりに声をあげて先生が笑った。妻と愛人を前にしてそういうことをしれっと言ってしまえる神経を疑ったが、よくよく考えてみればこの場にいる妻さんも妻さんでどうかしているし、楓も楓でどうかしているのだった。

そういうのを目クソ鼻クソを笑うって言うんだよ。

いつだったか、なにかの折に先生が口にした言葉にぴったりの状況だった。それでも妻さんが目クソで楓が鼻クソなら、先生はただのクソだと楓は思った。目クソ鼻クソとクソだったら、どう考えてもクソのほうが汚い。

「お腹空いたでしょう？　これ、すぐ茹でちゃうからお昼にしましょう」

そう言って、このぎくしゃくとした顔合わせから先に逃げ出したのは妻さんのほうだった。


「小説の中の〝私〟と作者である私を同一視して読むのは読者の自由だし、作者が口を挟むことではないと思うんですよ。そういうふうにパッケージングして売ってるんだから、やめろもなにもない話だよね。僕から言えることがあるとすれば、あれはあくまで小説ですってことぐらいかな（笑）」

金村太陽のデビュー作『人青』は、著者である金村自身とその妻をモデルにした自伝的小説である――スマホで先生のことを調べているときに、そのような記述をいくつか見かけた。ウェブメディアの記事から、ブログやＳＮＳなど読者の感想にすぎないもの、先生自身がそのことについて語っている記事まであった。

「妻さんってどんな人なの?」と楓が訊ねても、「その質問に一言で答えるのは難しい」とはぐらかすばかりで先生はまともに答えてくれなかった。「なんで?　気になる?」とからかうように言って、有耶無耶にしようとした。

「敢えて言うとしたら、東京の女だよ」

一度だけ、うんと難しい顔になってそう答えた。

「それって『人青』に出てくる青子みたいな?」

先生は少し驚いたように楓を見て、「いや、まあ、あれは小説だから……」と言葉を濁した。

「モデル小説なんじゃないかとはよく訊かれるけど、それについて作者があれこれ言うのは野暮でしかないからね。そのへんは読んだ人の想像におまかせします」

語尾に(笑)が入るようなしゃべりかただった。記事のとおりだと楓は思い、金村太陽と先生はやはり同一人物なんだとずれた感動をおぼえた。インタビュー写真の先生はいまより少しだけ若く、毛先の散ったしゃらくさいパーマをかけていて、眼鏡のレンズはまだ透明だった。

楓は新宿の大きな書店に行き、『人青』の文庫本を求めた。楓でも名前の知っている老舗の出版社から先生の本が出ていることにまず驚き、それがあたりまえに書店で売られていることに重ねて驚いた。何度生まれ変わったところで楓には到底たどり着けない遠い世界の話のようだったし、そんな人物と自分の線が今現在交わっているという事実が信じられなかった。

少年期の憧憬そのもの——かつて私が夢にまで見た東京は、現実には存在しない泡沫の街であるとそのころにはすでに理解っていた。けれども、私は青子の上にそれを視た。青子は東京を着た女だった。

二百ページにも満たない薄い文庫本だったが、難しい漢字やもってまわった表現がやたらと目につき、そのたびに楓は単語の意味をスマホで調べなければならなかった。文字を目で追うことならできた。その音を読みあげることも、自分のなかに響かせることも。しかし、その文章が意味することをきちんと理解できたかといったら怪しかった。大学進学を機に田舎から出てきた青年が、東京という幻影を体現しているような女と出会い、恋に落ち、翻弄される。「普遍的な青春小説であり、一種のファム・ファタールものである」と解説には書かれてあった。「ファム・ファタール」という語句を楓は調べた。男を破滅させる運命の女。

かろうじて楓にも理解できることがあったとすれば、ヒロインの青子がいけすかない女であるということだった。東京で生まれ、東京で育ち、東京の外に世界があるなんて考えたこともない女。読み進めていくうちに、楓の中につめたく光る鉱石のような印象が生まれた。こんな女がいるんだ。あまりにも自分とかけ離れていることに楓はうっすらと傷つき、いけすかない女と反感をおぼえることで胸に走った引っかき傷をごまかした。

高校を卒業してすぐ、家出同然の形で茨城の実家を飛び出し、東京に流れ着いて八年。楓にとって東京はいつまでも体になじまない借り物の衣装のようだった。町を歩いているときも、友人と酒を飲みながらはしゃいでいるときも、好きな男の腕にくるまっているときでも、水に溶けない粒子のようにゆるやかにはじかれている感覚があった。すれちがうだれかの視線に、かすめる肩に、通気口から吐き出される生ぬるい風に、ここはおまえの居場所ではないという声を聞いていた。

甲類焼酎がいちばん安上がりですぐに酔えることを十八でおぼえた。友だちと会うのは安居酒屋かファミレスばかりで、コーヒー一杯七百円するカフェに入ったことなんて数える程度。ファストファッションでてきとうに着るものを見繕う。自分で髪を切り、髪を染め、手間賃だけ払って友だちにネイルしてもらう。ヒルズとかタワーとかいう名前のついたビルに行くと、気分が上がるどころかいつも落ち込んだ気持ちになって帰ってきた。泡のようにきらびやかな東京を啜ったことなんて一度もない。だからこそ、かんたんに手を離せたのかもしれなかった。

妻といっしょに暮らさないかと先生から切り出されたのは、楓の妊娠が判明して間もないころだった。先生が仕事場として借りていた四谷の１ＬＤＫに楓が住み着くようになって、まだ一年も経っていなかった。

子どもが生まれたら、いままでどおりここで暮らすわけにはいかなくなる。赤ん坊の泣き声がするところで仕事なんかできないし、田舎で育てるほうが子どもにとってもいいに決まっている。思い切って妻に相談してみたら、「こっちに連れてきたら」と向こうから申し出てくれた。インスタント食品やファストフードばかりじゃお腹の子の成長に問題が出そうだし、妻はその手のことに詳しいからきっちり栄養管理もしてくれるはずだ。子どもが生まれてからのことも、君一人で育てるのは大変なんじゃないかと心配していたけれど、妻が手伝ってくれると言っている。なあ、これって完璧なアイディアだと思わないか？

また先生がおかしなこと言い出した、と最初のうち楓はまともに相手にせず、先生がこの部屋で仕事してるとこなんて見たことないんですけど、え、ていうか妻さんに話したの？　向こうは私のこと知ってたの？　いつから？　どこまで？　こわっ、信じらんない、ウケるんですけど、とＬ字のソファの長いほうの一辺に寝ころんだまま茶々を入れていたが、先生の声がじわじわ熱を帯びていくのに不安をおぼえ、ついに身を起こした。

「まさか本気で言ってる？」

狂ってる。そう思った。うすうすそうじゃないかとは思っていたけれど、やっぱり先生はどうかしている。どこの世界に、妻と愛人をいっしょに住まわせようとする男がいるんだろう。ましてや、愛人の産んだ子を妻に育てさせるなんて。

「やってみなくちゃわからないだろ」しかし、ソファのもう一辺に座った先生は真面目くさった顔で言う。「考え方しだいなんじゃないかな。現にイスラム教の国では一夫多妻制が認められている。日本だってちょっと前までは、妻妾同居なんてのもめずらしくなかったし、愛人の子を引き取って本妻に育てさせるなんてふつうにやってたことだと思うけど。そもそもの話、日本が一夫一婦制になってからまだ百年ちょっとだろ？　仮に日本の伝統的な結婚観、家族観というものがあったとして、どちらがより伝統に即しているかと考えたらそんなのは自明だよね」

　最初からそのつもりだったんだろうか。黙って聞いていると、オープン・リレーションシップだのサテライトパートナーだの、耳なじみのない横文字を先生は次々くりだし、果ては『源氏物語』まで持ち出して、明石の君の産んだ姫君を紫の上は立派に育てあげて入内させたのだとまったく澱みのない口調でたたみかけた。

　またいつものパターンか、と途中から楓はどうでもよくなっていた。

　先生はすごくやさしい。楓の言うことやることを面白がる余裕があって、尊重されていると感じる。これまで楓がつきあってきた柄の悪い男の子たちとはちがい、暴力もふるわなければ暴言を吐いたりもしない。楓の財布から無断で金を抜き取っていくこともなければ、借金取りから逃げまわったりもしない。

　けれど、ごくまれに、楓が先生の意に沿わないときだけ様子が変わる。不機嫌とまでは言わないが、こんなふうに饒舌（じょうぜつ）になって、意味不明の言葉の羅列で楓をねじ伏せようとする。

「いいよ、じゃあもう、先生の言うとおりにする」

楓は観念した。言い返したところで百倍になって返ってくるのは目に見えていたし、妊娠してからというもの、どれだけ寝ても眠くて眠くてしかたがなかった。つわりが酷くてろくに食べられず、頭も体も自分のものではないようにうまく動いてくれない。妊娠がこんなにハードな業務だなんて聞いてなかった。それでなくとも日々めげそうになっているのに、これ以上、余計なことにリソースを割きたくない。

「ありがとう。これで一安心だ」

L字のソファのもう一辺から尻をずらして隣にやってきた先生は、楓の肩を抱いて頭のてっぺんにキスをした。そんなところにキスする男も先生がはじめてだった。

岐阜の「本宅」に移るための準備に、さして時間はかからなかった。最初からこの「妾宅」に定住する気などなかった自分にいまさら気づいて楓は笑った。このまま流れ流されてどこへたどり着くのか、いっそ楽しみなぐらいだった。

余った時間で楓は『源氏物語』を読んだ。読もうと思ってそうしたわけではなく、コミック専門の電子書籍サイトで三巻まで無料公開されているマンガをたまたま見つけたからだった。いかにも昔の少女マンガといったかんじの絵柄に最初のうちは抵抗があったが、読み進めていくうちにのめりこんで、無料の三冊をあっというまに読み終えてしまった。課金して次の巻に手を伸ばし、読み終えるとまたさらに課金した。

実際に『源氏物語』を読んでみるまでは、貴族たちの雅な暮らしぶりが描かれているだけなんだろうと思っていたが、そこには生身の人間の剝き出しの感情が詰まっていた。平安の世に女に生まれてしまった悔しさと無念、怒りと哀しみ。とりわけ嫉妬。もう嫉妬嫉妬嫉妬、女だらけの嫉妬祭り。平安貴族はほかにすることがないのかと疑うほど、だれもかれもが嫉妬に焼かれ苦しんでいる。嫉妬のあまり人を取り殺し、嫉妬のあまり世を儚む。

ここまでじゃない、と楓は思った。妻さんに嫉妬のような感情をおぼえないこともなかったが、よくよく目を凝らしてみれば、それはほとんど妻さんの恵まれた境遇に対するものであって、「正妻」という地位に対するものではなかった。明石の君が源氏に感じていた気おくれのようなものにも身に覚えはあったが、しかし楓は若く健康で、それが自分の資源であることをわかっていた。だから明石の君ほど自分を卑下することもなかった。紫の上のことはやっぱりいけすかない女だと思ったが、それにもまして花散里はげえっとなるほど嫌いなタイプの女で、源氏はシンプルにクソ野郎だった。

土のものを蒸すときの、むっとしたにおいが家の中にたちこめている。喉から胸にかけてきゅっと絞られるような圧迫を感じ、楓は浅い呼吸をくりかえした。

「建て替えようって言ったんだよ、俺は。でも、最低限のリフォームでいいって野ゆりが聞かなくて、こんな使いづらい間取りになってるの。そのかわりと言っちゃなんだけど、断熱とかそっち方面はばっちりやってあるから」

先生の案内にしたがい、楓は家の中を歩いた。広い土間玄関の奥が台所で、左手が食堂、右手が居間になっている。半世紀以上前に先生の祖父が建てた家。

「ここが楓の部屋」

居間に隣接する六畳ほどの部屋に入ると、先生はベッドの上にボストンバッグを放り投げた。

東側に出窓がついていて、南側は大きな掃き出し窓になっている。まぶしさに楓は目を細めた。

「当時はこのへんで洋室なんてめずらしかったんだよ。もともとはうちのじいさんが使ってて、この家でいちばんいい部屋」

やっぱり語尾に（笑）がつくようなしゃべりかたで先生は言った。

「いままでは俺の書斎として使ってたんだけど、大きなお腹で急な階段を上り下りするのは危ないからって、書斎を二階に移すことにしたんだ」

「それはどうも」

「必要なものがあったら野ゆりに言って揃えてもらうといいよ。このへんは木工業がさかんだから、町まで出ればいい家具が売ってる」

ベッドのほかには木製のスツールがひとつ置かれているぐらいで、部屋の中はがらんとしていた。それでよけいに光があふれて見えるのかもしれない。これじゃまるで独房だと楓は思う。でなければ閉鎖病棟か。それにしては日当たりがよすぎるけれど。

なんとなく身の置きどころがなくて、楓は荷物をベッドに並べた。二日分の下着と着替え、寝間着がわりのTシャツ、化粧品と充電器。それでぜんぶだった。あとは段ボール三箱分の身のまわりのもの。先生のマンションに転がり込んだときと大差ない。いつでも逃げられるし、いつでも捨てられる。

「二階はどうなってるの？」

「俺の書斎と寝室」

「妻さんの部屋はないの？」

「あー、うん、二階の寝室で野ゆりも寝てる」

なぜかそこで先生は、いまさら気まずそうに目をそらした。そういう意味で訊いたんじゃないのにと楓は内心で舌打ちした。

「じゃなくて、個室の話をしてるんだけど」

「あ、そっち？　……そうだな、強いて言うなら台所、敷地も含めてこの家ぜんぶが野ゆりの部屋ってとこかな」

「あれは？」楓は窓の外を指差した。カーテンもなにもかかっていない東側の出窓から、漆喰壁のちいさな建物が見えた。

「ああ、蔵だよ。最近は古い蔵をリノベするのが流行ってるんだって。いまは物置になってるけど、野ゆりが手を入れるって言ってるからまかせてある」

話の途中で後ろから先生の腕が伸びてきて、楓の腰をやさしく巻き取った。「ちょ……」と楓は身をよじって逃れようとしたが、「なんで、いいじゃん」という先生の笑いを含んだ声が汗ばんだ首筋をかすめていく。「気にすることないよ、野ゆりもわかってるんだし」

「だったら、こんなふうにこそこそする必要もないんじゃないの？」

「それはまあ一応、礼儀みたいなもんじゃん。楓だってやでしょ、目の前で俺が野ゆりといちゃついてたら」

「うーん、どうかな」

うまく想像がつかなかった。自分が嫉妬するかどうかではなく、先生と妻さんがそのような行為に及んでいる光景自体が。ちょうど光源氏と紫の上の夜伽がいまいち想像できないように。

「しらばっくれちゃって」

頭や耳の裏側やうなじ、順に先生の唇が押しあてられる。その唇が（笑）の形になってるのは見なくても想像がついた。つめたくも熱くもない、同じくらいの体温。気持ちいいような気もしたし、不快なような気もした。先生に触れられると、いつも楓はその境界がわからなくなる。

「お昼、できましたよー」

台所から妻さんの呼ぶ声がして、「ざんねんでした、ここまで」と先生はぱっと楓から手を離した。念のため、汗拭きシートで先生に触れられた部分を拭ってから、楓は食堂に向かった。

よく磨き込まれた飴色のテーブルの上でとうもろこしが湯気を立てていた。ほかには、雑穀米のおにぎりやオクラの煮びたし、ナスのぬか漬け、ミョウガの味噌汁が並んでいる。

なるほど、と食卓を見下ろして楓は思った。先生はこれを食べさせたかったのか。楓というか、楓のお腹の子に。

「どこでも好きなところに座って」と妻さんは言ったが、先生がいちばん奥のいちばんいい席と思われる場所に腰をおろしたので、その斜め向かいの席に腰をおろした。自動的に妻さんと向き合って座る形になったが、かといって先生の隣に座るのは気が引けた。

「採れたてはやっぱりうまいな。楓も食べてみ？」

席につくなり、いただきますも言わずに先生はとうもろこしにかぶりついている。電車の中でチョコレートをひとかけ口に入れたぐらいで、朝からなにも食べていなかったが、食欲はまったく湧いてこなかった。ぐ、ぐ、と胃のあたりが収縮する感覚がある。

「無理しないでいいから、食べられそうなものがあったら食べてみて。おにぎりは一個ずつさらしで巻いたから、汚くないと思うけど」

「汚いとか、そんなこと……」

「あ、しまった、たんぱく質がない。よくやっちゃうんだ。楓さん、お豆腐すき？　冷ややっこ食べる?」

「いや……」

「自家製の納豆もあるけど」

妻さんは、なにも気づいていないみたいに振るまっていた。楓が先生の子どもを身ごもっていることも、東京からはるばるこんなところまでやって来た理由もなんにも知らないみたいに、ただの親切なおばさんのようになにくれとなく楓を気遣った。親戚の家に引き取られてきた子どもみたいな扱いを受け、どのように振るまうのが正解なのか楓にはわからなかった。

「ごめんなさい、お茶出すの忘れてた」

楓が食事に手をつけないでいると、妻さんがガラスのポットに入ったお茶を運んできた。

「飛騨むぎ茶っていってね、昔ながらの砂炒り(すない)製法で、私もこっちきてはじめて飲んだんだけど、甘くておいしいの」

勧められるまま、グラスに注がれたはちみつ色の液体を口に入れたとたん、胸のあたりにわだかまっていた圧迫感が喉元まで迫りあがった。「むりかも」と断ってから楓はトイレに駆け込んだ。

十五週目に入ってつわりは落ち着いたと思っていたのに、どうしたことだろう。この状況に体が拒否反応を示しているんだろうか。それとも毒でも盛られたんだろうか。便器に向かって、は、と笑いを含んだ息を吐き、そうじゃない、とすぐに楓は頭を振った。たぶんだけど、あれは、すごく体にいいお茶だ。ママの淹れたむぎ茶と同じ味がしたから。

とんでもないところにきてしまった。後悔が楓を襲った。やっぱりこんなの無理だったのだ。

これからここで先生と妻さんと三人で暮らしていくビジョンがどうしても浮かばない。それもそのはずで、そもそもの最初から先生にはそんな気がなかったことをすぐに楓は思い知らされることになる。

翌朝、楓が目を覚ますと先生の姿はどこにもなかった。車は停まっているのに先生だけが忽然と消え、かわりに楓が東京から送った段ボール箱が玄関の土間に積みあげられていた。

そしてそれきり、先生は戻ってこなかった。

2

ママの夢を見た。

ママを思い出すとき、楓の頭に浮かぶのはまだ自分が幼かったころの若くつるりとした顔のままで、だから夢の中でもママは若くつるりとした顔をしていた。へたしたらいまの楓と変わらないぐらいじゃないかと頭の中で足し算や引き算をして、やっぱりそうだと答えを出した瞬間、楓は泣きたくなった。十代で結婚し楓を産んだママは、同級生の母親とくらべてもかなり若いほうだった。

夢の中のママは電話越しに楓に話しかけた。元気にしているかとかちゃんとごはんは食べているのかとか、いかにも母親が言いそうなことを矢継ぎ早に訊ねた。楓には向こうの姿が触れられそうなほど近くにはっきりと見えているのに、あちらには楓の姿が見えていないようで、お腹が大きくなっていることをママに知られずに済んだと思って楓はほっとする。

「なにか食べたいものはない？」とママは訊いた。

「なんにも」ほんとうのことを言ったら叱られると思って、楓は首を振った。「なんにも食べたくない」

答えたとたん、喉元までせりあがってくるものがあり、楓は急いでそれをのみこむ。するとさらに大きなうねりとなって戻ってきて、またのみこむ。どうしよう、どうしよう、吐き出したらママに見つかっちゃう。何度かくりかえしているうちに、目の前に見えていたママの姿がいつのまにか妻さんの姿に変わっている。ぎくりとして、そこで目が覚めた。

妻さんの朝は早い。日の出とともに起きるといちばんに畑に出て、採れたての野菜で朝食の準備をする。食事を終えると洗濯をし、家じゅうを掃き清め、庭の草むしりをし、裸足でたぬきを追いかけまわすついでに畑からもぎ取ってきた野菜で昼食。午後は蔵の片付けをしているか、車でどこかへ出かけていき、小一時間ほどして戻ってくるとまた畑、それから夕食の準備。日暮れとともに一日を終え、風呂から出ると二階にあがったきり降りてこない。

――なにそれしにそう

エランから返信がきて、楓は思わず笑った。

――ないわ

――ないよね

――農民ってかんじ

――農民ウケる

短くシンプルな応酬だったが、寝ぼけたようになんにもない風景のなかで暮らしていると、脳が痺れるほどの刺激になった。ベッドに寝転び、脚をばたばたさせて楓は笑う。そうしているあいだにも窓ガラスをとおし、何層にも重なった虫の声が部屋の中まで押し入ってくる。このあたりは標高が高いのか、夜になるとエアコンの必要もないほど涼しくなる。しかし楓は、虫が入ってくるのを恐れて窓を閉め切っていた。「虫がうるさくて、もう二十四時間オーケストラ状態」文字を打って送信すると、即座に「だる」と返ってくるのが爽快だった。

――家の中にもふつうにいるし、つけまかと思ったらゲジゲジだったり

――げ

――なのに妻さんぜんぜん平気な顔してて

――やば、共存してんじゃん

週刊誌の連載がはじまるから原稿に集中したいと言って、楓と入れ違いに先生が東京に戻ってから三日になる。十月に書き下ろしの新刊が出るのでその準備もあるのだという。「あれ、言ってなかったっけ？」というＬＩＮＥのメッセージとともに、ぺろりと舌を出して頭を掻くスタンプが先生から送られてきたのを見て、最初からそのつもりだったにちがいないと楓は確信した。先生はなにも考えていないのだ。楓と妻さんがいっしょに暮らしたらどんなことになるのか。二人まとめて岐阜の山奥に押し込んでしまえば、厄介払いができるとでも軽く考えたんだろう。

――え、じゃあいまそのヨメとふたりきりなの？

――ありえなくない？

――や、ごめんだけどむり

涙を流して笑う絵文字につられるように楓も笑った。

エランとは東京で知りあった。いつだってスマホの画面がバキバキに割れていたエラン。ドタキャンの天才。毎晩のようにひっついて遊び歩いていた時期もあれば、どちらかに彼氏ができた

とたん連絡が途切れがちになったりして、くっついたり離れたりをくりかえしながらも細い糸でつながっていた。たよりないこの糸がいまは楓の命綱だった。
——しょうみどうなのそのヨメ、ラペとか作っちゃう系？
——どっちかっていうと梅仕事系？
——あー、そっちね笑
妻さんが淹れる麦茶はママの味がする。最初こそ、胃が引っくりかえるほど驚いてえずいてしまったけど、慣れればどうってこともなかった。何年も口にしていなかっただけで、そもそもよく慣れ親しんだ味だ。妻さんは麦茶のポットを冷蔵庫に入れずに常温で飲む。独特のぬめるような甘さがそのせいでより際立つ。おいしいのかまずいのかよくわからないが、好きか嫌いかでいったらまちがいなく好きではなかった。それはそのまま妻さんに対する楓の印象に重なった。
——びっくりするくらい嫌いなタイプの女
エランから放たれる言葉の鮮やかさに引きずられるように強い言葉をはじいてしまってから、あれ、そうだっけ、と楓は思う。そこまでだったっけ、と自分自身に戸惑いながら、「見てるだけで苛々する」「ヤな女！」と勝手に指が言葉をはじく。「だってどう考えてもおかしいじゃん」「いきなり愛人連れてこられてムカつかないわけないのに、いい人ぶって」「それこそ虫に対する扱いと変わんない」「触らず騒がずそっとしておくみたいな」「どんだけタチの悪い虫が入り込んだのか思い知らせてやりたい」
——やめ、シャレにならん
——やば、殺し合いになる
同じ絵文字がまた使われていたけれど、今度は笑えなかった。

——そういや、ルビさんから連絡きた？
——え、くあ
びっくりしてそのまま送信してしまった。その名前が出てくるとは思わなかった。なんでいまさらと思い、続けてすぐ、まだ生きてたんだと安堵した。薄情なのか心配してるのか、自分でもよくわからなかった。ルビさんは東京に出てきてはじめて楓に居場所をあたえてくれた人だ。「ここにいていいんだよ」と言ってくれた人。
——ないよ、なんで？
——うちも詳しくは知らないんだけど、くーちゃんとこに連絡あったらしくて、そっちにもあったかなって、楓仲良かったし
そうなのかな、と楓は思う。ルビさんはみんなの中心で、だれとでも仲が良かった。自分だけが特別なんて思ったことはなかった。それでもこちらには連絡をくれずに、くーちゃんのところに連絡したのだと知らされると複雑な気持ちにはなった。
——まあ、そのうち楓のとこにも連絡くるかもね
——だね
——また例の件も含めてなんかわかったら連絡するわ
ルビさんの名前が出たとたん、テンションが下がったのがスマホ越しにも伝わったのだろう。エランが会話を切りあげようとしているのがわかった。おやすみ、と形式的に打ち合って、それきりだった。
スマホを伏せ、楓は板張りの天井を見あげる。目を閉じると、こころなしか虫の声が大きくなった気がした。

ルビさんがなんと言ってくーちゃんに連絡してきたのか、訊かなくても見当はついた。バカじゃん、ルビさん。目を閉じたまま、いまここにはいないルビさんに楓は話しかける。くーちゃんなんか無理だよ無理、ルビさんにお金なんて貸してくれるわけない。

瞼の裏に浮かんだのは出会ったばかりの、まだ目もいじっていなければ太ってもいなかったころのルビさんの姿だった。いつだってだれかを思い出すとき、楓は自分にとっていちばん望ましかったころの姿を浮かべてしまう。

「免許証？」

楓は朝食のみそ汁から顔をあげて、妻さんを見た。トマトの入ったみそ汁なんてはじめてだったが、やっぱりおいしいのかまずいのかよくわからなかった。妻さんの料理は大体がそうだ。味が薄く、野菜を焼いたり茹でたりしただけという簡素なものが多い。ガチな菜食主義というわけではないらしく、買い物をするには町まで出るか、週に一度巡回でやってくる移動スーパーを利用するしかないので、新鮮な肉や魚が手に入りにくいという事情があるようだった。

「そう。いまのうちに教習所に通っておいたほうがいいんじゃないかと思って。ここで暮らすなら、車が運転できないとなにかと不便だから」

作為的なぼさぼさ感のある眉を寄せて妻さんが微笑んだ。妻さんはいつもこんなふうに笑う。少し困っているみたいに、すべてのことが自分の本意ではないのだと言い訳するみたいに。

「え、でも、いいのかな……」

妊娠してるのに、とは言いづらくて楓は口ごもった。いまなお楓は妻さんの前では妊娠なんてしていませんというふうに振るまっていたし、妻さんも知らんぷりを決め込んでいた。

「心配しなくても夫の許可はとってある。近くまでスクールバスが巡回してるから、通うのもそんなに大変じゃないと思う。冬がくると雪で動けなくなっちゃうし、早いうちにね」

「はあ……」

運転免許証を取るなんて考えたこともなくて、箸をにぎりしめたまま楓はぼんやりと返事をした。いまさら免許なんてという気持ちと、免許がなければどこにも行けないという初日の絶望感が溶けあうことなく頭の中でぐるぐるまわる。

「免許がなくて困ることはあっても、あって困ることなんてひとつもないから」

そんな楓の胸中を見透かしてか、だめ押しのように妻さんが言った。

初日に座った席に、なんとなく楓は座り続けている。同じように妻さんも楓の正面に座るので、向き合って食事をとることになる。席を変わったり食事の時間をずらしたり、避けようと思えば避けられそうなものだが、食事のしたくができたと呼ばれると抗(あらが)いようもなく食堂に向かい、その席に座ってしまうのだった。妻さんが目玉焼きの黄身をくずせば楓もそうするし、妻さんが自家製の納豆をかきまぜれば楓もそうした。それでも用意された食事のほとんどが喉を通らなかった。無理しなくていいと妻さんは言うが、楓を弱らせておいてお腹の子といっしょに殺すつもりなんじゃないかというバカげた妄想が浮かんでは消える。

「お金って、どうしてるんですか？」

雑穀米を二口と、みそ汁のトマトをひとかけ口に入れたところで箸を置き、ずっと気になっていたことを楓は訊ねた。

「お金……？」

きょとんとしたように妻さんが首を傾げる。そんな言葉を耳にするのははじめてだと言わんばかりの顔で。

　こういうところなんだよな、と楓は思う。母親ほど年が離れているのに、時折あどけない少女のようなそぶりを見せる。この女のこういうところがたまらなく楓の神経を逆撫でする。

「教習所ってお金かかりますよね。それに、生活費とか、そういうの」

「大丈夫、あなたはそんな心配しなくても、夫からお金はもらってるから」

「いや、それはそうなんだろうけど……」

　十万円はもうもらえないんですかと訊くわけにはいかず、楓は皿の上にだらしなく流れた黄身を見下ろした。

　東京から名古屋までの新幹線代を支払ったせいで、楓の財布にはもう小銭しか残っていなかった。名古屋からここまではSuicaにチャージしてあった分でなんとか賄ったものの、もし足りなかったら名古屋駅で路頭に迷うところだった。いざとなったらいつでも逃げ出そうと考えていたが、さしあたって楓にはそのための手段も金もないのだった。

　十万円。

　四谷のマンションで暮らしていたときに、先生から小遣いとして毎月もらっていた額。毎食コンビニかファストフードで済ませ、日用品や安物の服を買い、携帯代を支払ったら、ほとんど手元には残らなかった。先生が来たときだけ、先生の金で好きなだけウーバーイーツで注文できるから、来るのがいつも待ち遠しかった。

　月に一度、先生は必ず四谷のマンションを訪れた。一週間以上滞在することもあれば、一晩も泊まらずに去っていくこともあった。「本宅」と四谷のほかに、どうも別のねぐらがありそうな気配もあったが追及する気にはならなかった。毎月きっちり十万円、銀行の封筒に入れて置いていってくれるかぎり、楓は先生を許した。

おもてで車の音がして、開け放した窓のほうに目をやると、このあたりでよく見かける軽トラではなく銀色のベンツが敷地に入ってくるところだった。

「野ゆり！」

玄関の戸が開く音とともに、怒鳴りつけるような女の声が聞こえてきた。「野ゆり、おらんの？」

「はーい」

すぐに妻さんが玄関に飛んでいく。生ぬるい麦茶を嚙むように飲み下して楓は席を立った。ここ数日のあいだ、近所の年寄りが勝手に家にあがりこんできて妻さんと話していたり、玄関先に野菜を置いていったりしたが、楓は挨拶もせず無視を決め込んでいた。

「靴はこれだけ？」

玄関の前を素通りして部屋に引っ込もうとしていると、土間のほうから声が飛んできた。自分に言っているものだと思わなくてそのまま通り過ぎようとしたら、「ちょっと、あんた、訊いてんだろ」と呼び止められた。

「え、なに？」

楓はむっとして、つば広の白い帽子をかぶった年老いた女を見た。萎(しお)れたきゅうりのように痩せ細り、水気を失った肌はしわしわだったが、目の光だけがやけに強くて、昔は美しかったのだろうという面影がなんとなくある。ある年代から上になると楓はほとんど年齢の区別がつかなくなるが、煮染めた色合いの服を着た近所の農民とくらべると、いくらか新しめできれいめのばあさんというかんじがした。

「靴はこれだけかって訊いてんの」

しわがれているのに不思議とよく通る声で、もう一度、女は訊ねた。楓が東京から送った靴が三足、土間に並んでいる。どれも華奢なピンヒールで五千円もしなかった。足は痛いしすぐ壊れるしでいいとこなしなのに、気づくとまた同じような靴を買ってしまう。

「そうだけど、え、てか、だれ？」

戸惑う楓をよそに、女と妻さんは顔を寄せてなにごとか話し込んでいる。樋口(ひぐち)んとこのばあさんが、大山(おおやま)んちのじいさんが、と自分だってばあさんのくせに女の口から飛び出してくる名前を、復唱しながら、妻さんがスマホにメモしている。

この女は楓が何者であるのか知っているのかもしれない。楓がそう思ったのは、女の目にいっさいの熱量が感じられなかったからだ。妻さんがどのように説明しているのかわからないが、この家を訪れる年寄りは好奇心を隠そうともせずぬらぬらと脂ぎった視線を楓に向けてきた。しかし、この女が楓を見る目はどこまでも冷たく乾いている。

「紘子(ひろこ)さんはどうします？」

「いいよ、あたしは。ばあさんどもと仲良くドライブなんてやなこった」

追い払うように手を振ると、女はそのまま外に停まっていた銀色のベンツに乗り、自分で運転して去っていった。

「だれ、あれ？」

開け放したままの玄関扉を顎でしゃくって楓が訊ねると、

「おかあさん。夫の」

少し困ったように笑って妻さんが答えた。

「えっ」と楓は声をあげた。「もう死んだのかと思ってた」

「まだ死んでない。残念ながらね」

「えっ」と喉まで出かかった声を、今度は外に出すのがためらわれ、楓はその場で固まった。

「やだ、冗談だって」

　妻さんはまた笑ったようだった。背後から射す陽の光が一瞬だけ強く揺らめいてシルエットを塗りつぶしてしまったから、どんな顔で笑っているのかまではわからなかった。

　いつだったか、どうして岐阜に移り住むことになったのか、その理由を楓が訊ねると、母親にがんが見つかったからだと先生は答えた。コロナ禍に入る直前に先生の父親が突然死し（「今から思うと、あれ、コロナだったんじゃないかなあ」）、身のまわりの整理や後処理に追われているうちに緊急事態宣言だロックアウトだなんだと世界中が大騒ぎになり、折から不調を訴えていたにもかかわらず病院に行けないまま放ったらかしにしていたせいで、発見が遅れてしまったのだと神妙な顔で話していた。孫の顔を見せてやりたかったのに間に合わなかった、とも。それで、てっきり死んだものだとばかり思っていた。

「なんだ、ぴんぴんしてんじゃん」

　思ったままのことを楓はつぶやいた。妻さんの手前、孫の顔見られそうじゃん、とまでは言えなかった。

「今年のはじめに、あと一年だってお医者さんからは言われたみたい」

　玄関の網戸だけ閉めると、妻さんは食堂に戻って朝食を再開した。なんとなくその場から去りがたくなって楓も再び席につく。

「一時は町の病院に入院してたんだけど、こんなとこにいたくないって勝手に出てきちゃって」

この集落の人が「町」と言うときは、だいたい近くの温泉街を指している。病院や役所やスーパーや衣料品店、そこに行けばだいたいのものが揃うと先生は言っていたが、「でも本屋はないんだよな。去年、最後の一軒がなくなっちゃったんだよ」とぼやいてもいた。

「急いでこの家をリフォームしたんだけど、それも気に入らなかったみたい」

ぬか漬けをぱしんとかじりながら、めずらしく妻さんはつらつらと話した。楓が寝泊まりしている部屋の北側、四畳ほどの部屋は、もともと先生の祖母が使っていた部屋を母親である紘子のために改装したものらしい。だが、当の紘子が「こんなところで寝起きしたくない」と言って出て行ってしまったのだという。

「駅前に『ミカド』っていう店があったでしょ。あれ、紘子さんの店なの」

まさかここで「ミカド」が出てくるとは思わなかった。営業形態がいまいち謎だったが、妻さんもよく知らないという。「カラオケもできて、お酒も飲めて、軽食も出る喫茶店?」と妻さんが首を傾げるので、「それスナックじゃん」と楓は突っ込んだ。

「昔は店の二階を従業員の住居として使ってたらしいんだけど、いまはそこで寝泊まりしてる。一人だとなにかと心配だから、この家でいっしょに暮らしましょうってお願いしてるんだけど、どうせもう死ぬために生きてるようなもんだからほっといてくれって言われちゃって」

楓は顔をあげた。そんなことを言ったら、だれだってそうなんじゃないだろうか。余命宣告されたわけでも大病を患ったわけでもないけれど、いつのころからか楓は死ぬために生きているような気がする。

「あんなちっぽけなスナックでベンツなんか乗れるの?」

疑問に思ったことを訊ねると、さあ、と妻さんは首を傾げた。めずらしくよくしゃべると思えば、金まわりの話になったとたん急に口が重たくなる。なんなんだよと楓はやっぱり苛ついた。

茶碗に残っていた雑穀米をかきこむと、妻さんはきびきびと片づけをはじめた。漬物や総菜の残りを冷蔵庫にしまい、固く絞った布巾でテーブルを拭き、楓の食べ残しをまとめて庭のコンポストに捨てにいく。その様子を見るともなしに眺めながら、この人はどうなんだろうと楓は思った。東京で生まれ育った女がこんな山奥に押し込められ、毎日家と畑の世話に追われ、いったいなんのために生きているんだろう。

「さあ、出かけましょう」

片づけを終えると、妻さんがぱんと手を打った。

「出かけるってどこに？」

「靴を買いに、よ」

最初から決めてあったみたいに、確信に満ちた口調だった。さっきあのばあさんと話してたのはこれかとすぐに楓はぴんときて、いいよ、靴なんて、と固辞しようとしたが、肥溜めのにおいのするこの家に一日中閉じこもっているのにもいいかげん倦んでいたところだった。集落の周辺になにがあるのか、そろそろ見ておきたい気もする。

妻さんは化粧もしなければ着替えもせず、玄関の脇に引っかけてあるかごバッグを手に取っただけだった。だから楓も、スマホだけ持って家を出た。

「あ、そうか」

ディフェンダーの助手席のドアを開けたまま楓が尻込みしていると、妻さんはすぐにトランクから木製の踏み台を出してきて楓の足元に置いた。ところどころ黒ずんでよく使いこまれたその踏み台に足をかけ、後ろから妻さんにサポートされる形でなんとか楓は助手席に乗り込んだ。

「ありがとう」

口をついて出てきた言葉に楓は自分でたじろぎ、打ち消すように、ヤな女！　と急いで思った。この女のこういうところがほんとうにいやだ。ふてくされた子どものように続けて楓は思う。


近くの町までふらっと買い物に出るぐらいの気持ちでいたのに、楓が思っていたよりそれは大事のようだった。樋口さんと大山さんと石橋さん。歌うように妻さんはつぶやき、集落にある家を順にまわると、そこから一人ずつ年寄りを連れ出し、そのたびに踏み台を出して車に乗せていった。似たような作りの、似たような農民の家ばかり。町のほうには移住者もいるらしいが、少なくともこの集落には年寄りばかりで、若者の姿は見かけない。

年寄りはなにをするにも動作が遅く、いちいち時間がかかる。やっと車に乗せたと思ったら、今度は忘れ物をしたと騒ぎ出してまた引き返しているうちに、家を出てから一時間が経過していた。さらにこれから車を一時間走らせたところにあるショッピングモールに向かうというので、かんべんしてよ、ともう少しで楓は叫び出しそうだった。月に一度か二度、集落の希望者を乗せてそこに行くのが、恒例になっているのだそうだ。そんなものにつきあわされると知っていたら、最初からついてこようなんて思わなかった。

やっぱ私やめとくわ、歩いて帰るからここで降ろして、と楓が口を開きかけたとき、

「あんたがあれか、ゆりちゃんとこの親戚の子っていう」

いましがた車に乗せたばかりの石橋さんちのばあさんが、後部座席からにゅっと顔を突き出した。ぎょろりとした目がジブリのアニメに出てくる妖怪じみたばばあを思わせる。

「ゆりちゃんとこの親戚の子……？」

　ゆりちゃんというのが野ゆりを指していることはわかったが、その先がのみこめず、助けを求めるように運転席を見やると、「ごめんなさい」と声には出さず唇だけで妻さんが言った。「金村んとこの息子の愛人」では体裁が悪いから、そういうことにしてあるのだろう。

「まだそんなに腹は目立っとらんのやな」

「いま何ヶ月や」

「えー？」矢継ぎ早に訊かれ、楓はすっとぼけた声を出した。

「やで、赤ん坊よ」

「おるんやろ、腹に」

「これに逃げられたって聞いたけど」

　石橋のばあさんがにゅっと親指を突き出し、金歯を剝き出しにして笑う。どういう「設定」だよ、と楓はむっとして妻さんをにらんだ。

「まあ、若え(わけ)ころはいろいろあるわな」

「産んでまえばなんとかなるて」

「わしらが育てたるで、安心しやあ」

「それまで生きとればの話やけどな」

　そこで、後部座席がどっと沸いた。妻さんはくすりともせず、静かにハンドルを握っている。いますぐにでも飛び降りたいぐらいだったが、いつのまにか車は集落を抜け、山道をぐんぐん進んでいる。ガードレールの向こうは切り立った崖になっていて、はるか下方に勢いよく流れる大きな川が見えた。いまさら引き返すわけにもいかず、楓はスマホを省電力モードに切り替えた。

爪先に妻さんの指の感触が残っている。楓はベッドに寝転び、足だけ天井に持ちあげてペディキュアの剝げかけた指を開いたり閉じたりした。ショッピングモールの中を歩きまわり、何時間も車に揺られていたせいか、両脚が浮腫んでいる。おそらく先生の趣味なのだろう、この古い家には似つかわしくないようなモダンなペンダントライトが指のあいだから見え隠れする。

ショッピングモールの靴屋でスニーカーを試着しているときに、妻さんに爪先を圧された。靴の先に少し余裕があるほうがいいのだと妻さんは言って、何度も指で圧して確かめた。そうして白いスニーカーとフラットソールのバレエシューズを一足ずつ、楓に買いあたえた。

ママもそうだった。茨城の実家の近くにも似たようなショッピングモールがあって、ひとつひとつ靴の爪先を圧し、楓や妹の紡の足に合うサイズを見繕った。いつも見上げてばかりいるママを、見下ろす形になるのが子ども心にもくすぐったくて、たっぷりした髪をかき分け、頭皮をのぞき見したい衝動にそのたび楓は抗った。ある時期をさかいに、ショッピングモールにもその他の商業施設にもママと連れ立って出かけるようなことはなくなったから、今日の今日までそんなことがあったことすら忘れていた。

「ごはんできたけど、もう寝ちゃった？」

台所から呼ぶ声を無視していたら、妻さんが部屋のドアを叩いた。楓は舌打ちし、のっそり体を起こす。薄くドアを開けると、廊下に立つ妻さんの顔を光の筋がまっぷたつにした。

「疲れちゃったみたいで、あんま食欲なくて」

ショッピングモールに到着するなり、三々五々に散っていったばあさんたちを再び回収し、それぞれの家に送り届けるころにはすでに日が暮れかけていた（スマホの充電も切れていた）。妻さんだって疲れているだろうに、家に戻ってすぐ台所に立つ姿はいじらしいというより不気味でさえあった。

「朝も昼もぜんぜん食べてなかったでしょ。少しでもなにか食べないと」

「や、でも、さっきタピオカ食ったし」

「タピオカは飲み物でしょう？　なにか、食べたいものはない？」

　この期に及んで「つわり」という言葉を持ち出さない自分にも妻さんにもうんざりしながら、「マックのポテト」と楓は答えた。昼間、ショッピングモールのフードコートを通りかかったときは目もくれなかったのに、ママのことを思い出したら無性に食べたくなってきた。無理難題を吹っかけて妻さんを困らせたいという思惑もあった。

「わかった」

　小さくうなずくと、妻さんはこちらに背を向けて廊下の向こうに消えた。いまから往復二時間かけてショッピングモールまで買いにいくんだろうか。それとも近くに別の店舗があるんだろうか。ぼんやり楓が考えていると、台所のほうからなにやら物音が聞こえてきた。

　まさかと思ったが、そのまさかだった。三十分もしないうちに、妻さんは山盛りのフライドポテトを木製のトレイに載せて部屋まで運んできた。おあつらえむきとばかりに、手作りのジンジャーシロップを炭酸水で割った自家製ジンジャーエールまで添えてある。

　これは、マックのポテトではない——と口にするのはさすがに憚（はばか）られた。口にした瞬間、あまりのバカバカしさに笑ってしまいそうだった。

「カルビーのポテトチップスって言われたらどうしようかと思ったけど」

　白い額をぴかぴかと光らせ、うれしそうに妻さんは部屋の中に入ってきた。

「昔ね、まだ二十四時間営業のマックなんてなかったぐらい昔のことだけど、夜中に突然マックのポテトが食べたいって友だちが言い出して、その子が一人暮らししてたアパートの狭いキッチンで、どうにか再現できないか試してみたことがあったの」

　この人にもそんなころがあったのだ。楓は意外な思いで妻さんを見た。先生の小説に出てきた東京の妖精のような青子は、男たちを翻弄したり眩惑したりするのに忙しく、女友だちとの甘やかなエピソードとは無縁の存在のように思えた。

　さあさあ食べてみて、といつになく押しの強い妻さんに気圧（けお）され、湯気をたてるポテトを口に入れた瞬間、「熱っ」と楓は飛びあがった。「こんな揚げたて、マックのポテトじゃない」言いながら笑ってしまう。

「揚げたてを出してくれるマックだってどこかにはあるでしょ」

　フライドポテトの載ったトレイを挟むようにベッドに腰かけ、妻さんと楓は交互にポテトをつまんだ。「熱っ」とベッドの上で飛び跳ねる妻さんを、「大げさ」と指差して楓は笑う。妻さんのポテトは太さも塩加減もマックのポテトに寄せてはいたけれど、やっぱりどうしたって別物で、びっくりするほどおいしかった。ヤな女！　ヤな女！　と胸のうちでとなえながら、楓はポテトを口に運び続けた。

3

「薄氷をゆく」第一回

ありふれた幸せでいいの、と妻は言った。あなたに求めるものはそれだけ。他にはなにも期待しない。

具体的にそれがどんなものを指すのか、私には見当もつかなかった。ありふれた幸せなんてものには、とんと縁のない人生を送ってきたから。

「お父さんがいて、お母さんがいて、お兄さんがいて、お姉さんがいて、赤ちゃんがいる」

言いながら妻は、ぱっと広げた手を親指から順に折り曲げた。

「それが君にとってのありふれた幸せなの」

たあいもない戯言(ざれごと)だと聞き流そうとして私は笑った。あるいは、それ以上を聞いてしまったら引き返せないとでも思ったのかもしれない。いまさらそんなふうに思うなんておかしな話だった。私たちはとうの昔に、人並みのありふれた幸せなど望めない極北に達していたのだから。

「あなたにとって、じゃなくて？」

そう言って、ふいと横を向いた妻は知らない女のようだった。

長らく妻は私にとって解けない謎であった。はじめて出会ったときから変わらずずっと出口が見えず、妻という森の中を彷徨(さまよ)い続けている。その最奥で深く息を吸い、陶然とする。うるさいばかりの緑が遠のき、官能に包まれる。眩暈(めまい)のような幸福。いつまでもこのまま揺蕩(たゆた)っていられるのなら喜んでそうしただろう。

「愛？」挑むように笑い、妻は詰問する。「愛ですって？　これが？」

愛に厳しい女は愛ゆえに狂う。男を縛りつけるために。男を許すために。そんな女を私は愛す——。

私たちはどこまでも共犯関係だった。私はほとんど妻であり、妻はほとんど私であった。

これから妻の話をしようと思う。

自分が何者であるかを語るのはいつだって困難と苦痛を伴うものだ。かわりに妻の話をしよう。それと気づかぬまま妻という怪物を飼っていた愚かな男の話を——いや、飼われていたのは私のほうだったのか。夫婦でたどりついたこの地までの道程について。妻という私について。

なにこれ、というのが正直な感想で、いまここに先生がいればそのまま伝えただろうが（そうして「楓にはちょっと早かったかな」と言って先生は笑うのだろうが）、あいにくここには妻さんしかおらず、妻さんにそれを伝えるのはなんとなく躊躇（ためら）われた。

「読まないんですか？」

だからかわりに楓は訊ねた。リビングというより居間と呼ぶほうがしっくりくるような和洋折衷の十畳間に、掃除機を持って入ってきた妻さんはなにも言わずに首をすくめた。もう読んだと言っているようにも見えたし、読むわけがないと言っているようにも見えた。

妻さんが掃除機のスイッチを入れたので、しかたなく楓は革張りのソファから起きあがり、週刊誌を何冊も抱えて自分の部屋へ逃げ込んだ。この家にやってきたばかりのころはそう認識することをかたくなに拒否していたが、いまではごく自然に「自分の部屋」と呼んでしまっている。蔵から運び込まれた古い整理たんすと書き物机（書き物なんてしないのに！）のせいで、だいぶ部屋らしくなったからかもしれない。自室のベッドに週刊誌を投げ出すと、楓はまだ封の開いていない一冊に手を伸ばした。

お盆が終わるころに、四谷の先生から送られてきた段ボール箱の中に週刊誌が何冊も押し込まれていた。出版社から送られてきた形のまま封も開けず緩衝材のように使われていたそれらを、妻さんはやっぱり封も開けず居間のテーブルの上に放置していた。段ボール箱の中にはほかに、金村太陽のインタビューや対談が掲載された雑誌、夏物の衣類、フルーツゼリーの詰め合わせや焼き菓子なんかが入っていた。

「洗濯していないものを、食べ物といっしょに入れるなんて」と妻さんは顔をしかめていたが、ゼリーも焼き菓子もきちんと包装されていたので楓は気にならなかった。むしろ、つるんとしたフルーツゼリーは日々存在感を増す子宮に圧迫された胃にもするすると入っていくのでありがたかった。四谷のマンションで暮らしていたときは、編集者やクライアントや読者からの手土産だというそれらのものをそのまま甘受していたが、本来はこうして本宅に送られるはずのものだったのだといまさら楓は理解し、先生ってバカなのかなと思った。

なにかと目端のきく妻さんのことだ。もしかするとかなり早い段階で楓の存在に気づいていたのかもしれない。それまで定期的に送られてきた贈答品の類がぴたりと送られてこなくなったら、目ざとくなくたってなにかあると気づきそうなものである。そもそも最初から隠す気がなかったとしか思えない。

実際、週刊誌で連載がはじまったばかりの金村太陽の新作小説「薄氷をゆく」にはそのようなことが書かれていた。「あなたのことはすべて把握しておきたいから」と、一から十まで報告することを妻は望む。そのほうがいっそさっぱりしてお互い気が楽でしょう、と。嘘をついたところでどのみち妻には見透かされてしまうからと、小説家の「私」は観念し、洗いざらい話してしまうことにする。それが誠実さの証だと嘯（うそぶ）きながら、原作映画に主演した女性俳優に目を奪われ、よその女と同衾（どうきん）し、なにもない場所にわざわざ煙を立たせてまで妻の反応をうかがう。「そのようにして妻――というより私たち夫婦を、私たち夫婦の愛を試しているのである」

ここに書かれていることがすべて事実というわけではないことぐらい楓にだってわかっている。それでも、金村太陽によく似た経歴の小説家と、デビュー作『人青』のヒロイン・青子によく似た雰囲気の女とくれば、どうしたって先生と妻さんを重ねずにはいられなかった。

現実の二人を見ているかぎり、こんな依存関係にあるなんて想像もつかなかったが、他人の目のない夫婦だけの密室では、互いにしか見せない顔で互いにしか通じない言語で話しているような得体の知れなさがあるのも事実だった。『人青』では「奔放なファム・ファタール」だった青子が、長じてこの妻になったのだと言われればそうかとも思うし、あの青子がおとなしく小説家の妻におさまるタマだろうか、という違和感もあった。

くわえて楓は、いつ自分が――自分に似た影を背負った女が登場するのかとひやひやしながらページを繰り、文字を追っていた。書かれていたらどうしよう、どんなふうに書かれてしまうのだろうと不安に思う一方で、文章のはしばしに自分のかけらを見つけては舞いあがるような気持ちになった。大丈夫、まだ自分は先生の役に立っている。先生の筆に載せられるだけの価値があるのだと。

送られてきた分をすべて読み終えると、楓はベッドに仰向けに寝転がり、開いたままの週刊誌を顔の上に伏せた。ざらりとした紙の感触とインクのにおい。

目を閉じると、どろりとした眠気が幕のように下りてくる。妊娠してからずっとそうだ。どれだけでも眠れるし、どれだけでも眠っていたかった。眠ってしまいさえすればなにも考えないでいられるから。妻さんは、平気なんだろうか、あんなふうに書かれて。きれぎれの意識で考え、そのまま楓は眠りに落ちた。

金村太陽が筆名ではなく本名だということも、この家に来てから楓は知った。居間のテーブルの上に放置されていた自治体からの郵便物に、はっきりと「金村太陽」と書かれていたのだ。はじめて会ったときに名刺はもらっていたけれど、まさか本名だとは思っていなかった。一般的なサイズの名刺を縦半分にカットしたような細長の紙に、名前とメールアドレスだけが記載されたしゃらくさい名刺。

「金村太陽って本名だったんだ」

楓がつぶやくと、ソファで新聞を読んでいた妻さんが顔をあげた。その拍子に、丸いフレームの老眼鏡がずりさがった。

「信じられない。名前も知らない人の子どもを産もうとしてたの？」

咎めるというより純粋に不思議そうな顔をして、妻さんは楓の顔を見た。二人のあいだでないものとされていた楓の妊娠は、この家でひと夏をともにし、緊張がゆるんでいくのにつれて既知のものとして扱われるようになっていた。この家の東側の居室を、「自分の部屋」だといつのまにか楓が認めてしまったように。

「いや、まあ、〝先生〟でこと足りてたから。そんなおかしなことかな」

名前どころか、そもそも楓は先生のことをほとんど知らなかった。著作のプロフィールを読んで、生年月日や出身地や最終学歴を把握したぐらいで。先生だって楓のことなんかほとんど知らないからお互いさまだった。

「いまさらだよね」

首を傾げるようにして、妻さんが笑ったように見えた。

――妻さんは、知ってるんですか、先生のこと。

長年連れ添った夫婦なんだから知っていてあたりまえじゃないか。そう思うのに、なぜか訊いてみたい気がした。妻さんは、ことさらに妻ぶってるようなかんじがするから。

「夫とはどこで知りあったの？」

「聞いてないんですか？」

とっさに質問で返すと、妻さんはまた少しだけ首を傾げた。否定とも肯定ともとれるような曖昧な角度。

「えっと、スナック、だったかな」

そういう「設定」だったことを思い出し、楓はぎくしゃくと答えた。しらばっくれるのは得意なくせして、昔から楓は嘘がつけない性分だった。

「スナック？」

「そう、場末の」

「バスエ……」

妻さんがつぶやくと、ぜんぜんちがう響きに聞こえた。見たことも聞いたこともない異国の花のような。

妻さんはどこまで知ってるんだろう。どこまで知っていて、知らんぷりをしているんだろう。この質問だって、かまをかけているだけなのかもしれない。

「夫のどこが好きなの？」

「えっ」楓はその場で飛びあがった。お昼になにが食べたいか訊ねるときのような気やすさでもって妻さんは訊ねたが、なにを思ってそんなことを訊くのか、ほんとうにそんなことが訊きたいのか、妻さんの考えていることがまったくわからなかった。

——え、なに好きなの、そのクソ男のことw
エランにもＬＩＮＥで訊かれたことがある。多分に嘲笑のニュアンスが含まれているその文字列にまず楓はむっとした。先生がクソ男であることはまちがいないけれど、だからといってエランにそう言われると不快な気持ちになるぐらいには、楓は先生を好きだった。

お金を持っているところ。暴力をふるわないところ。ちゃんと話を聞いてくれるところ。食べ物や寝る場所をあたえてくれるところ。いいかげんでやさしくてかわいいところ。すごく子どもっぽいのに、いざというときは大人なところ。クソなことをしていても悪びれないところ。ふにゃふにゃに腑抜けさせてくれるところ。

先生のどこが好きかと訊かれれば、思いあたることはいっぱいあった。だけど、このうちのどれが妻さんを傷つけ、納得させるのか、楓には判別がつかなかった。

「しいて言うなら、妻さんのことを妻と呼んでたところ、かな」

「そんなことで？」

「そんなことでって妻さんは思うかもしれないけど、でも、私のまわりには投げ捨てるみたいに女の人を呼ぶような男ばっかだったから。先生は私のこともおまえとは呼ばないし、知ってる中じゃ、いちばんマシなほうだったんだよ」

「驚いた」新聞を折りたたみながら妻さんがつぶやいた。「そうやって聞くと、すごくいいもののように聞こえる」

「いいもの」

言葉の意味をたしかめるように楓はくりかえした。じゃあ妻さんは？　と今度こそ訊いてみたかった。妻さんこそ、先生のどこが好きなんですか、と。

けれど妻さんは、「あら、もうこんな時間」と不自然なぐらい自然な様子でつぶやいて、居間を出ていった。逃げたと思わせないように逃げるのが妻さんのやりくちだと、そのころには楓も気づきはじめていた。


先生とは一度だけＺｏｏｍで話した。お盆にはいったん帰ると言っていたのにどうしても仕事の都合がつかなくなったとかで、ちょっと話そうかと先生のほうから提案してきた。

「わあ、なんかもう懐かしい」

古いタブレット越しに四谷のマンションの様子が見えて、楓は思わず手を振った。画面の向こうでやたらとカメラの角度を気にしながら、「どうよ、調子は?」と先生はさして興味もなさそうに訊ねた。

「元気っちゃ元気」

「聞いてるよ。飯、食べられるようになったんだって?」

「うん。食べて寝てばっかりいる」

マックポテト（あれをマックポテトだといまも楓は認めていないが）の一件をさかいに元に戻ったどころか、身体の底から湧き起こる食欲に楓は振りまわされるようになっていた。食べても食べても衝動がおさまらず、起きているあいだはつねになにか口に入れていないと気が済まない。食べ物ならなんでもいいわけではなく、ゼリーやそうめんや冷や汁など、つめたくするすると喉を通っていくものがいちばんよくて、そうでなければフライドポテトやコロッケやいもの天ぷらなど、油っぽくて口の中でもさもさするようなものがよかった。そのときも楓は、冷えきって油のまわったへにゃへにゃのフライドポテトをつまみながら先生と話していた。

　妻さんは、俄然はりきった。楓のためにせっせとそうめんを茹で、庭で採れたきゅうりや薬味を刻み、いもを刻んだりつぶしたりして油で揚げた。そういうときの妻さんは、「はりきっている」とこちらにも伝わってくるようなはりきりかたをするので、気恥ずかしくなるほどだった。そんな調子で食べては寝てをくりかえしているうちに、楓はあっというまに三キロ太った。

「だめじゃん、ちょっとは運動とかしたほうがいいんじゃないの？」

「してるもん。妻さんにいわれてマタニティヨガとか、あと散歩も」

　子どもっぽく甘えるようなしゃべりかたになっていることに楓は気づき、そんな自分にうんざりしながら、「先生、いつ帰ってこれるの」と唇を突き出し、さらに甘えた声を出す。

「ごめん、ちょっとしばらく東京離れられんのよ。落ち着いたらいっぺん帰るから」

「いっぺん帰るってなに。すぐ東京戻っちゃうってこと？」

「あんま詰めんなって。週刊誌の連載だけでもきついのに、十月に新刊も出るし、ほかにもあれこれやることとあって……あ、そうだ。楓に見せたいものがあったんだ。チャット欄ひらける？URL送ったから、リンク先飛んでみて」

　言われるまま操作すると、画面いっぱいに白っぽくほわほわした動画が映し出され、「自然なお産」「女性本来の姿」「生命（いのち）の煌（きら）めき」「子宮から大地へ」といったような語句が次々と流れてきた。

「このあいだ対談した女性作家が話してたんだ。昔ながらのお産ができる助産院があるって。調べてみたら岐阜にもあって、そこからそんなに離れてないんだよ。ちょっと面白そうじゃん？ちゃんとした病院だと婚姻関係ないと厳しいっぽいけど、ここなら俺も気軽に立ち会えるんじゃないかと思ってさ」

画面をスクロールすると、民家のような場所で生まれたばかりの赤ん坊を抱いた母親と、その隣に寄り添う父親の写真が並んでいた。さらにスクロールしていくと、院長らしき五十がらみの女の写真が出てきた。着物の上に割烹着を着て、助産師というよりはどこかの小料理屋の女将のようである。

「うーん、よくわかんないけど、なんか痛そう」

へらへらと笑って楓は答えた。ほんとうに自分が出産することになるのか、いまだに信じられないような気持ちでいた。だれかが代わってくれるならいますぐにでも代わってもらいたいぐらいだった。

「そりゃ痛いに決まってんだろ、出産なんだから」先生は楓の言葉を聞き流し、向こうでも同じサイトを開いているのか食い入るように画面を見ている。「自宅出産のサポートもしてくれるって書いてあるから、いざとなったらその家で産むのもありだよな。予定日ってもうわかってるんだっけ？　生まれるのは年明けとかそんくらい？　雪で身動きとれなくなってもあれだし、助産師にきてもらうほうがいいかもな」

年明けまでここで暮らす――その可能性に思いあたって楓はげっとなった。あと五ヶ月もこんなところに閉じ込められるなんて。じゃあ、子どもが生まれたあとは？　それからどうするの？　考えようとすると頭がぼうっとして、すぐにでも頭から布団をかぶって眠ってしまいたくなる。

「一月十八日」

「えっ？」

「予定日」

「それ、まちがいないの？　医者がそう言ってた？」

「スマホアプリに生理の日をつけてたから、それで計算した」

　産婦人科には、妊娠初期に東京で一度行ったきりだった。役所で手続きを取るようにとあれこれ指示されたが、なにから手をつけたらいいのかわからなくてそのまま放置してあった。

「一月十八日か……」顎を撫でながら先生がつぶやいた。「まずいな」

「なんかあるの？」

「いや、まだ、わかんないけど」妙に歯切れ悪く言うと、先生は画面越しにまっすぐこちらを見た。「それさ、ちゃんと調べてもらったほうがいいよ。予定日ってずれることもあるんだろ？　野ゆりに言っとくから、早いとこ住民票移して、近いうちにその助産院に相談に行ってきな」

　子どもに言い聞かせるような口調で先生は言い、これから打ち合わせだからと通話を切りあげた。Ｚｏｏｍの画面を閉じると、助産院のサイトに「あなたの笑顔に会いたい」という文字列がふわっと浮きあがり、すぐにまた白っぽい靄にかき消された。


　九月に入り、集落は一気に秋めいてきた。朝晩はもう薄手の長袖一枚では寒いぐらいで、妻さんのガウンや先生の着古したパーカでしのいでいる。

　ショッピングモールまで行って秋冬ものの服を揃えましょう、と朝食の席で妻さんから提案されたが、まかせるからてきとうに買ってきてと楓は断った。持ちあげたお椀に口をつけないまま、妻さんはなにか言いたげに楓を見つめていたが、「ゆりちゃん、ゆりちゃんおらんー？」と朝早くからやってきた近所の人に呼ばれ、「はいはーい」と玄関に飛んでいった。

　自分がなにを着て、なにを食べ、なにをしたいのか、よくわからないまま大人になってしまった自覚が楓にはあった。茨城の実家を飛び出し、なんでも好きに選べるようになったはずなのに、なにひとつ自分の意志で選んできた気がしない。楓の稼ぎで買えるものにはかぎりがあり、その少ない金の中から仲間内でみんながいいと言っているものやSNSでバズってるものに片っぱしから手を出し、これさえあれば大丈夫、みんながいいと言っているものなのだから、とそのほんとうの価値もわからないまま縋(すが)るように握りしめていた。

「楓はどれがいい?」

いっしょに服を買いにいくと、ママは必ず楓にそう訊ねた。そのくせ、楓がほんとうに気に入ったものを選ぶと、「こっちのほうがママ好きだけどな」と言ってしりぞけた。

リボンやフリルのついた華やかでかわいらしい服ではなく、ママが選ぶのは装飾の少ない紺とかグレーの地味な服ばかりだった。そのうち楓はママの顔色をうかがい、ママの好みそうなものを選ぶようになったが、妹の紡は最後まで自分の好みを押しとおした。アニメのキャラクターが大きくプリントされたトレーナーやお姫様みたいなチュールのスカートなど、どうやったってママが買ってくれそうにない服を懲りもせずおねだりしてはその度にすげなく却下されている紡に楓は呆れ、羨望をおぼえてもいた。

早々にママの支配から抜け出し、制服を改造し髪を明るく染め、さんざんやんちゃをしていた紡とは、地元を離れてからはほとんど音信不通になっている。ときどき忘れたころに、正月どうする? とか、ばあちゃん死んだとか、家族で昔よく行った駅前の喫茶店が潰れたとかいった内容のLINEが送られてくることがあったが、既読だけつけて返信しなかった。

従順だった楓のほうが家を飛び出し、反抗的だった紡のほうが地元に残って家族の中継役を担っているのが、いまもって楓は不思議でならない。自分は自分、他人は他人というある種のドライさや、家族なんてしょせんこんなものだとあらかじめ達観しているようなところが紡にはあった。いつまでも家族に期待し、拘泥しつづけている楓とはそこがちがった。

この家で暮らすようになってから、なにかとママのことを思い出している。たぶん退屈してるんだろうと楓は思う。ここはあまりに長閑（のどか）で刺激がないから。

妻さんとふたりきりの暮らしは、当初想像していたほどぎすぎすと殺伐としたものではなく、むしろ必要以上に干渉せず、波風を立てないように互いをいたわりあう、ひんやりと静かなものだった。互いの存在がいちばん相手を傷つけているのだから、これ以上は傷つけあうまいと『源氏物語』の女たちのようにおすまし顔をしている。

ひと月をともに過ごしているのに、いまだに楓は妻さんという人がわからない。さっきまですぐ隣で笑っていたかと思ったら、はっと我にかえって飛びすさる。寄せてはかえす波のように近づいたり遠ざかったりをくりかえし、いつまでも輪郭がつかめない。楓のほうでも心を許してなるものかと気を張っていたけれど、腹の底を見せない妻さんに心を許しようもないというのが実際のところだった。

妻さんはいつもどこか無理をしている。自然派ぶってるのにぜんぜん自然じゃない。

「いっぺん試してみなって、ほんといいから。うちはもうこれなしじゃだめ。ご飯炊くときにも使っとるの。炊きあがりがふっくらして、つやつやでね、甘みが増すんやわ」

朝早くから「美泉のしずく」という名のミネラルウォーターを背負ってやってきた近所のばあさんが、玄関先でなにやらまくしたてる声が食堂まで聞こえてくる。朝食を中断するはめになった妻さんは、うん、うん、と相槌を打ち、辛抱強く話を聞いてやっている。よくやるよ、とうんざりしながら楓は妻さんが昨日作ったポテトサラダに手を伸ばした。

便秘が治っただの、膝の調子がいいだのと効能について語ったのち、一本六百円するがそれだけの価値はある、気に入ったらいつでも自分を通して買えるからとばあさんは熱心に訴えた。水を持ってきた時点でそうではないかと疑っていたが、やはりマルチのようだ。

「そうねえ、夫に聞いてみないと、ちょっと、わかんないかな」

楓は鼻に皺を寄せた。妻さんはすぐこれだ。近所の農民たちに無理難題を押しつけられると、最後には「夫に聞いてみないと」で逃げおおせようとする。だったら最初からいい顔なんてしなければいいのに。

妻さんのはりきりは楓にだけ発揮されるわけではなかった。だれそれんちのばあさんが病院に行きたいだの、どこそこんちのじいさんが役場に行きたいだのと聞けば、「はいはい」とすぐさまドライバー役を買って出、だれそれんちの電球が切れただの、どこそこんちのネットがつながらないだのと聞けば、「はい、ただいま」と用足しにでかける。そういうときの妻さんは、やけに額がぴかぴかとし、はりきりで漲(みなぎ)っている。

「それさ、ちゃんともらってんの、お礼とか」

今日もこれから恒例のショッピングモール詣でに出かけるという妻さんをわざわざ引き留めて、楓は訊ねた。

「もらってるよ、もちろん」

インチキ水のばあさんのせいで大幅に時間の遅れが生じたらしい。大急ぎで朝食の片づけを済ませ、車の鍵を片手にいまにも飛び出そうとしていた妻さんは、いつもの眉毛をちょっと下げる笑いかたをし、野菜とか、猪のお肉とか、お水とか、と早口につけくわえた。

「野菜、作ってんじゃん、妻さんも」

「そうだね」

「そもそも妻さん、そんなに肉食べなくない？」

「まあ、そうかも」

「その水だってどうせインチキでしょ？」

「……うん、まあ」

　楓の追及をのらりくらりとかわし、「でもねえ」と涼やかな声で妻さんは言う。「持ちつ持たれつって言うでしょう？　私がこっちに来るまでは、ご近所さんたちが紘子さんのことを気にしてくれてたし、いまも『ミカド』に顔を出して見守ってくれてる。それに、いつか、困ったことがあったらきっとみんな助けて――」

「いつかっていつ？　そのころにはみんな死んでるよ」

　なにを呑気なことを言ってんだと楓は呆れ、玄関土間に立ち尽くす妻さんを見下ろした。いいように使われているだけなのに、妻さんが年老いたころにはこの集落にひとりぼっちで取り残されている可能性だってあるのに――なぜかそこに、同じように年老いた先生が寄り添っている姿は想像できなかった。

「いつかの見返りを期待してたらバカをみるのは妻さんのほうじゃん」どうしてこんなに苛々するのか自分でもよくわからないまま楓は言葉を重ねた。「やめなよ、そんな無料タクシーみたいなこと。意味ないじゃん」

「意味なんて」

「意味なんていらないって？　わあ、すごい。立派だね」

　はっと息を吐いて楓は笑った。いけない、度を越している。『源氏物語』の女君たちのおすまし顔をしなきゃと思うのに、突っかからずにはいられなかった。

「そりゃ夫の子を妊娠した愛人の世話だってしちゃうわけだ」

口にしてようやく楓は、妻さんのなにがこんなに自分を苛立たせるのかわかった気がした。やさしさ。いたわり。配慮。気遣い。幼いころから無条件で善きものであると教わってきたそれらのものを、いまも変わらず善きものであると楓は思っているし、できることなら自分もいつだってそうありたい、そうすべきだとも思っている。けれど、そうできない状況や時期があることをすでに知っていた。

妻さんから惜しみなくそれらのものを示されると、楓の中のなにかが刺激される。いい人ぶって余裕ぶって、可哀想なだれかに施しをあたえている。善きことをしている。その自負こそが、妻さんのおでこをぴかぴか輝かせているんじゃないかって。

ルビさんに施された一宿一飯とはわけがちがった。妻さんがそうできるのは、先生という屋根があってのことだった。光源氏の女たちとおんなじ。経済的に余裕のある男に守られているから、いくらでも人にやさしくできる。金の心配なんてしたことがないから、金に無頓着でいられる。

「あ、ちがった、そうじゃないか」

意地悪く口の端がつりあがるのが、鏡を見なくてもわかった。

「私じゃなくて、赤ちゃんのためか。ほしかったんだもんね、赤ちゃん」

「そ……」

妻さんがなにかを言いかけてのみこんだ。そんなときでも妻さんは、あの哀れっぽい笑いかたをして、小首を傾げているのだった。

「これ、あなたにと思って取り寄せてたの、届いてたみたい」

郵便受けに入っていた封筒を楓に差し出すと、「ごめんなさい、もう行かなきゃ。留守おねがいね」と妻さんは背を向け、困っているだれかのもとへ飛んでいった。

「……んだよ、それ」

やり場のない感情がいっぺんに押し寄せ、腹いせに楓は玄関先にあったインチキ水のキャップを開けて、ごくごく飲んだ。妻さんは汚い。あんな顔して逃げるなんてずるい。

赤ちゃんがいる、と妻が言った。

赤ちゃんがいる、赤ちゃんがいる、赤ちゃんがいるの、ここに。

病室のベッドに横たわり、からっぽの腹を撫で、うつろな目をしてしきりにそう繰り返した。

「居る」なのか「要る」なのか、どちらの意味で言っているのか判然としないまま、妻のその声を私は聴いていた。窓の外にはどこまでも高く澄み渡った秋の空がひろがり、白く染め抜かれた病室との対比に私は眩暈をおぼえた。

十一週目だった。

妻は涙を見せなかった。見せまいとしてそうしているのか、それとも本当にまだ腹の中に赤ん坊がいると思い込んでいるのか、血の気の失せた顔でうっすらと微笑む妻は、それまで目にしたどんな姿より凄絶な美しさを湛え、幽玄の淵に立っているようだった。一切の感情を映さず、ガラス玉のように透徹した妻の目——その洞穴が、ただただ私は恐ろしかった。

最新回の「薄氷をゆく」では、長い不妊治療のはてに妊娠し、喜びも束の間、流産した妻がこわれてゆく様子が描かれていた。

　不妊治療をしていたことは四谷で暮らしはじめたばかりのころに先生から聞いていた。長い時間と金をかけて専門のクリニックに通っていたが、妊娠反応は出るものの初期流産をくりかえし、途中で妻さんがまいってしまったのだそうだ。適応障害だと診断されたのを機に治療を中断していたところへ、コロナ禍や先生の母親の病気が重なり、岐阜に移り住むことになったという。

「はっきりした原因がわからないのがいちばんきついんだよ」どこか遠くを見るような目で先生が言っていた。「男のほうは精子を調べりゃ済む話だけど、女のほうは複雑で体にも負担がかかる。それでなくとも妻はナイーブな人だし、自分を責めずにいられなかったんだと思うよ。なんらかの要因が不妊を引き起こしてるわけだけど、それがなんであるかわからないからとおりいっぺんの治療をするしかない。暗闇の中を手探りで歩いてるかんじ。七年……いや、八年だったかな。さすがに疲れたよ」

　あなたの赤ちゃんを産んであげられなくてごめんなさい、と何度目かの流産の折に、病院のベッドで泣きながら妻さんは謝ったそうだ。たまらず、もうやめにしようと先生のほうから切り出した。子どもなんていなくてもかまわないじゃないか、二人だけで幸せに暮らしている夫婦なんていくらでもいる。もういい、やめよう、これきりだ。

「ポルシェ一台買えるくらいの金額をつぎこんだけど、それでぜんぶおじゃん。もうギャンブルといっしょだよね」

　ポルシェ一台がどれぐらいするのか、何百万、ひょっとしたら一千万ぐらいするのかもしれないと思い、先生の目を盗んで楓はスマホで調べた。ポルシェといってもピンからキリまであって正確な金額までは把握できなかった。思っていたより先生はたくさん金を持っているのかもしれない、と楓が感づいたのはそのときだった。

妻さんに渡された封筒の中には、ここからさほど遠くない産婦人科クリニックのパンフレットが入っていた。最新の医療設備がととのい、無痛分娩も選択でき、じゅうぶんな産後ケアも受けられる。先生に教えてもらった助産院のサイトにくらべると、デザインもメッセージもずいぶんとあっさりした簡素なものだった。

先生から助産院のことを聞いているはずなのに、どういうつもりで妻さんはこんなものを取り寄せたんだろう。ヤな女、ほんとにヤな女。まじないめいてきた言葉を声に出してつぶやき、楓は居間のソファに寝転がった。

住民票がいる、と再三にわたって妻さんからは言われていた。自動車学校の手続きもしなくてはならないし、役所に届け出をして母子手帳をもらわなければならない。そろそろ産院を決めなければならないし、できれば健診にも行ったほうがいい。面倒なら私がかわりに手続きするから、住民票の住所を教えてちょうだい、と。

え、わかんない、とそのたびに楓はてきとうなことを言ってはぐらかした。住民票、どこにあるっけ、思い出すからちょっと待って。へらへら笑って、なにも知らない子どもみたいにふるまった。いまあれを見られるわけにはいかなかった。

面倒なことはそうやってなんでも先送りにしてきた。どこに行きたいのか、どう生きたいのか、先のことを考えようとしても、楓の中にビジョンがないのでいつまでも答えは出ないままだ。ずっとそうだったし、これからもそうやって生きていくのだろうという予感だけがある。

楓にはなんにもない。頭がいいわけでも手先が器用なわけでも特別な技術があるわけでもない。

唯一持ちえているものがあるとすれば子どもを妊娠できるだけの若さと健康な身体ぐらいだが、それだって早晩失ってしまうものだ。

　ちゃんとしましょう、と妻さんはしきりに言う。ちゃんとってなにがだよ、とそのたびに楓は思う。ちゃんとするっていうなら、まずいちばんにすることはこのおかしな生活からそれぞれが手を引くことなんじゃないか。歪(いびつ)な足場の上に形だけそれっぽくととのえた城を建てたところで、いつかは崩壊がやってくる――。

　いつのまにか眠っていたようだ。つけっぱなしのテレビから「金村太陽」の名前がくりかえされるのを半醒半睡で聞き、何度目かで楓は目を覚ました。

「難病を抱えた弟のために身売りしようとしているヒロインと、人生に絶望し自殺を考えている実業家の主人公が出会い、魂と魂が惹かれあうまでを描いたこの物語は、ヒロインが働く場末のスナックに主人公が訪れる場面から始まります」

　去年刊行された金村太陽の長編小説『一億の夜をきみと』の映画化が決まったとワイドショーが報じていた。金村太陽の出世作である『世界の涯(は)てに、ただふたり』の映画版で主演をつとめた女優が今回も主演するらしい。

　記者会見の様子がテレビに映し出されるのを、ぼんやりと楓は眺めた。華やかで美しい俳優たちの隣に、紺地に薄ピンクのパイピングの入ったスーツを着た先生もしれっと顔を並べている。「ウケる」と反射的につぶやいた自分の声が、まったく笑っていないことに気づいて楓は笑う。フラッシュの瞬きを浴びる先生と、その子どもを妊娠している自分が、地続きの世界に存在しているとは思えなかった。

　ソファの上で大きく伸びをすると、テレビの電源を切って楓は立ちあがった。時刻はまだ昼をまわったばかりである。ショッピングモールまで出かけたのなら、妻さんが帰ってくるまでに数時間の猶予があるはずだった。

妻さんが家を空けているすきに、ネットで売れるようなものはないかと何度か家探しをしてみたが、二階の先生の書斎に古いタブレットとデスクトップのパソコンがあったぐらいで金目のものはほとんど見当たらなかった。寝室のクローゼットにはブランド品やアクセサリーの類はほとんどなく、綿か麻でできた妻さんの服がわずかばかり引っかかっているだけだった。オーガニックだか自然派だか知らないが、しょせんは金持ちの奥さんの道楽じゃないか。そういうところも含めていけすかない女だと楓は舌打ちした。

戦後まもなく土木の会社を興し、一代で財を築いた先生の祖父は、一時は岐阜の長者番付に載るほどだったらしいから、蔵の中まで探ればなにかしら出てくるかもしれないが、そちらにはいつも鍵がかかっていて中に入ることができなかった。仮に骨董品の壺や絵画などが眠っていたとして、楓にはその価値もわからなければ値付けのしようもないのだが。

千三百八十九円。衣服のポケットや抽斗(ひきだし)の中、家じゅうからかき集めた小銭と財布に残っていた金を合わせると、いま楓の手元にあるのはそれだけだった。これでは名古屋までの切符も買えない。

必要なものがあるとその都度、妻さんに買ってきてもらったりネットで取り寄せてもらったりしていたが、楓がいま必要としているのは現金だった。自分の裁量で自分の好きに使える金。

下駄箱の上に置かれたかごから鍵の束をつかむと、楓は妻さんに買ってもらったスニーカーにつま先をつっこんで外に出た。このうちのどれかが蔵のものだろう。妻さんがいつ帰ってくるかもわからないときにひとつひとつ試している余裕はなかったが、いまなら時間もたっぷりある。

――あれどうなった？　まだお金入んない？
数日前にエランから送られてきたＬＩＮＥには、既読だけつけて返信していなかった。
――ユージンつかまった
――離婚届、サインしてくれるって
――ごめんだけど、お金、先くれない？
――や、疑ってるわけじゃないけど、前払いにしといたほうがいいかなって
楓は駆け足になって蔵へ向かう。夏の盛りを過ぎたからか、緑のうるささはもうそこまで気にならない。畑のほうに黒い影がよぎったが、たぬきかなにかだろうと気にも留めなかった。
妊娠してしばらく経ったころ、四谷のマンションでやはりつけっぱなしにしていたテレビから改正民法のニュースが流れてきて、楓は画面に釘付けになった。「嫡出推定」という耳慣れない語句を、青いスーツを着た真面目そうなアナウンサーがパネルを使って解説していた。端正な声が耳を撫でるばかりで内容なんてちっとも入ってこなかったが、現在妊娠している子どもは自動的に戸籍上の夫の子だとみなされることだけかろうじて理解し、さっと血の気が引いた。
え、なに、こわい。まずそう思った。そんなの聞いてない。いまさらそんなこと言われても困る。半分パニックになりながら、「夫」「離婚前」「妊娠した子どもの父親」「別の人」「認知」思いつく語句をかたっぱしからスマホに打ち込み検索をかけた。どれだけ検索をかけても楓の求めている答えにはたどりつけなかったが、相当まずい事態であることだけはたしかだった。
このままだとお腹の子が悠仁（ゆうじん）の子になってしまう。そんなバカなことがあるかと思うけれど、そんなバカなことをしているのは自分自身だった。結婚しているのに、夫ではない男の――しかも他の女と結婚している男の子どもを妊娠するようなこと。

先生に気づかれないうちに離婚届だけでも出しておけないかと思い、楓はひさしぶりにエランに連絡を取り、悠仁の消息を知っている人はいないか、可能であれば悠仁から離婚の同意を取りつけてもらえないかと頼んだ。もうすぐ岐阜に移ることになるから自分では動けない、もちろんいくらか手間賃は払うから、と。

いいよ手間賃なんか、また今度飲みでも奢ってよ、とてっきり軽く請け負ってくれるものだとばかり思っていたが、「手間賃w　3でどう?」とエランからは返ってきた。それが妥当な金額かどうかもわからず、かといって値切るわけにもいかなくて、「わかった、いいよ、3で」と楓は返事した。先生からの毎月の十万円さえあればなんとかなるだろうとそのときは軽く見積もっていた。

先生を騙そうと思っていたわけじゃない。結婚しているかと訊かれたことは一度もなかった。だから言わなかった。それだけのことだ。先生だって結婚してるんだから、かまいやしないだろうという気持ちがどこかにあった。それがいけなかった。

四谷のマンションに移ったときにさっさと悠仁を見つけ出して、離婚の手続きをとっておくべきだった。面倒なことを先送りにする悪い癖が、こんな形で返ってくるなんて思いもしなかった。

早く、早く、と逸る気持ちで、楓は鍵束の鍵を蔵の錠前に差しこんでいった。赤く錆を噴き出した鍵やほとんど新品のぴかぴかした鍵、鍵穴に入っていかないものもあれば、入っていくにはいくが回そうとしてもうんともすんともいわないものもある。

いまから離婚届を出したところでなんの解決にもならないことはわかっていた。どちらにしたってなんらかの対策をとらないことには、生まれた子は悠仁の子とみなされてしまう。それでもいま楓にできることといえばエランに支払う三万円を用意すること、そのために蔵の鍵を開けることだった。

「なにやっとんの、あんた、こんなとこで」

背後から嗄れた女の声がして、ぎくりとして楓は振りかえった。つばの広い帽子をかぶった紘子が畑の向こうから顔を出し、訝るような目でこちらを見ていた。そのすぐ後ろにのっそりと立つ、まなじりの切れ上がった若い男と目があう。とっさに鍵の束を後ろ手に隠してから、しまったと思った。やましいことをしていると自分から白状しているようなものだった。

「家主の留守になにやってんだかね」

呆れたようにため息をつくと、紘子は犬でも呼びつけるようなぞんざいな口調で「湊」と後ろの男に声をかけた。「あっちのほうのフェンスも見といたって。どっかしらん穴が空いとるんだわ。害獣がひどいって野ゆりがゆうもんで」そう言って、裏の林と敷地のあいだに張りめぐらされた鉄条網を顎でしゃくる。

湊と呼ばれた男は無言でうなずくと、工具箱を片手に裏の林のほうへと行ってしまった。大きな図体のわりに機敏な身ごなしで、思わず楓は目を奪われる。首元がのびきったTシャツを着ているのに不思議とすさんだかんじがしなかった。

前にも一度、見かけたことがあった。蔵にあった整理たんすと書き物机を楓の部屋に運び入れたのがあの男だった。このあたりで若い男なんて貴重だから、妻さんと同じくいいように使われているのかもしれない。

「――痛っ！」

突然、突きあげるような腹痛が襲ってきて、その場に楓はうずくまった。少し遅れて、腹の中でなにかが大きくひっくりかえるような感覚があった。

「ちょっと、なんだよ」動揺した紘子の声が遠くに聞こえる。「湊！　湊！　早く、こっち——」続けて、助けを求める鋭い声。

内臓がねじあげられるような痛みの中で、なぜか楓はほっとしていた。ああ、よかった、これでぜんぶ終わりにできる。もうなんの心配もしなくていい、すべてが元通りになる——そう思ってほっとしていた。

4

給食が食べられなくなったのは小学校三年のときだった。

ママがそうした。もう給食は必要ありません、と担任の教師に伝え、楓と紡それぞれに手作りの弁当を毎日持たせるようになった。曲げわっぱに入った、茶色いごはんと淡く味つけされた野菜やおからハンバーグ。無添加で無農薬で卵も牛乳も不使用、精製された砂糖も小麦粉も使っていない、「ほんものの食べ物」だけでできた完璧な弁当。

マクドナルド。ミスタードーナツ。デニーズ。吉野家。楓が育った町にはなんでもあったけど、なんにもないのと同じだった。添加物や化学調味料や工業製品のように大量生産された肉や野菜、ケージ飼いされた鶏の卵、そういうのはぜんぶ体に悪くて悪影響を及ぼす「にせもの」なんだと、あるころから禁止になった。いろとりどりの輸入菓子、プラスティックの飾りがついたヘアゴム、においのする消しゴム、キャラクターものの定規、色付きリップとデオドラントスプレー、吸水ポリマー入りの生理用ナプキン。小遣いをやりくりして買ったそれらのものもぜんぶ取りあげられた。必要なものがあればママが許可するものの中から買ってもらうしかなかった。楓はママの言うことを律儀に守っていたけれど、紡は万引きをくりかえし何度か警察沙汰にまでなった。

　楓と紡がアトピーを発症したのは、両親が購入した新築の一軒家に移り住んですぐのことだった。いまの楓とそう変わらない年齢だったママが、娘たちの食べるものや身につけるものにキリキリするようになったのはそのころからだ。

　成長するにしたがって楓と紡のアトピーの症状は軽くなっていったが、「安心安全」の「ほんものの食べ物」を食べているおかげだとママは言い、キリキリは落ち着くどころかエスカレートしていく一方だった。地元の自然食品店で買ってきたものしか食卓に並ばなくなり、合成洗剤を毛嫌いし、髪も体も食器も洗濯物もすべて同じ石鹼で洗うようになった。リンス代わりにお酢を使い、靴下を何足も重ね履きし、身に着けるものは麻か綿などの天然素材。おやつは蒸かしたいもやとうもろこし、卵も牛乳も使わないグルテンフリーのケーキ。朝晩に一杯ずつ、鉄瓶でわかした白湯を飲み（「女の子は鉄分をとらなくちゃね」）、学校には砂炒りの麦茶を水筒に入れて持参した。そのうちママは電磁波や放射線を怖がって外出を嫌うようになった。

　パパはなにも言わなかった――楓の目には見て見ぬふりをしているようにしか見えなかった。知り合いから何十万円もする浄水器を無断で購入したときだけはさすがに苦言を呈していたが、水道水がいかに有害であるかや他の浄水器とくらべたときのランニングコストなどについて火がついたように説かれると、すぐに黙り込んでしまった。

　給食を食べなくなるのと前後して、楓は周囲から浮くようになっていた。石鹼かすのこびりついた髪を雑にまとめ、天然ゴムとキャンバス地でできたスニーカーを履き、ランドセルや学校指定のナップサックではなくママの手製の布バッグを提げて学校にやってくる楓を、クラスメイトは直接いじめるような真似はしなかったが、異質なものを群れに入れておくことへの倦怠を隠しもしなかった。楓が近くを通りすぎると、舌打ちし、鼻をつまむしぐさをし、目配せしあってくすくす笑った。みんなが給食を食べているなか、一人で弁当を食べるのは苦行でしかなく、いまでもときどき夢でうなされる。

　長らく楓は、自分の体をママの持ち物のように思っていた。ママがこの世に産み落としたものなんだから、自分の好きにしちゃいけないんだって。だからママの目のないところでもママのいやがるものは口に入れなかったし、ママのいやがるものは身に着けなかった。

「おねえちゃんってめちゃくちゃマザコンだよね」

　高校生になるころには、いつまでママのお人形さんでいるつもりだと、そんな楓を紡はバカにした。ママの目を盗んでアルバイトに励み、「にせものの食べ物」ばかり食べているせいで、紡のおでこや頬には無数のニキビがちらばっていた。バカなのは紡のほうじゃないかと楓は思った。ママの言うことを聞かないからそうなるのだと。

　洗脳が解けたのは、高校卒業を間近に控えた二月のある日のことだった。

　四十度を超える高熱を出した楓に、自然治癒で毒素を出しきるのだとママは言い、小麦粉を混ぜて練った豆腐を楓の額に載せる処置をしただけだった。夜遅くに帰ってきたパパは事態に気づくこともなく呑気に晩酌をしていて、見かねた紡が救急車を呼んだ。おねえちゃんが死んじゃう、おねえちゃんが死んじゃうと泣きわめく紡の声を、朦朧とした意識の中で聞いていた。

　運び込まれた病院でインフルエンザだと診断され、処方された薬で熱が引いていくのと同時に楓は醒めた。幼い子どもが母へ注ぐ熱狂と妄信から。

　湊の運転する軽トラックで町の総合病院に運び込まれた楓は、院内のトイレで五日間ほど溜めに溜め込んでいた大便を一気に排泄した。脂汗が滲むほどの激しい腹痛はあっさりと引き、あとには全身を貫くような爽快感と羞恥が襲ってきた。あれだけ大騒ぎをして病院に連れてこられたのに、ただの便意だったなんて。

妻さんのせいだ。それでなくとも便秘になりやすい妊婦に、栄養のバランスも考えず、いもやそうめんばかり与えた妻さんのせいだ。砂炒り麦茶を飲むとママのことを思い出すからと極力避けていたせいで、ろくに水分を摂れていなかったのもいけなかった。それだってあんな麦茶を愛飲している妻さんのせいではないか。急な腹痛と便意はマグネシウムを多分に含んだ「美泉のしずく」が引き起こしたものだろう。つまり、あんなインチキ水（かどうかはいまとなっては微妙なところだが）を受け取る妻さんが悪い。そもそも今朝、楓の追及から妻さんが逃げなければ腹いせにあの水を飲み干すようなことはなかったわけだから、やっぱりどうしたって妻さんのせいにちがいなかった。

恥ずかしさに消え入りたいような気持ちから逃れるため、すべての罪を妻さんになすりつけて楓は憤慨した。ヤな女。ヤな女。だいっきらい。もううんざりだ。こんなところ、いますぐにでも出ていってやる。

便器から腰をあげられずにいた楓は、意を決して立ちあがり、膝のあたりに引っかかっていた下着をずりあげた。ズロースと呼ぶのがふさわしいような、オーガニックコットンの生成りのショーツ。これも妻さんがネットで取り寄せたものだ。

個室から出ていくと、手洗い場のすぐ横の鏡に全身が映し出された。妻さんに買ってもらった下着を身に着け、妻さんに買ってもらったシャツワンピースを着て、妻さんに買ってもらったスニーカーの踵（かかと）を履きつぶし、妻さんの夫の子どもを妊娠した女。それでもう、楓はどこにも逃げられないような気がしてくる。

　電話でもかけにいったのか、病院のロビーに紘子の姿はなく、ベンチの端っこにわずかに尻をひっかけるような座り方をした湊が待っているだけだった。「なにそれ、空気椅子？　トレーニングでもしてんの？」と照れくささをごまかすために楓はからかったが、湊はそれには答えず、「あっちこいって、さっき、呼びにきた」と産婦人科の診察室のほうを指差した。

　医師の診察を受け、脱水症状を起こしかけているからと処置室で点滴を受けていると、知らせを聞きつけたらしい妻さんが息せききって駆け込んできた。

「よかった、なんともなくて」

　ほとんどため息のようなその声を聞いた瞬間、なぜか楓はほっとして泣きそうになり、すぐにそんな自分を恥じてそっぽを向いた。身のまわりの世話をしてくれる年上の女に弱いなんて、子どものころからなんにも変わっていない。こんなんじゃまた紡に「マザコン」と笑われてしまう。

「俺いくけど、ママ帰りどうする？」

　スマホの振動音のような、低くかすかな湊の声が小さな室内に響いた。ママってだれのことを言っているんだろうと一瞬驚いたが、「ええわ、ええわ、あたしはどうとでもなるで」とじゃまくさそうに紘子が顔の前で手を振ったので、「ミカド」のママということかと腑に落ちた。

　妻さんの車でショッピングモール詣でに連れ出されていた年寄りたちは、湊の軽トラでそれぞれ家まで送り届けられることになったようだ。湊が立ち去ると、「いつまでもこんなとこにおれんわ」と紘子も言い捨てて、タクシーを呼んで帰っていった。

　処置室に妻さんと取り残され、気まずさから楓は目をつぶっていた。いつもは寝ても寝ても寝足りないほどなのに、こんなときにかぎって眠りはいっこうに降りてこなかった。

「さむい」

タオルケットを首まで引きあげ、ふてくされた子どものように楓は言った。

「上着、買ってきてくれた？　さむいんだけど」

意図したわけでもないのに甘えた声が出て、げ、と思う。

「ごめんなさい、急いで戻ってきたから、これしか買えてなくて」

紙袋をがさがさいわせて、妻さんが長袖のシャツを取り出した。ボタンホールのところに赤いステッチの入った、自分ではぜったいに選ばない素朴な白いシャツだった。ありがと、とそっけなく楓は言い、襟付きのシャツワンピースの上からそのシャツを羽織った。ちぐはぐな組み合わせだったけど、ないよりましだった。

「原田（はらだ）っていうのは、夫の名前」

もう帰ってもいいと看護師に言われ、会計を済ませた妻さんから「原田楓」と書かれた健康保険証を受け取ると、なにも訊かれていないうちから勝手に口が動きだした。午後の診療受付がはじまり、病院のロビーには少しずつ人が集まりはじめている。

「ほんとは樋川（ひがわ）っていって――ほんとって、なにがほんとだってかんじだけど――っていうか樋川は樋川で父親の名前だし、それでいったら結婚する前までママは平井だったし、え、なにこれ、私たち、結婚するまでは父親のもので、結婚したら夫のものになっちゃうの？」

それ以上言うな、言っちゃだめだと思うのに、いったん動き出した口は止まらなかった。楓が蔵に忍び込もうとしていたことは、すでに紘子から妻さんの耳に入っているだろう。いまさら隠したところでどうしようもないという投げやりな気持ちもあった。

それよりも楓は聞いてもらいたかった。楓がどこからきて、どうしていまここにいるのか、ぜんぶ妻さんに聞いてもらいたかった。「あのこと」以外ならなんだって——。

「このままだと赤ちゃん、原田になっちゃう。騙すつもりなんてなかった——知らなかったの、ほんとに、ごめんなさい」

　ベンチに座った楓の正面に立ち尽くし、妻さんはじっと話を聞いていた。

「結婚してて子どもを産んだら、父親がだれとか関係なく夫のものになっちゃうなんて、ぜんぜん知らなくて……そういうのって、みんなどこで知るの？　妻さんはいつどこでそういうこと覚えたの？　やっぱり新聞とか読まなきゃだめ？」

　いやだいやだと思うのに、次から次に甘えた声が出る。妻さんならなんとかしてくれる。妻さんなら助けてくれる。そんなふうに甘えきった声。「助けて」なんて口が裂けても言えないくせに。

「妻さんは？　妻さんの名前は、ほんとはなんていうの？」手の中の「原田楓」という文字列に目を落としたまま楓は訊ね、「私だって妻さんのこと妻さんって呼んでるのに、ほんとの名前もなにもないよね」と笑った。「でもなんか妻さんは妻さんってかんじだから。生まれたときから妻さんみたいなかんじ、するから——ってなに言ってんだ私」

「谷口（たにぐち）」頭の上から声が降ってきた。「谷口野ゆり——戸籍は金村だけど、生まれたときの名前がほんとうの名前だっていうなら、谷口」

　そこでようやく楓は顔をあげ、まともに妻さんの顔を見た。ほんの数時間離れていただけなのに、ずいぶんひさしぶりな気がした。いつも感情をおもてに出さないように制御している妻さんが、そのときばかりは戸惑いを隠さず、奇妙な生き物でも見るような目で楓を見ていた。

「野ゆりさん」

楓が名前を呼ぶと、妻さんの肩がわずかに震えた。人間の気配に敏感な山の動物みたいに。

「じゃあ野ゆりさんは、だれのものなの？」


ルビーって呼んで、とはじめて会ったときにルビさんは言った。でもみんな「ルビさん」と呼んでいたからすぐに楓も「ルビさん」と呼ぶようになった。ルビさんの正確な年齢も経歴も楓は知らないが、以前勤めていた店の源氏名だとだれかに聞いた。

茨城から東京に出てきたばかりのころ、漫画喫茶に泊まる金もなくて公園のベンチに座っていた楓に、「うちくる？」と声をかけてきたのがルビさんだった。新大久保の１ＤＫのアパートにはそういう子がほかにも何人かいて、東京に地縁も血縁もない地方出身の女の子たちのハブになっていた。

エラン。くーちゃん。ザッツ。シノピー。まりあ。

東京で知り合った子たちのほんとうの名前を、楓はほとんど知らなかった。それぞれみんなワケアリで、親元や地元から逃れて東京にやってきた子たちばかりだった。口を開けば、暴力、貧困、虐待、犯罪とかそんなんばっかりで、楓の境遇なんてずいぶんとマシなものに思えた。

「あるあるだよね」というのが彼らの口癖だった。だれがどんな過去を告白しても、「どこんちも似たようなもんだよね」「あーあるある」と笑ってすませようとする。笑いながら「しにたい」と言って、自分たちは特別なんかじゃない、可哀想でもなんでもない、こんなのはよくあること、あたりまえにそこらじゅうで起こっていることなんだからいちいち傷ついているほうがバカなのだと確かめあっているみたいだった。同い年の女の子たちとの交流をほとんど経験してこなかった楓にとって、彼らとの会話はびりびりくるほど刺激的で夢中になった。

家を出てまず最初に、楓はコンビニでクリームの挟んである甘いパンを買って食べた。脳天を突き抜けるような甘さにくらくらし、それからしばらく飽きるまで毎日同じパンを食べた。「にせもの」なのにおいしいことにまず驚き、「にせもの」だからかもしれないとすぐに思った。誘惑のつよい悪魔の食べ物。口に入れれば入れるほど、どんどん堕落し、どんどん自由になっていく気がした。はやくママのものじゃなくなりたかった。

ママからはしきりに電話がかかってきた。出ないでいると、一日にメールが百件に及ぶこともあった。どこにいるの。心配してる。連絡して。声をきかせてくれるだけでいい。最初は殊勝にしていたのが、時間が経つにつれ、変なものを食べるなだとか変な場所に行くなだとか変な人とかかわるなだとか、あれはだめこれはだめといつもの調子を取り戻していくのがおかしかった。

ルビさんは夕飯にポテトチップスを食べても怒らなかった。人工甘味料たっぷりのジュースを飲んでも、添加物まみれのカップ麺を食べてもなんにも言わなかった。蒸し暑い夜に、手動のかき氷器とシロップをいろとりどり買ってきて、みんなでかき氷を作ったこともある。舌を赤や黄色や青に染め、けらけら笑いながらいろんな話をした。もうなにを話したのかも思い出せないほどどうでもいい話ばかり。舌にのせたとたんしゅわりと溶ける氷の儚さと、頭がしびれるような甘さ。調子に乗っただれかが角瓶をそのまま氷にかけて、べろべろに酔っぱらっていた。

明日どうなってるかもわからないから今日のうちに楽しんでおかなくちゃという気分があって、だからみんな先のことなんか考えずにその日暮らしでいきあたりばったり、楽しそうな飲み会に誘われたらバイトをドタキャンし、ホストに入れあげて出稼ぎ風俗や立ちんぼで荒稼ぎし、ぜったいにやばいってわかってるのに町で声をかけてきた悪そうな男についていく。より楽しそうなほうへ、より気がまぎれるほうへと流れ流されて、若さを浪費していた。

みんな自分を粗末にしたかったんじゃないかと楓は思う。そうすることで自分を、自分のものにしたかったんじゃないかって。「もっと自分を大切にしなよ」とか知ったようなことを言われると、拒否反応をしめすぐらいにはみんな頑なだった。

「リスカしたときだけ、生きてるってかんじする」

いつだったか、細い腕の内側に無数にならんだ傷跡を見せながらザッツが言っていた。そういうとき、自分は菓子パンを食べるようにしているのだと楓はお返しに告白した。いっぺんに二個も三個も押し込むとめちゃパキる、と。

ときどき誘われてパパ活やキャバクラの一日体験で小銭を稼ぐこともあったけれど、気も利かないし会話もまともにできないしで向いてなさそうだと早々に気づいた。日雇いのピッキングとか総菜のパック詰めとか、なるべく人とかかわらないでいられる仕事ばかり選んで地道に稼ぐほうが性に合っていた。

ホス狂だったルビさんに何度かホストクラブの初回に連れていかれたが、それよりも街を歩いていると声をかけてくる化粧っけのない男の子たちに気を引かれた。いずれも家庭に問題を抱え、高校を中退してぶらぶらしているような男の子たちばかり。出会ったその日に家までついていき、友人とシェアしているというアパートの万年床ではじめてセックスをした。アルバイトは禁じられていたが、男の子とセックスすることをママに禁じられたことはなかったから、これが悪いことなのか、楓にはわからなかった。

そんなふうに何人かの男の子と関係をもったけれど、幼いころに漠然と想像していたロマンティックな恋物語とは様子がちがっていた。人恋しさを埋めるため、ただの性欲から、たったひとりの特別なだれかではなくすぐ近くにてきとうな相手がいたからそうしたまでのことだった。

恋愛なんて、男なんてそんなもんだよとみんな言っていた。みんながそうならそれでよかった。みんなと同じにしたかった。見よう見まねで化粧のしかたをおぼえ、いつまで経ってもきれいに髪を巻くこともできない、こんな女に声をかけてくるなんてと最初のうちこそ驚いていたが、どうやら自分はそこそこ男好きがするらしいと気づいてからは、戸惑いが喜びに変わった。自分は価値のある女なのだと思えてうれしかった。

「え、だって、かわいくない？」

そう言ってくれたのが悠仁だった。

「ガチで、こんなかわいい子、俺いままで会ったことない」

さすがにそれは言いすぎだと思ったが、悪い気はしなかった。

新大久保の韓国居酒屋で飲んでるときに、浅黒い肌のいかつい見た目の男の子たちに声をかけられて、いっしょにカラオケまで行った。オラオラしたかんじの男の子たちの中で、ひとりだけ華奢な体つきで小動物みたいな顔をしていたのが悠仁で、あからさまに下っ端の扱いを受けていた。だから特別にかわいい女の子は悠仁のところまでまわってこないのかなと思った。いちばん強いオスといちばんきれいなメスがくっつくという人間界のルールを、楓がようやく理解しはじめたころだった。金さえあればそこに逆転現象が起こるのが歌舞伎町で、だからみんなホス狂になるのかもしれなかった。

その翌週には、下落合の悠仁のアパートに入りびたりになっていた。男ができたら男の家に転がり込んで、別れたらまたルビさんちに出戻るということを、そのころ楓はくりかえしていた。楓だけじゃなく、ほかにも似たようなことをくりかえしている子が何人かいて、「うちは待機所じゃねえんだぞ」と、突然ルビさんが泣き伏してしまったことがあった。

「さびしいのかな」

悠仁の部屋のシングルベッドで天井を見あげて楓はつぶやいた。

「私もだけど、ルビさんのとこはいつか出ていく場所っていうか、出ていかなきゃいけない場所だってみんな思ってる。だからルビさん、すぐまた女の子を拾ってきちゃうのかな」

そういう話を楓がすると、いままでつきあってきた男の子たちは生返事をするばかりでろくに聞いてもくれなかった。だるそうに目をこすりながら煙草を吸い、こちらに背を向けていびきをかきはじめるか、スマホのゲームをはじめるかのどちらかだった。

「や、でも、そんなこと言ったら俺もさびしいし」と天井を向いたまま悠仁は言った。「なんやかんやで、トータルみんなさびしいんじゃないの？」

「そうだね」と楓は答えた。ほんとうにそうだと思って。でもそれを、こんなふうに言葉にしてくれるだけで、ビニールみたいに隙間なく体に張りついているさびしさに、ぷつりと小さな穴が開いていく気がした。悠仁のそういうところが楓は好きだった。やさしくて繊細でバカな男の子。

悠仁の部屋に転がり込んですぐに生理がこなくなった。まさかと思って冬の寒い日、夜中に高田馬場のドン・キホーテに駆け込んで、妊娠検査薬を試したら陽性が出た。

「どうしよう」と二人は顔を見合わせた。吐く息が白かった。「どうする？」「産む？」「産んじゃう？」「産んじゃおっか！」とその場のノリで盛りあがり、勢いで役所に婚姻届まで提出した。一生ずっといっしょにいたいと楓は思っていたし、悠仁のほうでもそう思っているのが伝わってきた。先輩のイベント会社を手伝っていた悠仁の稼ぎは月十八万もなく、楓にいたっては月のバイト代が十万を切ることもあった。それでもなんとかなるだろうと若さとバカさで押し切った。

病院へ検査にいく前に生理がきて、つかのまの妊娠期間はあえなく終了した。ほんとうに妊娠していたのか、誤判定だったのか、はっきりしたことはわからないままだったが、しばらく二人とも事態をのみこめなかった。すでに婚姻届を提出してしまったのをいまさら撤回するわけにもいかず、友人たちが歌舞伎町のバーを貸し切りにしてお祝いしてくれて、それはうれしかったし楽しかった。船上の集団感染のニュースが連日のように報じられていた二月のことだった。

「まあいいか」と二人で顔を見合わせた。ため息はつかなかった。「どうせいつかは結婚するんだし、それがちょっと早まっただけと思えば」「子どもはいずれまた」「な」「ね」と確かめあって、新婚生活に乗り出した。妊娠検査で陽性が出て、バカみたいにはしゃいでいたあの夜の勢いがすでに消え去っていることを、二人とも気づいているのに気づかないふりをした。

それでも最初のうちは楽しかった。シンクはレモンの皮ではなくクレンザーで磨く。市販のカレールーを使えばかんたんにおいしいカレーができる。粉石鹸とちがって液体の洗濯洗剤はダマにならない。ママから教わったやりかたではなく、ひとつひとつスマホで調べて、自分なりに家事のやりかたをおぼえていった。楓が作ったぼんやりした味の肉じゃがやしょっぱいだけの味噌汁をうまいうまいと言って悠仁は食べた。おままごとみたいなこんな暮らしがずっと続いていくのだろうと、まどろみのような幸福の中で楓は考えていた。

悠仁の様子がおかしくなったのは、結婚して半年も経たないころだった。

「すごい人に会った」

ある日、夜遅くに帰ってきた悠仁は、興奮に顔を輝かせてそう言った。コロナ禍の真っただ中にもかかわらず「いい儲け話がある」と仲間に連れられていった飲み屋で、その業界では知らない人はいないほどの有名人に会ったのだという。新開（しんかい）さんというその人のなにがどうすごいのかと訊いても、いやとにかくすごいんだって、やばいんだって、とくりかえすばかりで、「くわしいことはまだヨメにも話すなって言われてるから、ごめんだけど言えん。そのうち楓にも紹介するからさ」と話を切りあげた。

「俺、ぜったいこのチャンスをものにしてみせるから。ビジネスを成功させて、そしたらさっさとこんなとこ出てタワマンとかさ、そういうとこ住んでいい暮らしするんだ。いい車乗って、いい時計して、いいもん食ってさ、楓にも贅沢させてやるからな」

いい暮らしというのが楓にはまるきりぴんとこなかった。お金がたくさんあるに越したことはないだろうけれど、だからといってタワマンに住みたいかといったら微妙なところだし、高級車にも高級時計にも高級レストランにも興味はなかった。それより楓は値段など気にせず、宅配ピザに好きなだけトッピングして、サイドメニューにチキンやポテトを追加することに憧れた。

「新開さんが言ってたんだけどさ、みんな目の前の金を追っちゃうんだって。目の前の金がないと生きてけないと思ってるから。そも、そっから間違ってんだって。目標を見据えてコミットしていかないと未来は開けていかないんだって」

最初は十万円だった。あちこち駆けずりまわって金を工面したけどどうしてもあと十万円足りない、すぐに倍にして返すから、この波に乗らないといままで注ぎこんだ分がぜんぶパアになるからと説き伏せられ、言われるままに楓は百貨店提携のクレジットカードを作り、キャッシングした金を悠仁に預けた。何度かそれが続いた。いくらかの利子をつけて返ってくることもあれば、もうちょっと待ってと返済が先延ばしになることもあった。そのうち百貨店のクレジットカードでは間に合わなくなって、消費者金融に手を出すようになった。

ここでやめたら終わりだから、いまは苦しいかもしれないけどここが踏ん張り時だから、いまベットしたぶんだけ五倍にも十倍にもなって返ってくるから、と瞳孔の開いた目でくりかえし説かれているうちに、そういうものかと楓も思うようになっていた。悠仁を信じてついていく。それこそが愛なんだと思い込んでいた。

「俺だって別にこんなことやりたくてやってるわけじゃないよ。でも、ここから這いあがるにはこれしかないと思うから、これが近道だと思うからやってるだけで。リスクを取らないで安パイな道を行くぐらいなら、俺はやるほうを選ぶってだけ」

　コロナ禍でだれかに会って相談することもできず、悠仁と二人きりで密室に閉じ込められたような状態だったのがいけなかった。友だちはほとんどみんな夜職で、コロナで収入を失い、相談を持ちかけられるような状況になかった。時間の感覚も季節の感覚も消え去り、ついでに金銭感覚まで麻痺していった。それまではスーパーの特売の豚肉か鶏肉でやりくりしていたのを和牛のステーキ肉や本マグロの刺身を買うようになり、悠仁は悠仁でロレックスの時計やクロムハーツのアクセサリーをいくつも買ったりしていた。完全にどうかしていた。気づいたら借金がふくれあがり、どうすることもできないところまできていた。

　ホストクラブの売掛を飛ばしてルビさんが東京から消えたのはそのころだった。電話してもつながらず、ＬＩＮＥしても既読にならず、かろうじてインスタのＤＭを送ることはできたけど、売掛を回収するために躍起になっていた元・担当ホストと裏でつながってるんじゃないかと疑ってか、だれにもなんの返信もなかった。

　ルビさんも水臭いよ、パンク寸前なら一言相談してくれたらよかったのに、とみんな怒っていたけど、実際に助けてやれる子がどれだけいたんだろう。いつだってみんな自分のことに精一杯で、一宿一飯の施しぐらいはできても、だれかの人生を丸ごと引き受けてやるなんて無理に決まっていた。昨日まで隣で笑っていた子が坂を転がるように落ちていくのを、だれにも止められなかった。手を差し伸べたら自分まで巻き込まれて転がり落ちるだけだから、心をつるつるにして手を離すしかなかった。

それから間を置かず、悠仁も消えた。ある日、出稼ぎにいくと言って出ていったきり、帰ってこなかった。ときどき夜中に電話がかかってきたけれど、ごめん、ごめんと泣きながら謝るばかりで、どこでなにをしているのか訊いても教えてくれなかった。家賃を滞納していたせいで悠仁と暮らしていたアパートを追い出され、頼れる人もおらず、行くあてのなくなった楓は寮完備のデリヘルで働きはじめた。もう無茶苦茶だった。

ひさしぶりにママから電話がきたのはそんな折のことだった。ママなら助けてくれるかもしれないと思わず飛びつき、楓はすぐに後悔した。ひさしぶりとか元気にしてるかとか挨拶らしい挨拶もなく、まさかワクチンを打ってないでしょうね、といきなりママは切り出した。こちらの話など聞こうともせず、ワクチンだけは打つなと頭ごなしに言いつけ、ワクチンがいかに危険であるかを一方的にまくしたてた。一言も発さないまま楓は通話を切った。涙も出なかった。


病院から家に戻るまでの車中で、楓は泣きながら妻さんに話した。ママのこと、東京であったこと、悠仁のこと、ルビさんやエランのこと、前後の脈絡も時系列もぐちゃぐちゃに思いつくまま吐き出すと、妻さんは「わかった」とだけ言った。わかったってなにが？　と楓は涙で濡れた顔をあげた。

「あとのことはまかせて。もう大丈夫だから」

妻さんは静かに言い、眉尻を下げるいつもの笑い方をした。

それからはあっというまだった。

――地元の先輩のとこにいまいるみたいで
――先輩に借金立て替えてもらって、いまその下で働いてるって

エランからの情報を頼りに悠仁の居場所を突き止めると、弁護士に電話して妻さんはすべての片をつけてしまった。悠仁から離婚届のサインを取りつけ、さらに子どもが生まれた後に、悠仁の子ではないという手続きを取ることを了承させた。その後、先生が認知をすれば、お腹の子は無事に先生の子どもとして認められるようだった。

エランに支払う三万円を工面するだけでもあんなに困っていたのに、楓がすべてぶちまけたら驚くほどの展開の早さだった。

「なにかあるとは思ってたけど、こんなことなら、早く言ってくれればよかったのに」と言う妻さんに、「いや、言えるわけないよね」と楓が答えると、それはそうかもね、と笑っていた。

先生は相変わらず東京に行ったきりで、楓が病院に運ばれた翌日に「聞いたよ、うんこ漏らしたんだって?」というＬＩＮＥがきた。むかついたので無視した。

先生のほうから悠仁のことでなにか言ってくるようなことはなく、ずいぶんあっさりしてるんだなと肩すかしを食らった気分だった。妻さんから釘を刺されたのか、それとも単にどうでもいいだけなのかもしれない。楓自身や楓の過去よりも、楓の属性や楓の言葉、楓のお腹の中にいる子どもといった付属物のほうに先生の興味があることはあきらかだった。それでぜんぜんかまわなかった。楓だって先生のなににいちばん興味があるかといったら金だったから。

エランには、こちらでぜんぶ手続きを済ませたことだけ報告した。「おつかれー」と軽く流してくれるものだとばかり思っていたが、「え、あ、マ?w」と即座に返ってきた文字列に、ざらりとしたものを楓は感じ取った。

――いや、ま、いんだけど
――悠仁見つけ出すの、まままあれだったし
――いや、いんだけどね笑
悠仁にいくら支払ったのか、楓は先生にも妻さんにも訊けずにいた。おそらくだけど、金銭の授受があったはずだ。その上、エランにまで手間賃を払ってくれなんて言えるはずもなかった。
「ごめん」と震える指で楓は打ち返した。ネイルサロンで働きながらパパ活で開業資金を貯めていたエランは、いまだに自分の店を持てないまま男の家を渡り歩いているという。
――お金できたら、いつかお礼するから
――いやいいって笑笑笑
――子ども産んだら、お金もらえるし
先生とそんな約束をしたおぼえはなかったが、そうなるだろうことを楓はうすうす感じていた。いつまでもこのおかしな共同生活を続けていくわけにもいかないし、いまは集落の農民たちをごまかせてはいても、そのうち噂が立ちかねない。表向きには養子という体裁で先生と妻さんに赤ん坊を引き渡し、慰謝料でももらって、楓はここを出ていくことになるだろう。妻さんのほうでもそのつもりなんじゃないかという気が、なんとなくだけどする。
――え、なんそれ、どゆこと？
エランの目の色が変わったのが、文字だけでもわかった。エランにはざっくりとした事情だけ伝えてあったが、詳細については「またおいおい」ということにしてある。
――ややこしい話だから、今度会ったときにでも
――またそれ

——ごめん、でもいつかこの借りは返すから

悠仁はなにか言っていなかったかとエランに訊こうとして、いまさら訊いてどうするとその思いつきを楓は振りはらった。自分でも驚くほどひんやりした気持ちでいることに罪悪感をおぼえないでもなかったが、倦怠のほうが勝っていた。かつて、たしかに悠仁のことを好きだったはずなのに、離れているとかんたんに忘れてしまえる程度のものだった。アパートの天井を見あげて「さびしい」とつぶやいていた横顔も、思い浮かべようとするそばから輪郭が溶け、流れていってしまう。

忘れたくなかった。でも、忘れるしかなかった。自分がもっと早く気づいていれば、もっと早い段階で悠仁を止められていれば——そう考えながらデリヘルの客の相手をしていると、勝手に涙があふれだして気味悪がられた。中には「こんな仕事、すぐにでもやめなよ」と楓の髪をやさしく撫でながら最後までしていく客もいた。だからもう考えないようにした。忘れようとつとめた。

「会いたいよ、楓に会いたい」

思い出したようにかかってくる電話に感情を揺さぶられたくなくて、楓のほうから着信拒否した。悠仁としゃべったのはそれが最後だった。

なにかひとつでもちがっていたらいまも悠仁といっしょにいたのかもしれない。お腹の中にいるこの子だって、もしかしたら悠仁の子だったかもしれない。あったかもしれない未来のことを考えると、なんなんだよ、という気になった。その未来が、いま手の中にないということがなんだかひどく理不尽に思えるのだった。なんのために出会って、なんのために愛したのか、これじゃぜんぜんわからない。

ママのときと同じだった。楓は目の前の相手に盲従することしかできない。そういうやり方でしかだれかとつながれないのであれば、二度とだれともつながらないほうがいいのではないかとさえ思った。

離婚届が受理されたその日、妻さんが「お祝いに」ピザを焼いてくれた。生地からこねて、畑で採れたトマトでソースを作り、「なんでも好きなだけトッピングできるように」と玉ねぎやピーマン、スライスしたマッシュルーム、オレガノとバジル、サラミにベーコン、アンチョビやオリーブやモッツァレラチーズなどの具材が台所の作業台いっぱいに並べられた。

こういうところなんだよな、と楓は苦笑した。楓が食べたかったのは、照り焼きチキンとかプルコギとか明太もちとか、イタリア人が見たら目を剝きそうな宅配ピザのへんちくりんなメニューに、海苔やマヨネーズや缶詰のパイナップルをトッピングしたような「にせもの」のピザだった。それでも妻さんが作ってくれたピザは、もちもちした生地とぴりっと辛みの効いたソースの取りあわせが絶妙で、それまで食べたピザの中でいちばんおいしかった。

「私はコンビニのおにぎりだったな」熱々のピザを頰ばりながら、妻さんがつぶやいた。「はじめて無断外泊をした夜、友だちのアパートでつめたいコンビニのおにぎりを食べて、ああ、自由だなって思った」

あまりに唐突だったから、なんの話をしているのかすぐにはわからなかった。

「うちの母は、家族の帰りが何時になっても起きて待ってるような人だったから。遅くに帰ってきた家族が腹を空かせていないか気にかけ、あたたかい食べ物を出してやるのが自分の使命だと思っているような人だったから」

「あ、菓子パン」

それでようやく楓はぴんときた。

「そう、あなたにとっての菓子パン」満足そうに妻さんもうなずいた。「だからコンビニでおにぎりをあっためてもらう人の気持ちがわからない。あれは、つめたいからいいのに」

でもそれでいったら妻さんだってそうじゃないか。家族のことを気にかけ、あたたかい食べ物を出してやるのが使命だと思っている――とそこまで考え、ごく自然に自分のことを妻さんの「家族」だとみなしていることに楓はぎょっとし、オリーブオイルでべとべとした指で目元をぬぐった。こんなのはおかしい、この女に心を許してはならない、この女を好きになってはいけない――そう思うそばから、涙があふれだして止まらなくなった。

「ほんものとにせものなんて、そんなのだれが決められるのって思ってたけど、でもたぶん、このピザこそほんものなんだと思う。いま私が決めた」

涙のにじんだ声で楓は言い、泣きながら口いっぱいにピザを押し込んだ。

「それはさすがに……」と妻さんがわずかに眉をひそめた。「イタリア人に怒られるよ」

二人で声をあげて笑って、お腹がはちきれるまでピザを食べた。自分が笑っていることが楓は信じられなかった。嫌いな――嫌わなきゃいけない女の前で、どうしてこんなに無防備に泣いたり笑ったりできるのか、それがどういうことなのか、楓にはまったくわからなかった。

このおかしな共同生活がいつまでも続けばいい――そう望んでしまわないように、楓は慎重に自分を戒めた。この生活にはいつか終わりがやってくる。終わりの予感の甘さが自分を惑わせているだけなのだと。

妻さんにだけは「あのこと」を知られたくなかった。知られる前に楓はここを出ていく。だから未来を望んではいけない。

5

妻さんがおかしい。

妻さんがおかしいのはいまにはじまったことではないが、それにしたってこのごろ妙にそわそわし、楓が話しかけても心ここにあらずといったかんじでまともに取り合ってくれない。涼しくなってからは庭の草むしりも畑の世話もずいぶん楽になったようで、このころは午前中に家の掃除をすませるとそそくさと蔵にこもりきってなにやら作業している。「だれかきたらＬＩＮＥで呼び出してね」とわざわざ断っていくということは、暗に近づくなと言っているのと同じだった。

いったい蔵の中で妻さんはなにをしているのか。

気になって自室の窓から眺めたり、わざわざ庭に出て近くまで様子を見にいったりしてみたが、いつだって扉は固く閉ざされており、中の様子をうかがい知ることはできなかった。「鶴の恩返し」をはじめて読んだとき、どうして相手が見るなと言っているのにこの男は鶴の機織りを覗くようなまねをするのだろうと思ったが、男の気持ちが楓はいまになってわかった気がした。見たいものは見たいし、気になるものは気になる。なによりかまってもらえなくてさびしい。実はこれがいちばん大きかったのではないだろうか。

だからというわけでもないが、他にすることもないので妻さんが手配してくれた自動車学校にせっせと通っているうちに、あっというまに仮免に受かってしまった。スクールバスが巡回しているから通うのに不便はないはずだと妻さんは言っていたが、朝夕の一日二本しか便がなく、朝出ていったら半日は家に戻れないので、いやでも学科を進めるしかなかったのである。空いた時間は校内の自習室で自習をしたり、近くのカフェにいったりして潰すしかなかった。

　一度、二コマの空きができて、そういえばこちらにきてからまだ一度も温泉に入っていないなと思いつき、近くの旅館の日帰り温泉にいくことにした。大浴場とは名ばかりの、内風呂と露天風呂がひとつずつのこぢんまりとした浴場で、同じく日帰りできているのだろう近場の農民と思しきばあさんたちに、どこからきたのかと問われ、東京から、と楓はごまかした。すると今度は別のばあさんから一人できたのかと訊ねられ、いや旦那もいっしょ、と嘘をついたら、あ、とそのうちの一人が皺の寄った唇を開き、あんたあれやろ、金村んとこの、と大きな声で騒ぎだした。ほうか、とか、あれま、とか他のばあさんたちも声をあげ、金村ってあの金村ぁ？　そうそう、あっこのあほぼおの嫁さんの親戚の子だとかゆうて、あほぼおってどれ？　あそこんちあほぼおしかおらんが、だであれよ、東京で作家先生やっとるとかいう、ああ太陽、あの道楽息子の息子か、ほんでそのあほぼおがどうしたって？　だで太陽の嫁さんの親戚の――といった会話がくりひろげられた。

　楓は愕然とした。このあたりでは金村という名前が知れわたっているということだろうか、「金村太陽」のネームバリューよりもそっちのほうが上なんだろうか。どうせ素性がばれることはないと、てきとうな受け答えをした気まずさよりも、そっちのほうが気になった。そこへ、皺だらけの指が伸びてきて、楓の二の腕をつんと突いた。

「痛っ」そこまで痛かったわけでもないのに反射で叫ぶと、指の主であるばあさんはまるで動じることなく楓の腹のあたりを覗き込んだ。まるく突き出た腹の下、脱毛に通うのを途中でやめてしまったせいで中途半端に残った陰毛が湯にゆらめいている。

「あんた、腹に赤ん坊がおるのに、温泉入ったらあかんやろ」

「えっ、あっ、すいません、そうですね！」

そんな話は聞いたこともなかったが、チャンスとばかりに楓は勢いよく立ちあがり、すぐさまその場から逃げ出した。


「妊婦は温泉に入っちゃだめ？」

帰ってすぐに楓が報告すると、夕飯のしたくをしながら妻さんが訊き返した。

「そうか、昔はそう言われてたから、まだそういうふうに思い込んでる人もいるのか……」

近所の農民が山で採ってきた茸の石づきをむしりながら、ぶつぶつつぶやいている。あいかわらずここではないどこかに意識を引っぱられ、なんとなくこの場に立ってるというかんじ。

「心配なら今度、健診のときに先生に聞いてみたら？　次の健診いつだっけ？」

「来週の木曜日。それぐらいおぼえといてよ。まだ仮免だし、妻さんに連れてってもらわなきゃ、足ないんだから」

「ごめんなさい、手帳にはちゃんと書いてあるんだけど」

わざわざ痛い思いをする必要はない、ちょっとお金を払えば済むことなんだから、という妻さんのすすめにしたがって、楓は無痛分娩のできるクリニックで出産することに決めた。町の役場で新しい健康保険証と母子手帳を受け取ってから、妻さんの運転するディフェンダーで最初の健診に行ったのが九月半ばのことだ。自分がすすめた助産院をえらばなかったことに先生は不満そうだったが、クリニックで撮影したエコー動画を送ってやると、「最新設備の恩恵にあずかれるという点では悪くないかもね」とまんざらでもなさそうだった。

母子手帳の父親の欄は空欄のままにしてある。背後からぬっと首を突き出し、楓の腹を覗き込んできたばあさんのねぶるような視線を思い出すにつけ、いつどこでだれに見られるともかぎらないから空欄にしておいてよかったと改めて楓は思った。

「おなかすいた。今日の晩ごはんなに？」

妻さんの手元を覗き込みながら、子どもみたいに楓はたずねた。首の付け根のところでぱつりと切り揃えられた妻さんの髪がこぼれ、白くすんなりとした首が剝き出しになっている。

「今日は、茸ごはんです」

「またヴィーガン飯か」楓が顔をしかめると、「お肉も用意してあるから」と妻さんが笑った。

ごぼうはたわしで泥を落とし、ささがきにして水にさらす。にんじんは皮ごと切って、茸は土をはらって手で裂く。米は手早くすすぎ、さっと研いだら水が透けるまですすぐ。妻さんの動きには迷いがない。料理は科学、工程のすべてに理屈があるのだと妻さんは言う。

「妻さん、蔵の中でいっつもなにやってんの？」

砂糖と塩をまぶして茹でた鶏むね肉（そうするとぱさぱさしないのだそうだ）がうすくスライスされていくのを見おろしながら、楓は妻さんに訊ねた。

「なにって、片づけものとか、いろいろ」

「いろいろってなに？」

「いろいろって……うーん、いろいろよ」

「なにか、書いてるとか？」

楓は妻さんの顔色を慎重にうかがった。皺の動きひとつも見逃さないように。

「かいてる……？」

質問の意味がよくわからないというように妻さんが首を傾げる。首元に、さっと深い皺が寄る。

「だから、小説とか、そういう……」

言いながら楓はペンを握るようなジェスチャーをしてみせた。妻さんがものを書くなら、パソコンよりペンのほうがしっくりくる気がした。

「ああ、その書くね」

ようやく合点がいったように妻さんがうなずく。その「書く」以外にどんな「かく」があるというのか。

「どうして？」そこでようやく妻さんはまともに楓を見た。「どうしてそんなことを訊くの？」

「え、あ、だって」射すくめられ、楓のほうがたじろいだ。「なんとなく、そうなのかなって」

「書くといえば書くこともあるけど、そんなたいそうなものじゃない、かな」

なにか思いをめぐらすように目玉をまわし、妻さんはそう言ってはぐらかした。これ以上訊くな。踏み込んでくるな。妻さんが線を引いたのがわかった。

「あとちょっとでごはん炊けるから、もう少し待ってて」

この話はこれで終わりとばかりに、妻さんがコンロの火をのぞきこんでつまみを調節する。妻さんは炊飯器を使わず、土鍋で米を炊く。醬油の焦げるにおいが鼻先をくすぐり、おなかがきゅうと鳴る。妊婦って動物っぽいと他人事のように楓は思う。

「妻はものを書く女なんだ。それが男にとってどれだけの脅威か、君にはわからないだろうね」

自分の妻がいかに聡明で鋭敏な御しがたい女であるかを、飲み屋で知り合った若い女に「私」が語って聞かせる。

詩というのか小説の断片というのか、ほとんど気分のような短い文章のつらなりを、ノートの切れ端やチラシの裏などに書きちらしては放ったらかしにしてある。妻はそういう女だった。言葉があわのように身裡にあふれだし、吐き出さないといられないみたいだった。いったん吐き出してしまったら、それで気が済んだとばかりに書いたものにはいっさい頓着しなくなる。見かねた「私」はそれらをかき集め、できそこないのパッチワークのようにして一編の小説を書きあげた。妻の言葉は、触れるそばから崩れてしまいそうなあわい砂糖菓子を思わせた。その残骸を積みあげていびつな城を作りあげる。「私」がしているのはそういうことだった。

そのようにして書かれた小説が新人賞に入選し、思いがけず「私」は小説家デビューを果たすことになる。しかし、それきり泉が涸（か）れてしまったみたいに妻は言葉を吐き出さなくなり、わずかに残されたメモをかき集めて、なんとか「私」は二作目を書きあげる。一部の評論家や編集者には「独特な言語感覚」「若者特有のナイーブな心の揺蕩いを見事に掬いあげている」と評されたが、二作ともセールスはふるわなかった。むろん、妻は「私」の書いたものにはなんの興味もしめさなかった。「私」の手によって盗まれ、切り刻まれ、台無しにされた言葉の末路になど。

妻の支配から逃れ――あれは支配だったのだとあとになって「私」は思う。妻にそう仕向けられたのだと――「私」は自分の言葉で三作目の小説を書きはじめた。恋愛とも友情ともつかない男女の三十年間に及ぶかかわりを、平易な言葉で感傷的にエモーショナルに書いたその小説は刊行した直後から話題となり、「私」はいちやくベストセラー作家の仲間入りを果たすことになる。以後、「私」の書く小説は出すそばから飛ぶように売れるようになったが、初期の二作だけは再び光をあてられることもなく忘れ去られた。

そういったすべてに妻は頓着しなかった。生活が一変し周囲が騒がしくなり大金が転がり込んできても、涼しい顔をしてそれまでどおりにふるまっていた。桁がひとつちがうワインを開けても、いつも飲んでいた安物のワインと変わらぬ調子ですいすいと喉をとおし、ダイヤモンドを買いあたえても二束三文のガラス玉のイヤリングを好んで使う。

かんたんには懐かない猫のような女だと思っていた。そういうところが気に入って妻にえらんだはずだった。しかし、ほんとうにそうだったのだろうか？　猫だと思って拾った女が虎だったなんて、そんな間抜けな話があるだろうか。

妻の干渉は静かに「私」を蝕み、一人でいるときでもつねに妻の気配を感じるようになる。二人でいるときよりもむしろ強く。しだいにそれは原稿の上にも影を落としはじめる。逃れようもなく。

いつか「私」は妻に復讐されるだろう――すでにそれは始まっているのかもしれない。「私」のあずかり知らぬところで、妻の視点から書かれたもうひとつの物語が進行しているのではないか。そのことを「私」は恐れている。その一方で、「私」はそれを待ちわびてもいる。

「そう、まるで物欲しげなフィッツジェラルドのようにね」

「それってつまり、どういうこと？」

よくわからないとばかりに首を傾げる飲み屋の女に、君にはわからないだろうね、ともう一度「私」は言って肩をすくめる。「いいんだ、忘れてくれ」

だからつまりどういうことなんだと最初に読んだとき、楓は飲み屋の女――思い過ごしでなければ、いささか楓の面影を感じさせる――と同じ感想を抱いた。四谷から送られてくる「定期便」を待ちきれず、自動車学校から歩いて五分の場所にある市立図書館で、「薄氷をゆく」が連載されている週刊誌のバックナンバーを楓は読みあさった。

似たことを、先生が言っていたことがある。かつて妻は詩のような散文のようなものを書いていたことがあり、これがなかなか悪くなくてね、どこかへ送ってみたらとすすめてみても、まともに取り合おうとせず、そのうち書くこと自体やめてしまったのだと。

「俺のせいかな」

コンクリート肌が剝き出しになった四谷のマンションの天井を見あげ、先生はつぶやいた。

「どうしてそんなふうに思うの？」

好奇心というより礼儀として楓は訊ねたが、先生の答えはぼんやりしたものだった。

「だってそりゃ、家に二人ももの書きがいたら困るだろ」

「それってつまり、どういうこと？」とそのとき、楓は訊ねたのかもしれない。君にはわからないだろうね、とそのとき先生が言ったかどうかまでは思い出せないけれど、こいつに言ったところでしかたないと思っていることが、目つきや態度のはしばしからうかがえた。

もしかしたら妻さんは蔵の中でなにか――わからないけどなにかものを書いているのではないか。いったん思いついたら、もうそうにちがいないとしか思えなくなった。原稿が佳境に入っていたり、新しい小説を起ちあげたばかりだったりするときの先生はどこかうわの空で、すぐそこにいるのにいないみたいになる。ちょうど最近の妻さんのように。

妻さんがどうして再びものを書く気になったのか、そのことに自分は関係しているのか、たしかなことはひとつもわからなかったが、その思いつきはなんだかわくわくするような、声をあげて笑い出したくなるようなことだった。書かれるばかりだった妻さんが書く側にまわる。これ以上、痛快なことがあるだろうか。楓はものを書いたこともなければ書こうと思ったこともなかったが、それは車を運転するのと似たようなことなんじゃないかと、なんとなく想像した。

自分の体が自分のものであるという感覚がもとより楓は希薄で、妊娠してからというもの、その乖離(かいり)に拍車がかかったような気がしていた。制御不能な食欲に振りまわされ、疲れやすく浮腫みやすく、借り物の体で生活しているような——あるいは自分の内側に得体のしれない生き物を飼っているような、もどかしくじれったいかんじが続いていた。

自動車学校に通い、自分でハンドルをにぎり、車を運転するようになってから、なにかが楓の中でつながった。車も身体も同じなんじゃないかって。思いどおりにならないほうがふつうで、だからうまく操縦できるように訓練するしかないんじゃないかって。ごくまれに、心と身体（もしくは車体）の動きがぴたりと一致したときは、すべての回路がつながり滞りなく流れるような感覚があって、この上なく気持ちがよかった。

「運転がうまい男の人にどきどきするって、みんな言うじゃん。車庫入れを一発で決めたらきゅんとするとか、バックするときに助手席に手をまわす仕草がセクシーとか、みんな言ってるしそんなもんかなぐらいに思ってたけど、自分でやってみてわかった。助手席に乗ってるときより自分で運転できたほうが、縦列駐車がばっちりうまくはまったときなんか、くらべものになんないぐらい最高、最高すぎて笑えてきて——やばい、教官に変なやつと思われてるかも」

自動車学校から帰ってくると、楓は妻さんに「今日の成果」を報告する。さやいんげんの筋をとったり、里芋の皮を剝いたりしながら、聞くともなしに妻さんは曖昧な相槌をうつ。

このところまともに相手にしてもらえないことをもの足りなく感じていたが、蔵の中で——というより妻さんの内側でいま革命的ななにかが起こっており、それを妻さんみずから操縦しようとしているのだと思うと、楓の胸をひろやかにさせた。ふつふつとこみあげる笑いを嚙み殺し、いつかどこかでと楓は夢想する。そのときがやってくるのを楓が近くで見届けることはないかもしれないが、いつかどこかの町の書店や図書館で、必ずきっと。

十月に入り、気温がだいぶ下がると、山の緑が急速に褪め、集落一帯に秋のにおいが満ちた。稲刈りがはじまり、一面黄金色の田んぼで、朝早くから農民たちが作業している姿があちこちで見られるようになった。猛々しい鳴き声の夏の虫は去り、なにも聞こえていないよりむしろ静けさが際立つような秋の虫が鳴きはじめた。

「あ、スズムシ」

いつかの晩に、虫の音にまぎれてしまいそうなほどかすかな声で妻さんがつぶやいた。楓には車の区別もつかないが、虫の鳴き声の区別はもっと無理だった。

東京で暮らしていたころは季節の移り変わりなんて気にしたこともなかった。ときおり吹く風に季節のにおいをかぎとって、ふいに泣きそうになる瞬間があるくらいだった。どうして泣きたくなるのか、その理由もわからないまま再び喧噪の中に身を投げて、次の瞬間には忘れている。東京にいると、そういうことがよくあった。なにかを思い出しそうになるのだけどなにも思い出せずに、せつなさばかりが降り積もっていった。

その日、楓は妻さんに持たされた弁当を自動車学校の休憩所で食べてから、バスの時間を待つあいだ近くのカフェに行くことにした。古民家を改装したそのゲストハウス兼カフェは、名古屋から移住してきた三十代の夫婦がコロナ禍に入る前に開いたという。明るすぎず洗練されすぎていない店内には、作家ものの雑貨やアクセサリーが並べられた一角があり、いいかんじにごちゃついていた。客のほとんどは観光客やワーケーションにきているよそ者で、農民たちの姿を見かけないのもよかった。

ボウルになみなみ入ったオーガニックのデカフェオレが五百円で、ほんのり苦みのきいたキャラメル味のクッキーがついてくる。東京のカフェだったら安くても七百円はするだろう。地元の農民たちは「ミカド」か、それに類する安普請の喫茶店に通っているようだ。そういう店ではコーヒーが三百円で飲める上に、モーニングや豆菓子までついてくる。

「スタッフ、募集してるんですね」

トイレの壁に貼られていた求人広告を見て、楓はカフェの夫さんに声をかけた。時給千円にもみたなかったが、それでもこの町に求人があること自体が驚きだった。

「そうなんですよう」

丸眼鏡をかけ、ふっくらした顔の夫さんがにこやかに答える。この店では厨房を妻が、ホールを夫が担当している。

「一時はどうなることかと思ってたんですけど、コロナも落ち着いて外国の方々も戻ってきてるし、平日は二人でまわせないこともないいんですが、おかげさまで週末はかなりにぎわうんで」

「そっか、応募しようかな」

冗談っぽく楓が言うと、「ぜひ～」とかん高い声をあげながら、楓のお腹のあたりにさりげなく夫さんが目をやるのがわかった。オーバーサイズのシャツの上からでもはっきりとわかるふくらみ。二十五週目ともなれば、さすがにごまかしきれない。

財布には一万円札と小銭が少し入っている。デカフェオレに換算すると二十杯分。軽いため息をついて、楓は表面に膜の張ったデカフェオレに口をつけた。

現金がないとなにかと困るだろうからと妻さんがくれた一万円を大事に使っていたら、その一万円がなくなる前に、「はい」とまた妻さんのほうから一万円を渡してきた。「まだある」といったんは固辞したが、楓が金を要求せずにすむように妻さんのほうから言い出してくれているのかもしれないと思い、「じゃあ」と受け取った。それでもなんとなく妻さんの手から直接金を受け取るのは気まずかった。

　ママにおこづかいをせがむとき、悠仁に生活費をせがむとき、いつも楓はみじめで億劫な気持ちになった。金なんて見なくても触らなくても済むならそのほうがよかったし、自分で稼げるならそれに越したことはなかった。先生からの毎月の十万円は、いつも楓が眠っているあいだにダイニングテーブルの上に置かれていたから、なんの後ろめたさも感じなくてよかった。それにあれは、自分の体で稼いだ金だという自負もあった。

　カフェのドアが勢いよく開いて、野菜の入った青いコンテナを抱えた湊が店内に入ってくるのが見えた。勝手知ったる足さばきで奥の厨房まで運び入れると、挨拶もろくにせずに伝票を切り、空のコンテナを引き取ってさっさと出ていこうとする。

「あ、ちょっと、湊さん」夫さんがあわてて湊を呼び止めた。「こないだ話してた農業体験のことなんだけど……」

　楓は夫さんの陰から注意深く湊を見あげた。この店に通うようになってから、野菜を納品しにくる湊の姿を何度か見かけていた。店の一角には地元の有機野菜を販売するコーナーも設けられている。わざわざ話しかけるような仲でもないし、いつも風のようにやってきて風のように去っていくから、向こうが楓に気づいている様子はなさそうだった。

　夏が終わり、町ゆく人のほとんどが長袖を着るようになってからも、いつ見ても湊だけは襟元が伸び切った半袖のTシャツを着ているので、なんなんだあいつは、バカなのか、一年中半袖半ズボンで小学校に通っていたようなタイプか、と楓は内心やきもきしていたのだが、最低気温が十度を下まわった今日はさすがに長袖を着ていたのでほっとした。

　それでというわけでもないけれどなんとなく心安さをおぼえ、夫さんの陰から湊に話しかけるタイミングをうかがっていると、

「みさきさんからまだなんの連絡もきてないんだよね。もう一回、湊さんのほうから確認してもらってもいい？」

「あ、はい」

　耳に入ってきた二人のやりとりに、楓はびくりと体を震わせた。どっと鼓動が速くなる。いやでも、よくある名前といえばよくある名前だし……。

　ナイフで切れ込みを入れたような湊の目が、夫さんの肩越しに楓の姿をとらえ、声には出さず、あ、の形に唇がひらかれた。

「みさきって？」

　なにか言わなきゃと思って、挨拶もなにもすっ飛ばし、口から飛び出してきたのがそれだった。湊を見あげ、単刀直入に楓は訊ねた。

「みさきってだれ？」

6

　先生とはじめて会ったとき、楓は「美咲（みさき）」という名前だった。なんでもいいからてきとうにつけてと店長に言われ、なんでもいいからてきとうにつけた源氏名だった。

「君のことを小説に書いてもいいかな」と先生は言った。

ホテルの一室で名刺を渡され、小説家だと言われたときはそういうプレイなのかと思った。客に呼ばれるときは、新宿近辺のヤニ臭いラブホテルやビジネスホテルが多かったから、一階にロビーラウンジがあるような、ちゃんとしたホテルに呼ばれることはめずらしかった。

「金村太陽……？」

名刺に書かれた名前を読みあげると、「聞いたことない？　これでもけっこう売れてるんだけどな」と語尾に笑いをにじませた。口外しないことを条件に、基本料金に上乗せして支払うから、君の話を聞かせてほしいと先生は言った。今度書く小説に娼婦のヒロインが出てくるから取材したいのだと。

「娼婦」

違和感を表明するため、控えめに楓はつぶやいた。

少なくとも楓は、自分を娼婦だと思ったことはなかった。ソープ嬢や立ちんぼをしている友だちもいたけれど、彼らだって娼婦ではないように思えた。娼婦がどういうものを指すのかなんて楓にはわからないが、なんとなくその呼び名は古風で大仰でリアルじゃないかんじがした。

「いくら小説家といっても想像力には限界があるからね。僕にはどうしてもわからないんだ。金で男に……その、なんだ、愛を売る女性の気持ちというのが」

「愛なんて売ってないよ」楓は笑った。「売ったおぼえもない」

先生が作ってくれた薄い水割りをちびちび飲みながら、楓は先生の投げかける質問にひとつひとつ答えていった。どこで生まれ、どこで育ち、どのようにして東京に流れ着き、どうしてこの仕事をするようになったのか、なにを思いながら日々この仕事に従事しているのか。楓が答えられるのは自分のことだけで、「娼婦」のことなんかわからなかったし、「愛を売る女性」全般の気持ちなんてもっとわからなかった。それでいい、と先生は言った。君の話が聞きたい、君のことを小説に書きたいのだと。

「ほかにもっとかわいい子や若い子もいたのに、どうして私を指名してくれたの？」

「ぴんときたんだ、君だって」

それからも何度か指名を受け、新宿の高級ホテルの一室に呼び出された。身の上話は最初の数回だけで、あとはルームサービスのシャンパンとフルーツをつまみながらなんということもない話をした。ルビさんの担当ホストが「ゲロの味がする」と言っていたあわく苦い液体を、楓は嫌いじゃないと思った。

先生は楓の体にいっさい触れようとしなかったし、本来のサービスを求めようともしなかった。「一回ぐらい抜いとく？」と訊いても、「いや、そういうつもりじゃないから」と神妙な顔になった。「デリヘル嬢を呼びつけておいて、そういうつもりじゃないってなに」と楓は笑った。

たまにだけど、なにもしないお客さんもいるにはいた。いっしょにゲームをしてほしいとか、ファミレスでパフェを食べるだけとか。時間分の料金はきちんと支払ってくれるので、ラッキーだと思ってなにもしないでいるのだけれど、そのたびに楓はうっすら不安になった。買われた時間の中で男を射精させる。一本いくら。一時間いくら。そのほうがわかりやすくてよかった。金だけもらってなにもしないなんて、いったんのみこんだシステムにバグが起こるからいやだった。

「こんなの困る」

「どうして？」

「いやになるから」

「なにが？」

「ぜんぶが」

「ぜんぶって？」

「……ちがう、ぜんぶじゃなくて、自分が」

「なんで？　なんでそう思うの？」

　先生はどこまでも追及した。半端な答えでは許してくれなかった。だから楓も言葉を探した。触れたくないところまで深くもぐりこんで、引っぱり出さなければならなかった。

「どうでもいいって思ってたの、最初は。体なんかべつに減るもんじゃないしって。売れるもんは売れるうちに売っといたほうが勝ちだって。実際みんなそうしてるし、私もそう思ってた。男をいかせてなんぼね、オッケーわかった了解でーすって。こんなことなんでもない、ぜんぜん特別なことなんかじゃないって。なのになんでだろう、なんでやだって思っちゃうんだろう。どうしてこんなにいやでいやでたまらないのか、自分でもわかんない」

　肌の上を這う男たちの手の感触を思い出しながら、楓は絶望とともに予感した。いつか――いつになるかわからないけれど、借金を完済し、いまとは別の仕事をするようになっても、おそらく自分はこの感触を一生忘れられないだろう。

「特別なことだからじゃないかな」

　いつも聞き役に徹していた先生がめずらしく口を開いた。

「セックスが特別なことだと思ってるから、いやなんだよ」

　楓はベッドに、先生は一人がけのソファに、それぞれ向き合う形で座っていた。数杯のシャンパンと数粒の涙が、窓から見える新宿の夜景や先生の輪郭をぼやかしていた。

「俺にとってもセックスはやっぱり特別なものだから、金で買おうとは思わない」

「そういう理由……」

濡れた視界に気をとられながら、ぼんやり楓はつぶやいた。

「ほかにどんな理由があるの」やっぱり語尾に笑いがにじんでいた。

「妻さんに悪いから、とか?」

口にしておきながら、そんなわけないと思っていた。妻や恋人がいるのに楓を呼び出す男なんていくらでもいた。男なんて99%は浮気するものだと女たちは口を揃えて言う。だから、そういうものなんだろうと楓も思っていた。悠仁だっていずれはそうなっていただろうと。

「それもある」大真面目な顔をして先生はうなずいた。「妻のことは、愛しているから……」

それだけで即、浮気をしない1%の男とみなしたわけではなかったけれど、妻や恋人の存在を示しながら悪びれずにデリヘル嬢とのプレイを楽しむ男たちよりはずいぶんと上出来に思えた。

「ちょっと時間をくれるかな」

グラスに残っていたシャンパンを飲み干すと、先生はスマホ片手にバスルームへ入っていった。どこかへ電話をかけているらしく、くぐもった声が壁をとおして聞こえてきた。

それからはあっというまだった。先生は、電話ひとつで魔法のように楓の借金を清算してしまった。

「これで君は自由の身だ。気の向くまま、どこへでも好きなところへ行けばいい」

片手にスマホを持ったまま、先生は両手を広げてみせた。ずいぶんと芝居がかっているなと思ったけれど、そうか、この人は小説家なんだった、と遅れて思い出した。

「自由とか、そんなの無理」

笑わなきゃ、喜んでみせなきゃ、きっと先生は楓がそうすることを望んでいる。そう思うのに、いきなりそんなことを言われても困るというのが正直なところだった。楓には行きたいところもなければしたいこともない。店をやめて寮を出たら、また路頭に迷うはめになる。自由の身どころかどこにも行けないという気分がいっそう強まるだけのことだった。

「先生のとこに行っちゃだめ？」

楓は先生を見あげた。地獄のような場所から救い出してくれた魔法使いの先生は、自分の施した「善行」に満足しきったように笑っていた。

「先生の愛人にしてよ」

涙はとうに乾ききり、頰のあたりがぱりぱりとこわばっていた。

「いいよ、うちくれば」こともなげに先生は微笑んだ。「美咲が望むならいつまでも」

そのとき先生が書いていた『一億の夜をきみと』は、楓が四谷のマンションに移り住んでしばらく経ってから出版された。

「ずっと、死に場所を探していたんだ」という主人公の独白からはじまるその小説には、楓の話した内容がそのまま書かれている部分もあったが、ほとんどの部分は「文学的」に書き換えられていた。デリヘル嬢は場末のスナックのホステスに、自然派を妄信する母親は奔放なシングルマザーに、問題児の妹は難病を抱えた弟に、軽薄な小説家は死にたがりの実業家に、先生が肩代わりした二百万円の借金は一億円に。

「こんな場末のスナックには似つかわしくないような清らかな目をした」ヒロインの特徴のいくつか――ファック・ミー・シューズを履き、ことさらにはすっぱぶって、カラーリング剤で傷んだ髪の毛を指でもてあそぶ――は楓にもあてはまるものだったけれど、「清らかな目」をしているかどうかまでは自分ではわからなかった。
半分ほど読み進めたところで「聖なる娼婦」という言葉が目に飛び込んできて、楓は本を閉じた。だからヒロインが最後にどうなったかまでは知らなかった。「感動のラスト」「号泣必至！」と帯には書かれているし、何人かの有名人がそのようなコメントを寄せてもいたから、おそらくはそんな調子で終わっているのだろう。まさか「あのこと」が書かれているはずもないし、先生だって書くつもりもなかったはずだ。だってあまりにも滑稽で、「文学的」とは言いがたいから。娼婦とはこういうもの、こういうありかたのことをいうのではないかと楓が思ったのは、くっきりと陽性のラインが出た妊娠検査薬を見おろしたときのことだった。

道のまんなかにくったりとしおれたゴム長靴が落ちている。

「田舎の国道あるあるだよね、靴がかたっぽだけ落ちてるの」

使い物にならない男性器のようだと思いながら、楓は運転席の妻さんに話しかけた。

「どうしたらあんなところに落とせるんだろ。あれじゃ王子様も拾いにこれないじゃんね」

「軽トラの荷台から落としたんじゃないかな。このあたりは農家が多いから……」

生真面目な妻さんの返答に楓は苦笑し、助手席のダッシュボードに載せた自分の足に目をやった。ぴたりと吸いつくような赤いバレエシューズ。赤なんてと最初は思ったが、ジーンズにも生成りのワンピースにもなんにでも合うから重宝していた。妻さんの買ってくれた靴はすぐに足になじんで、どこまででも歩いていけそうに軽く、靴ずれひとつしない。妻さんこそ魔法使いなのではないかと、だからこのごろ楓は考えている。

「いまなに考えてる？」

なおも楓は妻さんに話しかける。妻さんはふだんから言葉数が少ないほうだけれど、運転中は輪をかけて無口になる。カーステレオからは昼のラジオ番組のやくたいもないおしゃべりが続いている。

「なにって、えー、なんだろう……」

「言えないようなこと？」

「そういうんじゃないけど」

「じゃ、なんで教えてくれないの」

「教えたくないわけじゃなくて、忘れちゃっただけ」

「そんなすぐ忘れるわけないじゃん」

「話しかけられたはずみで忘れちゃうぐらい、ささいなことだったんじゃないかな」

「うそだあ」

「あなたも年をとればわかるよ。言葉の意味とか、明日の天気とか、なんでもいいんだけど、なにかちょっとしたことを調べようと思ってスマホを手に取るとするじゃない？　その次の瞬間には、なにを調べようと思っていたのか忘れてるなんてこと、しょっちゅうなんだから」

前を向いたまま妻さんはなぜか得意げに言った。

「じゃあ、あなたは？」

「えっ」

急に水を向けられ、楓は助手席のシートの上ではねた。

「さっきまでなにを考えてたのか、すぐ思い出せる？」

——妻さんは魔法使いだって考えてた
口にしかけて、やっぱりやめて、「忘れちゃった」と楓は舌を出した。「ほらあ」と妻さんが笑う。調子を合わせて笑いながら、もっとしゃべってくれたらいいのにと思う。妻さんがどんなことを考えているのか、どうしていまここにいるのか、妻さんの話をいろいろ聞いてみたかった。

午前中にクリニックで健診を終えてから、ホームセンターとスーパーがくっついたような施設で買い物し、フードコートでお昼ごはんを食べた帰りだった。メロンソーダを飲んでも、たこ焼きにからしマヨネーズをかけても妻さんは怒らなかった。どこからか、ちいさな子どもの泣く声がして、引っぱられるように妻さんが顔をあげたが、どんな顔をしているのか見てはいけない気がして、たこ焼きの上で躍るかつおぶしに楓はぎゅっと視線を集中させた。

そういうことは、何度かあった。クリニックの待合室やショッピングセンターや近所の農協なんかでちいさな子どもに出くわしたりすると、楓はぎくりとする。おねがい妻さんの視界に入らないでと思う。そのことを思い出させないで。そういった場面で「いまなに考えてる?」とたずねたら、妻さんはなんと答えるだろう。また、はぐらかされるだけだろうか。

切り立った山肌にへばりつくように曲がりくねる国道を、妻さんの運転するディフェンダーは北上している。日差しは強いのに、細く窓を開けると冷たい風が頭のてっぺんを撫でていく。川を挟んだ対岸、山の中腹にぽつんと一軒、ほとんど小屋といっていいほどの大きさの粗末な民家が建っているのが見える。あんなところに住んでいるのはよほどの偏屈か、借金とか犯罪とかその手の後ろ暗いものから逃げるように都会を追われてきた人だろうと思い、すぐに自分だって似たようなものじゃないかと楓は気づく。

「オートマ限定だったら、もう免許取れてたかな」

ダッシュボードに載せた足をぷらぷらさせながら楓は言った。

「それは関係ないと思うけど……」

「えーっ、そうかなあ、オートマ限定だったらいまごろ楽勝で卒検受かってるよ」

オートマ限定免許でいいと言ったのに、「でもそれじゃディフェンダーは運転できないよ」といつになく妻さんが強く出たから、マニュアル免許を取ることになってしまった。先生が妻さんに断りもなくディフェンダーを購入したせいで、妻さんも教習所に通って限定解除するはめになったらしい。

「もしかして授業料を稼ぐために意地悪してハンコくれないのかな。年々子どもの数が減ってるから売上も減ってるだろうし、教習所ぐるみでそういうことしてるとか」

「陰謀論みたいなこと言わないで」

「疑いたくもなるよ、ちょっとのミスも見逃さないんだもん。このままだと永遠にあの教習所に通い続けなきゃいけないような気がしてくる」

あとちょっとで卒業検定というところまできているのに、このところ立て続けに「みきわめ不良」となり、技能教習を延長している。そのたびに五千二百円が必要で、そのたびに妻さんにお金をもらわなくちゃいけないのが楓は苦痛でしかたなかった。

「湊が練習するならつきあってくれるって言ってたけど、バカじゃんね、どこで練習するっていうの。仮免で公道走ってるの見つかったら免許取り消しじゃすまないよね――ってその免許もまだ取れてないんだけど」

「湊？」

妻さんの片眉がぴくりと動いた。しまったと楓は思い、「あ、なんか、町のカフェでたまたま会って、それで」ととっさにつけ足した。

このところ湊としょっちゅう顔を合わせていることを、楓は妻さんに言えずにいた。一度、カフェで帰りのバスの時間を待っていた楓に「乗ってく?」と湊が声をかけてきたことがあったが、二秒だけ迷って「やめとく」と断った。湊の軽トラに乗っているところを近所の農民たちに見られでもしたらそれこそ二秒で妻さんの耳に入ってしまうだろうし、いつものバスの時間より早い時間に帰っただけでも妻さんはめざとくなにかに気づきそうだ。

美咲というのは湊の母親の名前であるらしい。隣町の生まれで、年齢は先生や妻さんの少し上、湊の父親と結婚する前は「ミカド」に住み込みで働いていたようだ。

美咲という名前に過剰な反応を見せた楓を訝るわけでもなく、あっさり湊は教えてくれた。とっつきにくい外見と無愛想な態度から、なにを考えているのかよくわからない男だと思っていたが、話してみると素朴で、きわめてシンプルな性格のようだった。そのぶん、マニュアル的な手管やごまかしがきかないかんじがした。

美咲と先生のあいだにどんな過去があったのかまではわからないが、「ミカド」で働いていたということは多少なりともかかわりがあったと考えていいはずだ。紘子が犬の子のように気安く湊を扱っているのを見れば、いやでも関係が深いのが伝わってくる。どうして自分を指名したのかと楓が訊ねたとき、ぴんときたとかなんとかあやふやなことを先生は言っていたが、もしかしたら美咲という源氏名を見て部屋に呼ぶのを決めたのかもしれない。

もしそうだったとしたら、なにがあっても妻さんにだけは知られたくなかった。過去、なんらかの関係があった女と同じ名前の「娼婦」を金で囲っていたなんて知ったら、妻さんはどんなふうに思うだろう。またひとつ、秘密が増えてしまったことにじれじれして、楓はバレエシューズのつま先をぎゅっと丸めこんだ。

「練習する？」

急に思いついたように、妻さんが言い出した。

「えっ」

「だから、練習。運転の」

楓の返事を聞くより先に、国道の途中、いまはもう営業していない朽ちかけたパチンコ店の駐車場に妻さんは車を乗り入れた。それからすぐに運転席を降り、トランクから踏み台を持ってきて、席を移動するよう楓に促した。

「ちょ、待って、本気で言ってる？　どうすんの、つかまっちゃったら……」

「つかまんないつかまんない、このあたりは警察なんてあってないようなものだから」

「前から思ってたけど、妻さんって意外にまあまあ大胆だよね」

運転席に乗り込むと、楓はおそるおそるギアに手をかけた。教習所の車よりクラッチも重かったし、ギアの動きにもくせがあるように感じられたが、すぐにこつをつかんで国道に乗り出した。

「うまいうまい、その調子」

助手席の妻さんがそよ風のような声で褒めそやすから、ちいさな子どもにでもなった気がした。最初は緊張していたが、少しずつスピードをあげて国道を進んでいくうちに、じょうごを通したみたいに意識が集中していく。やっぱりマニュアル車のほうがしっくりくる。自分の手で操縦しているかんじがして。

道の駅を過ぎ、このあたりではめったに見かけない大手チェーンのコンビニを過ぎ、いくつかのトンネルといくつかの廃屋といくつかの集落を過ぎて、あともう少しで家にたどりつくところまできて、

「うそ」「やば」

妻さんと楓の声が重なった。

国道が二股に分かれる手前のところにパトカーが停まっていた。ヘルメットをかぶった警官が二人、交通検問かなにかを行っているようだった。不穏な緊張に、おなかのあたりからぽこんとあわが立つような感覚がした。

「大丈夫、スピードも出てないしシートベルトもしてる。なんにも違反なんかしてないから、このまま何食わぬ顔で素通りすれば……」

妻さんが最後まで言い終える前に、楓はアクセルを踏み込んだ。

「違反してないどころか、めちゃくちゃしてるんですけど！」

反対車線に車はきていない。棒状のものを振りまわし、「止まれ」の合図を出す警官のすぐ横を猛スピードでぶっちぎる。こんなことでこれまで積みあげてきたもの——金や時間やいろいろが無駄になるのはごめんだった。ディフェンダーが唸るようなエンジン音をあげる。そのまま楓は家とは逆方向にY字路を突き進んだ。

「どうしよう、どうしよう、どうしよう」バックミラーを覗き込み、楓はパトカーが追ってきていないことを何度も確かめた。心臓がばくばく鳴り、手足も小刻みに震えている。「どうしよう、どうしよう、どうしよう」くりかえし口にしながら、なぜか腹の底から笑いがこみあげてくる。

「大丈夫、大丈夫だから」なだめるように言う妻さんの声も笑い出していた。「ゆっくり息を吸って、吐いて。おなかの赤ちゃん、びっくりしてる、から」

妻さんの言うとおりに息を吸おうとするのだけれど、横隔膜のあたりが引きつって笑い声が漏れる。おかしくてたまらなかった。のどかな田園風景の中を車で爆走しながら、二人は声をあげて笑った。笑っても笑っても足りなくて、しまいには涙まで出てきた。

「めずらしい、あんなところで検問なんて」

「このあたりにも警察なんてあったじゃん、めちゃくちゃあったじゃん」

「信じられない、まさか、あんな無茶するなんて」

「よく言う、もとはといえば妻さんが」

「だからってあんな無茶」

「しょうがないでしょ、警察みると、反射で逃げ出すようになってるんだから」

「信じられない」

まぶしそうに楓を見やり、もう一度、妻さんは息を吐き出すように笑った。

検問のあるY字路に戻るのは危険だからと、大きく迂回する形で家まで車を走らせた。妻さんと運転を交代しようかとも考えたが、どこかでもたもた席を移動しているところを取り押さえられてもかなわないと判断し、このまま逃げ切ることにした。

「これならもう大丈夫、次はまちがいなく合格だよ」

冗談ともつかない調子で妻さんが言うから、ほんとうにそんな気がしてくる。警察をぶっちぎれるほどの運転能力があるんだから、免許証ぐらいすぐ取れるんじゃないかって。

家の前に車を停め、妻さんの助けを借りて運転席から降りると、宙に浮いているみたいに足元がふわふわした。「どうしよう、膝に力入んない」それでまた楓は笑った。

「やだ、大丈夫？」

「大丈夫じゃない、おんぶして」

「こんな大きな子、無理だよ」

妻さんの肩に後ろからおぶさるようにしながら、腕と腕をからませ、きゃあきゃあ声をあげ、もつれあうような形でなんとか玄関までたどりついたところで、

「おかえりぃ」

なぜかそこにいるはずのない先生の声が二人を出迎えた。

「二人してなにをそんな楽しそうに、どこ行ってたのよ？」

いつもの薄笑いを浮かべ、裸足で土間に降りてきた先生は、二人の顔を交互に見くらべた。

「なんだよ、二人とも、おばけでも見たような顔して」

さっきまでの無敵な気分が針で突いたようにしぼんでいく。一言も言葉を発せないまま、楓は玄関口に立ち尽くした。

「どうして、くるならくるで、連絡ぐらい……」

妻さんの声が、心なしか非難しているようにも聞こえた。

「自分ちに帰ってくるのに連絡入れる必要なんかあるかあ？」妙なことでも言われたみたいに先生は首を傾げている。「連絡したよ。さっき、駅着く前に、迎えにきてもらおうと思って。ぜんぜん既読になんなかったからタクシー呼んだけど」

「ごめんなさい、気づかなくて……」

ぼうっとしたような顔で妻さんが謝った。また心ここにあらずの妻さんに戻ってしまった。

先生と入れ違いに妻さんが東京に行くことになったのは、その翌日のことだった。身内に不幸があったとかで、朝早くに母親から電話がかかってきたそうだ。あわただしく荷造りして、先生の運転するディフェンダーで駅まで送られていった。

先生は行かなくていいのかと楓が訊ねたら、

「行けるわけないじゃん、さすがにいまは、針のむしろってやつ？」

と悪びれずに先生は言い、背後から手をまわして楓の腹を撫でた。「動く？　どう？」耳元に先生の息がかかる。楓が妊娠してから、先生はやたらと楓の体に触れたがる。楓の体も言葉も先生のものだから、楓に拒否する権利はなかった。

今日発売の週刊誌に金村太陽の不倫報道が出た。相手は、原作映画の主演を二度にわたってつとめる俳優だった。マスコミにもみくちゃにされてもかなわないからと、それで急遽、本宅に戻ってくることにしたらしい。

化粧品やビール、ハウスメーカーなど、七本のＣＭに出演している「清純派」の売れっ子俳優だけあって、ワイドショーはその話題で持ちきりだった。金村太陽の扱いはごくわずかで、あくまで俳優側のスキャンダルとして扱われている。

「映画の宣伝になるかなと前向きに考えようとも思ったんだけど、やっぱり世間は不倫する女に厳しいね」

――やってんな、こいつ。

他人事のようにテレビを眺める先生を見て楓は確信した。昨晩、先生から話を聞かされたときは、あれほど美しい女が先生なんか相手にするわけがないと思ったし、妻さんの手前、先生もやってないふうを装ってはいた。

しかし、どうだろう。妻さんがいなくなったとたん、この調子のよさは。これは、十中八九やっている。楓の直感がそう告げていた。黒も黒、真っ黒だ。

「不倫する女に厳しいっていうか、不倫する男に甘すぎるんじゃない」

いやみのつもりで言ったのに、「言えてる」と笑って先生は天井を仰いだ。本気でどういうつもりでいるんだろう。このままだと、妻さんのいないあいだに先生を刺すか殴るかして庭に埋めてしまいそうだった。

「妻さんいつ帰ってくるの？　ほんとに帰ってくる？」

礼服をスーツケースに詰め、そそくさと家を離れようとする妻さんが、もう二度と帰ってこないんじゃないかという気がして、別れ際に楓は何度もたずねた。「すぐ戻ってくるから」と妻さんは笑っていたが、それから五日経っても帰ってこない。その気配すらない。どれだけ近しい身内かわからないけれど、よその家に嫁いだ娘が何日も葬儀で駆り出されるものだろうか。それとも浮気した男のもとに返すわけにはいかないと、足止めを食らっているのかもしれない。

妻さんを訪ねて毎日のようにやってきていた農民たちは、ぴたりとやってこなくなった。やってこられたところで先生が相手をしてくれるとは思えないので、それはそれでかまわなかったが、彼らが携えてくる旬の野菜や山の幸が手に入らないのは痛手だった。妻さんが日々こなしていた御用聞きや送迎は、湊がかわりに請け負っているようだ。

妻さん不在の本宅での暮らしはさんざんだった。なにがどこにあるのか勝手がわからずお茶を淹れるにも苦労し、夜中に大きな虫が出ては先生と二人して大騒ぎした。洗濯物が山積みになり、風呂場のタイルに赤いものが浮きはじめ、家全体がなんとなく煤けている。冷凍庫にある肉がなんの肉であるかすらわからず、ためしに解凍してみてイノシシやシカの肉だったときの絶望感といったらなかった。土鍋で米を炊く方法もわからなくて、そうめんの残りやスパゲティを茹でてしのいでいたら、グルテンの食べ過ぎで体の調子が悪いと先生が訴えはじめた。外食するにも町まで出なければならず、ウーバーイーツなんてもちろんきてくれない。このままだと楓が先生を埋める前に二人で飢え死にしてしまいそうだった。

「いっそもう死んでまえば」

その日の昼過ぎに、煮物やら唐揚げやら、手作りの総菜をタッパーに詰めて持ってきた紘子があしざまに物騒な言葉を放った。

「よくもまあ、そんなアホ面下げて帰ってこられたもんだ。野ゆりに頼まれて様子を見にきてみりゃ、なによこの有様は」

不肖の息子に悪態をつくと、最後に紘子は楓のほうを見て、「あんたもね、ちょっとはどうにかせえよ、女のくせに」と捨て台詞を残して去っていった。

「いまどき清々しいほどの女性蔑視発言だね」

紘子のベンツが見えなくなってから、先生はおちょくるように口笛を吹き、「こんなおかずばっかり持ってこられても、肝心の白飯がなけりゃどうにもならないよな」と文句まで言い出した。

昔使っていた炊飯器が蔵にしまってあるかもしれないからちょっと見てきてよ、と先生に頼まれ、楓は蔵の鍵を受け取った。子どものころ、悪さをするたびにじいさんに閉じ込められていたから、いまだに蔵の中に入るのが苦手なのだという。

まさかこのタイミングで蔵に忍び込む口実ができるとは思わず、楓は戸惑いながら細く開いた扉のすきまから中を覗き込んだ。昨日降った雨のにおいが湿気とともに流れ出てきたが、妻さんがしょっちゅう空気を入れ替えているからか、不快なかんじはしなかった。

古い電化製品や家具、箱入りの文学全集や行李などが雑然と置かれている中に、貴重な骨董品や絵巻の入っていそうな桐箱もあった。天井からぶら下がった裸電球を頼りにやっと炊飯器を見つけ出すと、楓は入口から入ってすぐ左手の階段に目をやった。見てはいけない、見てしまったら妻さんが鶴になってどこかへ行ってしまう。そう思うのに、誘惑には勝てなかった。急な階段に手をかけ、はしごをのぼるように一段一段慎重にのぼっていく。

屋根裏部屋のような天井の低い空間は、ちょっとした撮影スタジオになっていた。古い文机の上にノートパソコンが置かれ、周囲を取り囲むようにスポットライトやビデオカメラやマイクが設置されている。いったいこれはなんなんだ、と啞然としながらパソコンに触れると、スリープモードから画面が切り替わった。YouTube のサイトだということは見てすぐにわかったが、そこから先が楓にはなにひとつわからなかった。

【マイナスイオンなんてこの世に存在しません⁉】

【デトックス・免疫力・毒素酵素水素ｅｔｃ．この言葉が出てきたら要注意！】

【グルテンフリーの真実とウソ】

【オーガニックってほんとに体にいいの？】

【お酒ＮＧカフェインＮＧ温泉ＮＧ、妊娠にまつわる禁忌のあれこれ徹底検証】

いくつかサムネイルが並んでいる中からてきとうな動画をえらんで再生する。首から上は映らないようにしてあったが、妻さんがいつも着ている麻のワンピースを着た女が妻さんの声でしゃべっている。「気に入ったらいいねを押して、チャンネル登録おねがいします」と、あのお決まりの口上まで妻さんの声で聞こえてくる。

妻さんの正体は鶴ではなくユーチューバーだったのだ。
楓にはもう、妻さんがわからなかった。

第二章　野ゆり

1

子どものころは、こわいものなんかなかった。

田園をどこまでも裸足でかけていくから、祖母や母に猿の子と笑われた。虫も蛙も蛇も手づかみでふりまわし、弟の俊介（しゅんすけ）をしょっちゅう泣かせていた。男の子たちとばかりつるんで遊び、木登りだってかけっこだっていちばんで、鬼ごっこをやるときはみずから鬼をかってでた。パンツが見えてもおかまいなしに転げまわり、泥だらけになって叱られ、それでも懲りずにまた遊んだ。

光。あのころを思い出すと光しかない。

白っぽく風景がにじみ、痛っと目をつぶる。野（の）ゆりにはまぶしさと痛みの区別がつかない。痛みとともに翳（かげ）りがやってきたからかもしれなかった。

小学校にあがったばかりの夏だった。家の前を流れる用水路に裸足で飛び込んで、近所の男の子たちとどれだけザリガニをつかまえられるか競っていた。せせらぎの音、その冷たさ、ぬめぬめした苔の感触。木漏れ日の下でそれぞれ家から持ってきたバケツを蹴っ飛ばしあった。

「痛っ」

足の裏に痛みが走り、なにが起こったのか理解する前に、用水路に赤く細い筋が流れた。ガラスの破片を踏んでしまったようだった。畑仕事をしていた母が血相を変えて飛び出してきて、服を血まみれにしながら野ゆりを抱きかかえて病院に連れていった。五針縫った。

腕の悪い町医者で、傷跡が残ってしまうと祖父は憤慨していたが、それでも足裏なだけまだよかったか、と妙な納得のしかたをしていた。顔や体の目立つ部分でなかっただけまだよかった。嫁のもらい手がなくなるところだった。

「すいません」となぜか母が謝った。野ゆりは混乱した。それが母のせいだったとして、どうして野ゆり本人ではなく祖父に謝るのか、意味がわからなかった。悪いのは用水路にガラスの破片を投げ入れた人間であって、野ゆりのせいでもましてや母のせいでもないはずなのに。きずものの野菜になったような気が野ゆりはした。売り物にならず、廃棄するしか道のない。

沢遊びのときはサンダルを履くようにときつく言い渡されるようになり、靴を履いて水に入るのがいやで、野ゆりは用水路に近づかなくなった。男の子たちとではなく女の子たちと遊ぶようになったのはこのころからだ。

東京の西側に位置する郊外の町で、野ゆりの祖父は野菜農家を営んでいた。二十四で嫁にきた母は、クリーニング屋のパートをしながら祖父母を助けるような形で農業に従事し、父だけがバスと電車を乗り継いで都心部にある事務用品の卸会社に通勤していた。

畑と田んぼと雑木林といたるところに流れる用水路。それ以外なにもない町に、片道一時間かけて父は東京を連れて帰ってくる。銀座、新宿、神田。父の口から飛び出してくる地名に野ゆりはたまらなく東京を感じたし、父が気まぐれに駅の構内で買ってくる洋菓子や折詰の稲荷寿司は東京の味がした。野ゆりが暮らしている場所だって東京都のはずなのに、父が毎日行って帰ってくる東京はまるきり別の場所だった。

野ゆりの足の怪我が治りかけたころ、父が東京の靴を買って帰ってきた。ストラップのついたエナメルの赤い靴。いったいどういう風の吹きまわしだか、めずらしいこともあるもんね、とごちゃごちゃ言う母に父はろくすっぽ返事もせず、野ゆりの足首をつまみあげるようにして靴の中へ差し入れた。

東京のお嬢さんが履いていそうなその靴は野ゆりにはまだ少し大きかったが、どこへ行くにも履いていって、すぐに窮屈になって履けなくなった。同じ靴がまたほしいとせがんでも、父が新しい靴を買ってきてくれることはなく、かわりに母が近所のスーパーで東京の靴とは似ても似つかないビニールの靴を買ってきた。しかたなく野ゆりはそれを履いた。そのころにはもう猿の子と笑われることはなくなり、「女の子らしくなったね」という言葉をしきりに投げかけられるようになった。くすぐったいような誇らしいような気持ちで野ゆりはその賛辞を受け止め、けれど同時に、スプーンの先でなにかを削り取られていくような淡い喪失感をおぼえてもいた。

「おねえちゃんなんだから」と周囲の大人にしきりに言われ、休みなく働く母に代わって俊介の面倒を見たり家の手伝いをしたりしているうちに、ずいぶんと空気を読むのに長け、大人の望むふるまいをする女の子になっていた。野菜の皮むきもまな板の手入れも父のワイシャツのアイロンがけも、教えられればすぐできるようになった。「女の子らしくなったね」が「いいお嫁さんになるね」に昇格するのにさして時間はかからなかった。「あの子は目端が利きすぎる」と同じ口で祖父や祖母が言うこともあった。褒められているわけではないことは、苦々しい顔つきや口調からなんとなく察せられた。

物心ついたころには自分が特別きれいな女の子ではないこと、かといってブスというほどでもないことを野ゆりは理解するようになっていた。ちんまりとした奥二重、つんととりすましたような鼻、貧相な胸、お尻は平べったく横に出っぱっていて、膝や足首がやたらと骨ばっている。肌だけは牛乳を流し入れたように白く、「色の白いは七難かくす」と祖母がよく褒めてくれた。くせのないまっすぐな髪は幼なじみのまいちゃんに羨ましがられた。それぐらいしか褒めるところがなかったのだろうが、それでも野ゆりはうれしかった。きずものの野菜にも美点を見つけてくれたことが。

林(はやし)さんとこの嫁さんはべっぴんだから子どももかわいく育つだろう。ぱっちりした二重瞼(ふたえまぶた)で、手足なんか外人みたいに長くて、まあちょっとおつむのほうはあれみたいだけど。木下(きのした)の娘はもう三十近くになるのに不器量だから嫁のもらい手もない。気の毒に、このままじゃ孫の顔も見られないね。宮本(みやもと)んちのばあさん、いまじゃもう見る影もないけれど、昔は百草(もぐさ)小町って呼ばれてたぐらいなんだから。いつの話よそれ、縄文時代？　昭和昭和、いちおう昭和。

学校が休みの日など、小遣い稼ぎに母や祖父母の手伝いをしていると、近所の女たちが野菜の選別をしながら噂話をしている場面に遭遇することがよくあった。野菜みたいにだれもが俎上にあげられ、だれもが品評されていた。町内のだれひとり、無傷ではいられなかった。

えりちゃんは学年でいちばんの美人、みえちゃんは男子の前だと態度が変わる、かなちゃんは女のくせに合唱大会の指揮者に立候補した、ひろみちゃんはブス。女の子たちの世界もおなじだった。みんな大人の顔つきや言葉遣いをトレースして、おままごとしているみたいだった。みんなと足並みをそろえ、みんなと同じにしていることが美徳で、男なみに出過ぎたまねをする女にはそっと眉をひそめる。そうやって監視しあい、牽制しあっていた。

ちいさくちいさくはみださないようにを野ゆりは心がけた。だれに教わったわけでもない。目に映るすべてのものから学習し、ちいさく平凡な女の子のふるまいを身につけていった。足の裏の傷のことなど普段はすっかり忘れていたが、ふいに、くっと引き攣れるような感覚があって、なつかしい痛みに奥歯がきしんだ。

野ゆりはこわかった。群れからはみだすこと、「女の子」からはみだすこと、だれかの口にのぼること、祖父の失望、祖母の嘆き、母の諦め、いつかふつりと父が帰ってこなくなること、仲間外れにされて一人で弁当を食べること、日の暮れたあぜ道を一人で歩くこと。そのすべてが野ゆりはこわかった。

このままこの町にいたら、なににもなれないまま終わってしまう。だれにも出会わず、なんにも起こらず、どこにも行けないまま「お嫁さん」になって「お母さん」になって、それから？それからどうするの？　――日に焼けて真っ黒になった顔で野菜を選り分けながら、女たちの品評会にくわわる未来の自分の姿を思い描いて野ゆりはぞっとした。群れからはみだすことよりもそちらのほうがよっぽどこわかった。

「お嫁さん」以外のなにかになるために野ゆりは目標を立てた。まずはこの町を出ること。そのために自分で金を稼げるようになること。稼ぎは少ないよりは多いほうがいいし、大学は行かないよりは行ったほうがいい。

高校二年の冬、都心の大学に行きたいと言い出した野ゆりを、父は相手にもしなかった。女が勉強なんてしてどうする、俊介の受験もあるのに女を大学に行かせるような余裕はうちにはない――とはっきり口にしたのだったか、父の表情から勝手に野ゆりが読み取ったのだったか。一年前に祖父が死に、家の中で父の存在感が日に日に濃くなっていたころだった。

「でも、俊介なんてあんなバカ高校……」

ちいさくちいさくはみださないようにを心がけながら、それでも野ゆりは進学校でつねに上位の成績をおさめていた。勉強だけは加減せずに目一杯やってもだれにも文句を言われなかったから、偏差値の低い高校に通う俊介とどちらを大学に行かせるべきか、わざわざ口にしなくてもだれだってわかりそうなものだった。

「男は大学ぐらい出ておかんと恰好がつかんだろ」

それが世間の常識であるとでもいうような口調で父は言い切った。自分は高卒のくせに、と口には出さず吐き捨てるように思い、その瞬間、野ゆりは生まれてはじめて父を軽蔑した。

「それじゃあんまりでしょう。ねえお父さん、国立か短大ぐらいなら、なんとかならない？」

見かねた母が横から口を挟んだ。クリーニング屋のパートにくわえ、近所の農作業の手伝いに頻繁に駆り出されるようになった母は、そのころいつも土色の顔をしていた。祖父の死から張り合いを失ったようにしょぼくれてしまった祖母はこのところ臥せがちで、家のことは母一人でまわしているような状態だった。

色の白いは七難かくす。蛍光灯の下、干上がった田んぼのような母の顔を見て、野ゆりはかつてうたうように祖母がくりかえしていた言葉を思い出した。

女たちの品評会で母はどのように言われていたのだったっけ。そのときまで野ゆりは考えたこともなかった。母が美しいのか、そうでないのか。もしかしたら母だって、嫁にくるまではだれもがうらやむような白く美しい肌をしていたかもしれないのに。

「国立か……」父が低く唸った。「受かればの話だけどな」

「わかった」

そのとき、野ゆりの中に青い炎が生まれた。

諦めはいいほうだと思っていた。ちいさくちいさくはみださないようにを心がけてきたのだから、こんなことには慣れていたはずだった。なのにどうしたことか、このときばかりはおさまりがつかなかった。その怒りがどこからくるものなのか、自分でもわからないまま衝き動かされるようにその日から机に向かった。なにがなんでも大学に行ってやらなければ気が済まなかった。

母のようにだけはなりたくない――あのとき自分の中で燃えさかっていた炎の正体がなんだったのか、いまならはっきりとわかる。世界の果てのような場所に閉じ込められ、ちいさくちいさくはみださないようにを心がけながらこの先もずっと生きていくなんてごめんだった。

すでに死んでいるのと、それはなにがちがうというんだろう？

国立女子大の家政学部に合格した野ゆりは、バスと電車を乗り継ぎ、片道一時間かけて通学するようになった。父と同じ便を避けるため、一本早いバスに乗ろうとすると七時過ぎには家を出なくてはならなかった。

「こっちの広い道に慣れちゃうと、二十三区内はこわくて運転できないから」という母の強い勧めにしたがい、地元ではなく二十三区内の教習所に通うことになった野ゆりは、クラスメイトがコンパやサークル活動に精を出すのを横目に、学校が終わるとすぐに教習所へ向かった。定期代や昼食代にくわえ、授業のテキスト代だけでもばかにならず、金の無心をするたびに小言を漏らす母に耐えかねて学校の近くの居酒屋でアルバイトもはじめたので、免許を取るのに夏までかかってしまった。

前期中はふわふわと流動的だった学内の空気が、夏休みが明けたころには落ち着いて、クラスメイトはそれぞれ大学生活の地盤を築きつつあるようだった。クラスの何人かとは顔を合わせれば話もするし、学食でいっしょにお昼を食べることもあったけれど、学校の外で会ったり休みの日に遊んだりすることはなく、友人と呼べるかどうかと訊かれたら微妙なところではあった。

　家と大学とバイト先を往き来しているうちにあっというまに最初の一年が過ぎ、野ゆりは愕然とした。なにかを変えたいと思ってあんなに必死になって勉強したのに、このままだとなにも起こらないまま大学生活を終えてしまいそうだった。

　焦った野ゆりは、二年生にあがったばかりの春、クラスメイトが所属するインカレサークルのイベントに参加することにした。どういった名目のサークルなのかは説明されてもよくわからないままだったが、花見やバーベキューや月見や餅つきなど、とにかくなにかにつけて四季折々の飲み会を開いているサークルのようだった。

　その日、授業が終わってから大学の近くにある桜の有名な公園に向かうと、地面に敷かれた青いシートの上ですでに宴会がはじまっていた。

「こっちこっち！　女の子足りてないから、こっちきて！」

　グレーのパーカを着た男子学生に手招きされ、勧められるままビールを飲み、缶チューハイを飲み、巻きずしや屋台のたこ焼きやポテトチップスを食べた。だれも野ゆりが未成年かどうかなんて気にしていなかった。

　出会ったばかりの名前も知らない――最初に聞いたはずだけど、そのうち区別がつかなくなった――だれかの冗談に調子を合わせて笑い、だれかの話に相槌をうち、だれかの歌に合わせて手を叩いた。「野ゆりちゃん」となれなれしく名前を呼ばれ、なにかあるごとにハイタッチを求められ、酔っぱらった男にうしろからいきなり抱きつかれた。男も女も入れ替わり立ち替わり回転木馬のようにめまぐるしくやってきて、その場だけのどうでもいい会話をしてすぐ目の前を去っていった。楽しいような気もしたし、こんなもんかという気もした。こんなものを自分はずっと待ちわびていたんだろうか。我にかえったら醒めてしまいそうで無理に酒をあおったら、「いけるくち」だと面白がられてどんどん酒が集まってきた。

「ねえそれ」

耳元でチューインガムが割れるような声がして、アルコールでぼんやりした意識をつねられた。え、と野ゆりは声のしたほうをふりかえった。

飲みすぎてふらふらになりながら公園のトイレに駆け込んだところで、後ろに並んだ女の子に声をかけられたのだった。くるくるのスパイラルパーマをかけ、オレンジ色のジャージに、太いインディゴジーンズの裾を二十センチぐらい折り返している。ターコイズブルーのアイラインと黒く塗りつぶされた爪。個性的なその格好から、サークルの花見に参加している女の子でないことは一目でわかった。

「それどこで買ったの?」

甘いチェリーのような合成香料のにおいがして、「ソニプラ……」と野ゆりはつぶやいた。

「ソニプラ?　なに言ってんの、ソニプラなんてあたしの庭だよ。そんなの売ってるの見たことない」

「ちがうちがう、ソニプラみたいなにおいすると思って」

「え?　あ、これ?　ガム」

赤い舌をつきだして噛みかけのガムを見せつけると、その子は野ゆりの顔にむかって、はあっと息を吹きかけた。アルコールとガムの混じった甘いような苦いようなにおいがした。そのまま口移しでガムをつっこまれるんじゃないかと思って、野ゆりはわずかに身を引いた。

「おしっこ漏れちゃうからちょっと待ってて。ここからいなくなんないでね」

それだけ言うと、その女は野ゆりを追い越して、空いたばかりの個室に入っていった。なんだこいつと野ゆりは呆気にとられた。しれっと横入りしておいてなにを言ってるんだろう。いなくならないでもなにも、膀胱がはちきれそうになっていたのは野ゆりも同じだった。

「紙がない～！」

次に空いた個室に飛び込んで用を足していると、隣から女の声が聞こえてきた。なんだこいつともう一度野ゆりは思い、次の瞬間には声をあげて笑っていた。「ティッシュあるよ」と壁越しに声をかけたら、「え、うそ、さては神？」と返ってきてまた笑った。

それが透子（とうこ）だった。長野県出身で野ゆりのひとつ上、野ゆりでも名前を知っている有名な美大に通っていて、この近くで一人暮らしをしているという。

「野ゆり」

出会ったばかりだというのに透子は野ゆりを呼び捨てにし、「きれいな名前」と鳴らない口笛を吹いた。

「透子だってきれいな名前じゃない」

野ゆりが言うと、「まあそうだけど」と照れくさそうに笑った。

釣りあがった目と肉感的なくちびる。月明かりが満開の桜を透かし、透子の姿をぼんやり照らしていた。小柄で太っているわけでもないのに胸やお尻がぱんと突き出ていて、首までジッパーをあげたジャージがはちきれそうになっている。正統派の美人というわけではないし、どことなくアンバランスな危うさも感じられたけれど、それも含めてきれいな子だと野ゆりは思った。アルコールで靄がかった視界に映る透子は、東京にしか生息しないティンカーベルのようだった。

「あ、そうだ。それ、どこで買ったのか知りたくて」

透子が気にしていたのは、野ゆりが着ていたツイードのワンピースだった。押し入れに眠っていた母の昔の服を引っぱりだしてきて、ボタンをつけ替え、裾にレースを縫いつけて自分でリメイクしたものだ。

「お金ないから、服とか買えなくて、それで……。あんまり近くで見ないで。縫い目とか雑だから」

縮こまりながら、正直に野ゆりは言った。入学式には母のおさがりのスーツを着ていったし、この冬は母のおさがりのコートで寒さをしのいだ。流行りの服を着た女学生の中でへんに目立っているんじゃないかといつもびくびくしていた。

「え、いいじゃん。逆にいいじゃん。一点ものってことでしょ?」煙草に火をつけながら透子が目を輝かせた。「そんなの着てる人、探してもどこにもいないもん。見なよ、ほら、みんなつまんない服着てさ!」

火のついた煙草を振りまわしながら透子が大声を張りあげても、花見にきている客はそれぞれ盛りあがっていてこちらには見向きもしなかった。ふん、とばかにしたように透子が笑うと、煙草のけむりが鼻の穴から噴き出した。

「あっち、戻るの?」

フィルターぎりぎりまで吸った煙草を安全靴のようなゴツいブーツで踏み消すと、透子は花見客のほうを顎でしゃくった。野ゆりは元いたサークルの宴会のほうに目をやり、自分でも驚くほどの強さで、もうあそこには戻りたくないと思った。

「透子は？」

出会ったばかりの年上の女をいきなり呼び捨てにしていることにどきどきしながら、野ゆりは訊き返した。

「あたしは、べつに、ツレもいないし」

煙草を消したのにけむたそうに目を細め、透子はジャージのポケットに両手を突っ込んだ。このとき透子は、とくに知り合いもいないのに公園にやってきて、酔っぱらいの花見客からビールや焼き鳥のご相伴にあずかっていたのだと後になってから白状した。

「コーヒー飲みたいな。あったかいやつ」

酔いが醒めたせいかだんだん冷えてきて、手をこすりあわせながら野ゆりがつぶやくと、「うちくる？」と透子が猫のような目をこちらに向けた。「ここから歩いてすぐだし、インスタントならあるよ」

「いいの？」

なんとなく離れがたい気持ちでいたから、透子のほうからそんなふうに誘ってくれるなんて夢みたいだった。

「よく使う手。コーヒー飲んでく？　って男を連れ込むの。女を連れ込むのははじめてだけど」

「私、連れ込まれちゃうの？」

「大丈夫、大丈夫、なんにもしないから。君がいやがるようなことはなんにも——って常套句」

1Kの透子のアパートにはいたるところにフライヤーが貼られていて、その隙間を埋めるようにピントのぼけたポラロイド写真がピンで留めてあった。女の子の顔のアップやいろとりどりのTシャツ、ずり落ちたキャミソールの肩紐、ローライズのジーンズの隙間からのぞいた尻、灰皿に山盛りになった吸殻。ラブホテルと思しき部屋の鏡の前で、素っ裸でカメラをかまえる透子の写真もあった。左右にそっぽを向いたむきだしの乳房ときれいな逆三角形の陰毛、乱れたベッドとすね毛の生えた男の脚も写り込んでいた。濃厚な事後の気配にどぎまぎし、野ゆりは急いで目をそらした。

「砂糖いくつ?」

「なしでいい」

「えーっ、おとな!　あたしは子どもだから二個入れようっと」

「じゃあ私も」

「子、ど、も、じゃーん!」

ベッドの上に並んで座り、甘いインスタントコーヒーをすすりながら、なんていうこともない話をした。子どものころに観ていたテレビ番組とか、はじめて買ったCDとか、修学旅行でいった場所とか。

「なにか聴く?」

おもちゃみたいなターンテーブルを指して、透子が訊ねた。

「透子の声を、もっと」

とっさに野ゆりは答え、とても恥ずかしいことを言ってしまった気がして、「いい声してるから」言い訳するようにつけくわえた。

「野ゆりって、変わってるね」とおかしそうに透子は笑った。「まあ、あたしも人のことは言えないけど」

透子と過ごす時間があまりにもたのしくて、帰らなきゃいけないのに帰りたくなくて、もうすこしもうすこしと先延ばしにしているうちに終電を逃した。母からの電話とクラスメイトからのメールを無視していたらそのうち携帯の充電も切れた。

桃の天然水。厚底のサボサンダル。ＰＪラピスのリップスティック。柴犬。鍵付きの日記帳。糊のきいた開襟シャツとラルフローレンの靴下。芯をくりぬいたりんごに詰められるだけバターと砂糖を詰めてオーブンでじっくり焼くこと。春の雨。夏の夜。秋の夕焼け。雪の朝。学校から帰ってきて玄関でローファーを脱ぎ捨てたときの、つま先がじんじんしびれるあのかんじ。

好きなもの古今東西をしようと透子が言い出して、順番に好きなものを言いあった。ガス・ヴァン・サント、ラリー・クラーク、ペイヴメント、南Ｑ太、桜井亜美。透子の口から飛び出してくるのは野ゆりの知らないミュージシャンや映画監督の名前ばかりで、それが「正解」かどうかジャッジのしようもないから、ゲームはいつまでも終わらなかった。眠りにつくまでそうやって野ゆりは好きなものを言いつらねた。窮屈でこわいものだらけの世界で、こんなにも好きなものがある。それは、自分でも意外な発見だった。

その夜、野ゆりは生まれてはじめて無断外泊をした。ビールケースを並べて作った透子の部屋の狭いベッドで浅い眠りにつく。毎晩父の帰りを待っているように、母は野ゆりの帰りを待っているだろうか。眠りに落ちる寸前、ふとそんな疑問がよぎったが、それならそれでいつまでも待たせておけばいい、とごみくずを放り捨てるようなひややかさで思ったのが最後だった。

翌朝、目が覚めたとき、野ゆりはすっかり新しい自分に生まれ変わったような気がした。ずっと待ちわびていたなにかに、ついに出会ったのだと。

「お腹へってない？」

冷蔵庫から取り出したおにぎりを透子がこちらに放り投げた。「バイト先で消費期限切れのやつをもらってくるんだ。まだぜんぜん食べれるから安心して」

朝日に目を細め、ベッドの上に座ったまま、野ゆりはおにぎりに齧りついた。ぱりぱりした海苔が上顎に引っつき、梅干しの酸味で頬が引きつるように痛んだけれど、新しい朝にぴったりの完璧な朝食だった。

2

電車をおりると、ホームはソースの焦げるにおいに満ちていた。帰ってきてしまったと反射的に野ゆりは思い、いまもまだこの場所を帰ってくるところだととらえている自分に驚いた。かつて野ゆりはこの駅から毎日「東京」に通い、帰ってくるときには決まってこのにおいに迎えられた。

東京駅からJRで四十五分。なにもない町だと思っていたけれど、現在暮らしている土地にくらべたら駅前には商店が建ち並び、人の行き来もそれなりにある。角の焼鳥屋はチェーンの居酒屋に、中華料理屋はネパールカレー屋に、文房具店は携帯ショップにそれぞれ入れ替わっていたが、野ゆりが子どものころからあるお好み焼き屋は健在のようだった。銀行やドラッグストアや衣料品店。こうして見ると、人の生活に必要とされるあれもこれもが揃いすぎていて、不潔だというかんじすらした。

東京のはずれにある実家に帰省するのは、岐阜に移住してからは今回がはじめてだった。タクシー乗り場にはタクシーの一台もなく、配車アプリを開いていたところにバスがやってきたので、少し迷って野ゆりはバスに乗ることにした。駅から家までタクシーだと二千円ぐらいかかる。たまの帰省のときぐらいと思わないでもなかったが、払わないですむならそのほうがよかった。往復の新幹線代だけでもけっこうな額になる。

いつまでこんなふうなんだろう。バスの吊り革をつかみ、窓の外を流れていく景色に目をやりながら野ゆりは苦笑する。自分のことになるとこんなふうに金のことばかり気にして、頭の中でせこせこ金勘定している。こづかいとバイト代をやりくりしていた十代のころからなんにも変わっていない。

「やだ、あんた、ここまでどうやってきたの?」

バス停からスーツケースを引きずってきた野ゆりを、おかえりも言わずに母は出迎えた。洗い物の途中だったのか、濡れた手を藍染のエプロンで拭っている。

「どうやってって、バスしかないでしょ」

「バス?　なんでバスなんか」

あんたんとこの先生はタクシー代も出してくれないの。言外にそう言っているように聞こえ、やっぱりタクシーにするんだったと野ゆりは後悔した。

「バスなんかって、お父さんも私も俊介も一時期までヘビーユーザーだったんですけど。バスがあるだけありがたいと思いなよ」

「電話してくれれば迎えにいったのに」

「葬式の準備でばたばたしてるとこ悪いかなと思って」

「葬式の準備なんて」とそこで言葉を切り、なぜか母はおかしそうに笑った。「そんなの向こうで勝手にやってるわよ。あんたって子はほんとに、余計な気ばかりまわして……」

居間へと続くドアを開けると、実家のにおいとしか呼びようのないにおいがした。なにかを煮炊きしたあとのようなこもった湿気に、父が愛用しているヘアトニックのにおいがほのかに混じる。父の退職金でリフォームし、すっかり様変わりしたふうに見えても、変わらずここは野ゆりの実家だった。

「お父さんは？」

「パート行ってる。夕方には戻ってくるから、そしたら準備して三人でお通夜行きましょう。俊介も仕事終わってから直接行くって」

こんなときぐらい休んだらいいのにと口まで出かかったが、父の不在に野ゆりはほっとしてもいた。

五年前に定年退職したあと、父は市内のマンションで週四日ほど管理員のパートをしている。母は母で、いまだに近所の農作業に駆り出されているらしい。リフォームで退職金を使い果たしたのか、老後の貯えはどれぐらいあるのか、それとなく訊ねてみても、みえっぱりなところのある母は、「お父さんと二人で家にいるのも気づまりだし、働きに出てるほうが楽」としか言わないので、両親の経済状況がどのようになっているのか野ゆりは把握していない。

「こんなこと言ったらなんだけど、涼しくなってからでよかったよ。九月の終わりまでずっと暑かったから、紀夫(のりお)にしては気が利いてるって思わない？　夏のあいだもちこたえてくれてさ」

今年で七十になる母は、あいかわらずじっとしていることができないみたいで、スーツケースの車輪を除菌シートで拭い、しわになるからと野ゆりに断りもなく勝手に錠を開けて中から礼服を取り出している。実の兄が死んだばかりだというのにずいぶんさっぱりとしたものだと思ったが、弟の俊介が死んだところで野ゆりもかなしいとは思わない気がした。さびしいとは思うかもしれないけれど。

「こういうのは順番だからね、みんな順々にいっちゃうの」

今朝早くに電話をかけてきた母は、紀夫おじさんが死んだと奇妙にあかるい声で告げた。葬儀は身内でかんたんに済ませるからわざわざ帰ってくることもないと母は言ったが、その必要があると野ゆりは判断し、大急ぎで荷造りして岐阜の家を飛び出してきた。

居間のテレビはＮＨＫの気象情報を映している。朝ドラを観てそのままつけっぱなしにしてあるのだろう。野ゆりがこの家で暮らしていたころからそうだったように。

今日発売の週刊誌に太陽(たいよう)の記事が出たことを、母はまだ知らないようだった。民放のワイドショーを観る習慣が母になかったことに野ゆりは感謝したが、日付が変わってすぐネットにも記事が出ていたから、知られるのも時間の問題だった。

名古屋駅のキヨスクで実話系週刊誌を買い、新幹線の車内で野ゆりは記事を確認した。人通りの多い路上で、ほとんど抱き合うような形でタクシーを待っている夫と相手の女の写真が掲載されていた。こんなの撮ってくれと言ってるようなものじゃないかと野ゆりは思い、貧乏性からつい他の記事まで読みあさり、新幹線を降りたところでゴミ箱に捨ててきた。

いまこの時期に死んでくれて紀夫にしては気が利いていると母は言ったが、野ゆりからしてみればどうしてよりによってこのタイミングで、というかんじだった。葬儀に顔を出せば好奇の的になるのは目に見えている。そうかといって顔を出さなければ好き勝手に噂されるだけだろう。だったら受けて立つほうが、逃げたと思われるよりはましだった。

「いやまいったよぉ。記者に追いかけられてもたまんないから一時避難するかと思って帰ってきちゃった。そうだ岐阜、行こうってね」

昨日、突然岐阜の家にあらわれた太陽は、そう言って悪びれずに頭を掻いた。相手は以前から噂されていた二十も年の離れた俳優で、関係者も含め数人で会食していたところを「密会現場」として写真に撮られてしまったのだという（週刊誌に掲載されていた写真を見るかぎり、他に人がいるようにはとても見えなかったが）。

「あれ、もしかして楓知らない？　そういうＣＭがあるのよ。昔、一世を風靡したやつが」

女たちの反応の鈍さを見て取るや、解説しはじめた太陽に野ゆりはほとほと呆れかえり、まだこの人に呆れることがあるんだと別の意味で驚いた。とっくに底が抜けたと思っていたのに。

「実際のところどうなの、その女優とできてんの」

髪の毛を指でいじりながら、さして興味もなさそうに楓が訊ねた。腹を立てていることはあきらかだったが、ポーズだけでも興味がないふりをしているのだろう。

「え、なに、もしかして妬いてんの？」

「いや、私は事実を確認したいだけ」

「できてるわけないだろ、よくあるあれだよ、映画の宣伝のためのにおわせってやつ？」

「は？　宣伝になるわけないじゃん、むしろ逆効果でしょ。だって不倫――」

そこまで言ってから、はっとしたように楓は口をつぐんだ。どの口が言う、と自分で思ったのだろう。わかりやすすぎて気の毒になるほどだったが、そうかといって私にしてあげられることはなにもないわ、とへたくそな役者のように棒読みで野ゆりは考えた。

どうすることもできない。だって、こんなの、どうしろっていうの。

そのとき、野ゆりは唐突に我にかえった。太陽と自分と楓、この奇妙な取り合わせについて。こんなのおかしいって、最初からわかっていたつもりだったのに。

結局のところ自分は伯父の訃報をこれ幸いとばかりに逃げてきたのだと野ゆりは思う。太陽と楓から。あのどん詰まりのような場所から。

「こんな急に家を空けることになってよかったの、先生のほうは」

洗い物に戻りながら、水音に負けまいと台所から母が声をはりあげる。

「んー、べつに、これぐらい……それより行けなくてすみませんって太陽が。連載でいま忙しいみたいで」

「いいのに」

母が笑った。はなから来るつもりもないくせにと思っているのが声ににじんでいた。

太陽が作家デビューしてから、母は太陽を「先生」と呼ぶようになった。最初のうちはたいした稼ぎもないのに偉そうにという揶揄をこめてそう呼んでいたのが、人気作家になったあとにはある種の尊敬のこもった「先生」にしれっとスライドし、近頃では作家先生だかなんだか知らないけれどチャラチャラしたろくでもない男という嫌悪をこめて「先生」と呼んでいるように野ゆりには聞こえる。あんまり母が「先生」「先生」いうものだから、いまではすっかり定着し、父も俊介も親戚のだれもが太陽を「先生」と呼ぶ。

ばかにしてる、とそれを耳にするたびに野ゆりはいやな気持ちになるのだが、太陽本人は特段気にもしていないようで、正月や冠婚葬祭の席で「先生先生、まあ一杯」とビール瓶の口を差し向けられれば、「やや、すいません」などとぺこぺこしながらお酌してもらっている。鷹揚というのか天真爛漫というのか、太陽のそういうところを野ゆりは好きだった。些細なことをいちいち気にしない大らかさ。野ゆりにはない太陽の美点。

「お昼は？　食べてきた？」

「食べてない」

野ゆりは居間の時計を見あげた。時刻はすでに午後二時をまわっている。

「お腹すいたんじゃない。昨日炊いた松茸ごはんあるけど」

「とか言って、どうせ松茸より椎茸や舞茸のほうが多いなんちゃって松茸ごはんでしょ」

「いいんだって、松茸なんて香りづけなんだから。文句ばっか言って、食べるの、食べないの？」

「食べるけど。あ、いいよ、自分でやるから」

そこが定位置であるかのように台所に立ってなにかと世話を焼こうとする母を押しのけ、野ゆりは冷蔵庫を開けた。リフォームのときに買い替えた冷蔵庫は、母と父の二人暮らしだというのに昔と変わらずぱんぱんで、松茸ごはんを探し出すにも一苦労した。

「あ、ポテトサラダある。食べていい？」

「いちいち許可なんかとらなくても、食べていいに決まってるでしょう」

母を前にすると、子どもじみた口のききかたになってしまうことに気づき、鼻の奥がつんとするような感傷を野ゆりはおぼえる。なんだかこの家で暮らしていたころに戻ったみたいだ。世の中のことなどなにも知らず、だれかに深く傷つけられたこともなければ身を引き裂かれるような別れを経験したこともなく、愛するものに拒否されることなんかあろうはずもないと信じて疑っていなかった、幸福で甘えきった子どものころに。

「お母さん」

自分でやると言ったのに、いそいそとやかんを火にかけ、娘のためにお茶を淹れようとしている母の背中に向かって野ゆりは呼びかけた。

「お母さんが死んだら、私は泣くと思う」

「あら、うれしい」

ふりかえりもせず、軽い調子で言って母は笑った。


一九九九年の夏まで、ノストラダムスを信じてた。

古くて狭いアパートのベッドの上で、赤や青や銀、どぎつい色のマニキュアを塗ったり、煙草の火で髪の毛を燃やしたりしながら、折にふれ透子は言うのだった。

「先のことなんて考えらんない」

「どうせノストラダムスで世界終わっちゃうのに、考えてどうすんのって、子どものころからどっかなんか、頭の上にフタがされてるかんじで」

頭の上に手のひらを浮かべ、伸びあがってはつっかえる動作をくりかえす透子に、わかる、と野ゆりは身を乗り出した。「ムー」を買って読んだことなんか一度もなかったし、やたらともったいぶった口調で話す、予言者だとか占い師だとかいう肩書の人物がテレビに出てくると笑い飛ばすぐらいには冷めていたけれど、透子と同時代を生きてきた野ゆりにとってその感覚は、しんから理解できるものだった。どうせ世界なんか終わるのにという投げやりな気分だけが、無理やり押しつけられたお土産みたいに心のどこかにぶらさがっていた。

「でもさ、なんかちょっとせいせいする気もしない？　ぜんぶノストラダムスといっしょに終わっちゃうんだと思ったら」

生乾きの赤い爪をみおろし、はみ出したところをつまようじで削ぎ落としながら野ゆりは言った。広げたティッシュの上に赤い粉が降り積もる。

「ぜんぶって？」

煙草に火をつけ、猫みたいにつりあがった目をこちらに向けて透子がたずねた。

「ぜんぶっていったらぜんぶだよ。伝統とか常識とか、脈々と続いているようなものぜんぶ。これからも続いていきそうなものぜんぶ」

ゆかりの入ったポテトサラダ。父の脱ぎ捨てた靴下。新聞の折り込みチラシで作ったかご。台所に干してあるティーバッグ。だれも見ていないのにつけっぱなしのテレビ。思いつくまま口にしそうになって、「あとほら、ふつうの人生、とか?」と野ゆりは切りあげた。

「ふつうの人生って?」

片方の口角だけ持ちあげる皮肉っぽい笑いかたになって、透子が重ねる。その笑い方を目にすると、野ゆりはいつも焦った。なにかもっと気のきいたことを言って、ふつうの子じゃないと証明しなきゃという気持ちになった。

世界にたったひとつの特別なにかを追い求め、「ふつう」を毛嫌いし、流行りものやブランドものに群がる人たちをばかにし、見下しているようなところが透子にはあった。ガムを噛んでいないときでも透子の声は甘く軽く弾けるから、「なにあれ、ばっかじゃない」と吐き捨てるように言っても、いやなかんじはしなかった。むしろ野ゆりはもっとその声を聞いていたいと思った。目に見えるすべてをその声で罵(のの)り、取るに足らないくだらないものであると唾棄(だき)してほしかった。透子が口汚くなにかを罵れば罵るほど、透子に選ばれ、透子の隣にいることを許された自分が特別な価値あるなにかになったように錯覚できた。

「その、だから、なんていうのかな。お父さんがいて、お母さんがいて、お兄さんがいて、お姉さんがいて、赤ちゃんがいる、みたいな。なんかあるじゃん、そういうサザエさん的な……」

爪の部分に触れないように慎重に五本の指を折りながら野ゆりが説明すると、「でもサザエさんちはふつうじゃなくない？」と煙草のけむりに目を細めて透子が言った。

「えっ」ベッドの上で野ゆりはちいさく跳ねた。この世のなによりも「ふつう」を嫌う透子のことだから、いっしょになって「ふつう」を罵ってくれるものだと期待していたのに。

「マスオさんは婿養子じゃなくて、サザエさんの名字は磯野じゃなくてフグ田だし」

手近なところにあったスケッチブックを広げ、くわえ煙草で透子はサザエさんちの家系図を描いてみせた。

「これ、タマっていうか、ちょんまげつけたらほぼコロ助じゃん！」

すみっこのほうに透子が描いた猫のイラストを指差し、野ゆりは声をあげた。たったそれだけのことがおかしくて、「時間帯まちがえてる」「キテレツは七時からだし」と二人で転げまわって笑った。銀色のマニキュアがところどころはみ出ていたけれど、透子はなんにも気にしていないみたいだった。そのかまわなさが野ゆりにはまぶしかった。

「ノストラダムスの力なんか借りなくても、そんなのぜんぶあたしがぶっこわしてやるよ」

そう言って透子は、黒いクレヨンでどくろマークの爆弾を描き、導火線の先に赤い火をつけた。美大生だけあって、透子はとても絵がうまかった。

「じゃあこれも。私のつっかえ棒」片足を宙に浮かせ、野ゆりは足の裏の古い傷をしめしてみせた。「伸びあがろうとすると、この傷がひきつる」

「こんなの」と透子はにやりと笑い、野ゆりの足の裏をぺろりと舐めた。

「汚い！」

驚いてとっさに足を引っこめると、「なにが？」透子は平然と言って笑った。「汚くないよ、こんなのなんにも。洗ってないちんこにくらべたら」

足の裏から這いあがってくる官能をふりはらうように、透子に合わせて野ゆりは笑った。この手のことを透子が口にすると、野ゆりは笑ってやりすごすしかない。レンタルの映画を観ながら、「処女って設定のくせになんでこんなにキスがうまいの?」と文句を言う透子には素直に笑えるが、「この女、ぜったいフェラもうまいよね。腰とか使いそう」までいくと、野ゆりにはもうどうしたらいいのかわからない。

「野ゆりってほんとかわいい」

透子は過剰に野ゆりに触れてくる。手をつなぎ、腕を組み、抱きつき、ときにはキスしたり頬を舐めたりまでする。ふざけているだけなのかもしれないが、そのたびに野ゆりの肌はざわざわと粟立つ。こんなにすぐ近くにだれかの体温を感じるのは子どものとき以来だった。

「お嫁さん養成ギプスなんかあたしが噛みきってやる」

かちかち歯を鳴らしながら透子が追いかけてくるから、声をあげて野ゆりは逃げた。透子のことだから、ほんとうに尖った歯の先でケロイド状になった傷跡を突きやぶりかねないという一抹の恐怖もあった。

野ゆりの足の傷を「お嫁さん養成ギプス」と透子は呼んだ。傷を負ったあの日からなにかが決定的に変わってしまった。それを、そんなふうに言いあらわされたとき、王子様のキスで永い眠りからさめたような心地がした。そう、あれは、呪いの「お嫁さん養成ギプス」だった。

はじめて無断外泊した日から、野ゆりは透子の部屋にいりびたるようになった。週のうち何日か、居酒屋のバイトがはけると透子の家に向かい、お酒を飲みながら映画を観たり音楽を聴いたりおしゃべりをして過ごした。透子のアパートには所狭しとCDやビデオテープが積みあげられていて、壁という壁を埋めつくすようにポスターやフライヤーが貼られていた。どれひとつとっても「ふつう」ではなく、野ゆりの知らないものばかりだった。

「東京生まれ東京育ちのくせに」とことあるごとに透子は野ゆりをからかったが、野ゆりにとっては透子こそが東京だった。タワーレコードとヒステリックグラマーの黄色いビニール袋、埃をかぶった『インディヴィジュアル・プロジェクション』、「CUTiE」や「ロッキング・オン」のバックナンバー、スヌーピーやセサミストリートのPEZ、そういったものものであふれかえったこの部屋こそが。

遠い昔、父を透かして仰ぎ見た遠い町とはぜんぜんちがう東京を、その夏、野ゆりは見た。終電を逃し、透子のアパートを目指してくたくたになるまで歩くぐらいならまだよくて、歩道橋の手すりをよじのぼったり、道ですれちがったチンピラに突っかかっていったり、夜の公園で踊りながら下着姿になったり、クラブで声をかけてきた男の膝の上にかたっぱしからまたがったり、次の瞬間なにをやりだすかわからない危うさが透子にはあって、こわくて目が離せなかった。

透子といると、野ゆりは自分まで自由になれる気がした。急な坂道をブレーキのついていない自転車で滑り落ちていくようなスリル。このまま加速をつけて、どこまでもだれよりも遠くへ連れていってもらいたかった。透子といれば、「お嫁さん」以外のなにかになれると疑いもなく信じられた。

十二歳のころから一日も欠かさず書き続けていた日記は、その夏、空白だらけだった。

「これ、渡しておくわね」

野ゆりの部屋まで押しかけてきた母が差し出したのは、カラフルなパッケージに入ったコンドームだった。

「なにこれ」

　透子から借りたCDを聴きながら針仕事をしていた野ゆりはぎょっとし、ぎょっとしたことを悟られまいと平然と訊ねた。

「なにって、必要なものでしょう」

　なぜかそう言って母は笑い、そのまま部屋を出ていこうとした。あくまでそれがなんであるのか曖昧にしておこうとする母の態度に野ゆりはかっとなり、「こんなもの」と箱を母の背中に投げつけた。かすんと情けない音を立てて箱が床に転がった。

「なんでもいいけど、ちゃんとしなさいよ」

　ため息のような声で母は言うと、箱を拾いあげて階段を下りていった。ちゃんとしなさいってなにを？　その箱を今度は俊介に渡すつもり？　CDラジカセのスピーカーから情動をかきたてるようなメロディが流れてきて、たまらず野ゆりは停止ボタンを押した。

　はじめて無断外泊をした翌日、父は野ゆりを殴った。

「お母さんに心配をかけるんじゃない」

　そういう怒り方を父はした。会社から帰宅したばかりで、まだスーツ姿のままだった。その時間、いつも台所でなにかしら作業しているはずの母はめずらしく父より先に風呂に入っていて、あらかじめ二人で示し合わせていることはあきらかだった。

　週の何日か無断外泊をくりかえすようになった野ゆりに、最初のうちは叱言をまくしたてていた母も、そのうち諦めたのかほとんど干渉してこなくなった。パートや祖母の世話で疲れきっている上に、俊介が大学に進学したばかりでなにかと気忙しく、それどころではなかったのだろう。忘れたころになって急に、理解のある母親ぶった態度をしめしてきたことが野ゆりには気持ち悪くてしかたなかった。

野ゆりちゃんも年頃だししょうがないって、彼氏でもできたんじゃない？　私らの若いころだってそうだったじゃない、いま流行りのできちゃった婚にだけは気をつけないと。女たちの品評会で噂されている様子が頭に浮かび、野ゆりは雑念をふりはらうように針仕事に戻った。手元に集中していれば、余計なことを考えずに済む。

最初はジーパンだった。古着で買ったジーパンの丈が長いから詰めてくれないかと透子に頼まれ、言うとおりに直してやった。その次には古着のジャケットのボタンをつけ替えた。オーバーオールにワッペンを縫いつけ、ブラウスの襟をレースでふちどり、ワンピースの首元や袖にパイピングを施し、無地のTシャツにヴィヴィアン・ウエストウッド風のワンポイント刺繡までした。要求はどんどんエスカレートしていき、野ゆりの裁縫の腕はみるみるうちにあがっていった。

「手間賃払うからさ」

最初はそう言っていた透子も、アパートにいりびたりでシャンプーや化粧品を使わせてもらってるし、と野ゆりが固辞しているうちにうやむやになって、材料費すら払わなくなった。

「これフリマで売れないかな。いけると思うんだよね」

秋のはじめにいいことを思いついたとばかりに透子が言い出し、野ゆりの返事をきかないままフリーマーケットに申し込んだ。開催まで一ヶ月足らずで、売り物にする古着のリメイクを最低でも十着用意しろという。

「あたし、安い古着屋けっこう知ってるんだ。あちこちまわってリメイクするのによさそうなブツを仕入れてくるから、野ゆりは作業だけしてくれればいいよ」

初期費用として三万円貸してと透子に請われ、野ゆりは一人暮らしをするために貯めていたお金から三万円を差し出した。しかし、どれだけ催促しても透子は素材となる古着を用意せず、しかたなく野ゆりは納戸にしまいこんであった祖父母や両親の古い衣類をあさって何作かリメイク品を完成させ、俊介や自分が穿かなくなったジーパンを解体してスカートに仕立て直した。

フリマの直前になって、ようやく透子は数着の古着を野ゆりに押しつけた。そのうちのいくつかは、以前透子が着ていたものだったり、透子の部屋に吊るしてあったりしたものだった。けれど野ゆりは問い詰めることもせずにそれを受け取った。

こんなものがほんとうに売れるのかと疑問に思いながら、野ゆりはたんたんと作業を進めた。その月はろくにバイトも入れられず、材料費ばかりかさみ、また貯金をくずすはめになった。ほとんど家に寄りつかないでいたかと思ったら、急に自室にこもって夜中までミシンを動かしている野ゆりに、勝手にしろとばかりに母は冷淡だった。

フリーマーケット当日、用意した商品のほとんどが売れたことに野ゆりは驚いた。手ごろな価格とどこにも売っていない一点ものであることを、透子のイラスト付きのポップで強調したことが功を奏したようだった。売れ残った数着は知り合いの古着屋に置いてもらうからと透子は言い、売上を折半して野ゆりに渡した。材料費のことを考えたら手間賃にもならないような額だったが、野ゆりは黙ってそれを受け取った。最初に貸した三万円のことなど透子はもう忘れているみたいだった。

「今日はパーッといこうよ、パーッと」

透子はそう言って、いつも行くような安居酒屋ではなく、こじゃれたイタリアンダイニングに野ゆりを誘った。思わぬ臨時収入に気が大きくなっているようだった。

「そうだね、パーッと」

調子を合わせて声をはりあげているうちに、野ゆりはどうでもよくなった。三万円ぐらいなんだという気になった。

「そんじゃ、初勝利を祝ってかんぱーい！」

「なんの勝利だってかんじだけど」

「でも勝ったじゃん。今日うちら勝ったじゃん」

「そうだね、勝ったね。今日うちら勝ったね」

フリーマーケットに定期的に出店して資金を貯め、ゆくゆくはオリジナルを作ってあちこちの店に置いてもらえるようにしたい。その日の「勝利」に味をしめたのか、前菜のカルパッチョに手もつけないで、透子はこれからの展望を語って聞かせた。まずブランド名を考えないと、透子と野ゆり、それぞれの名前からとって「透明な百合」なんてどう？

「〝透明な百合〟って英語にすると〝スケルトンリリー〟？　うわ、ださっ。売れないインディーズバンドみたい。もうちょっとマシなのないかな。野ゆりも考えてよ」

透子に勧められてはじめて飲んだチンザノは、とろりと甘いのにほろ苦くて野ゆりの気に入った。くいくいとグラスを空ける透子のペースにつられるように野ゆりも杯を重ね、二軒目に入ったバーでもチンザノのビアンコとロッソを交互に飲んだ。

ふと気づくと、透子の姿がなくなっていた。酔っぱらった野ゆりと売れ残った商品の入ったキャリーケースを置き去りにして、声をかけてきた男とどこかへ消えてしまったようだった。電車はすでになく、透子の部屋に押しかけるわけにもいかなくて、しかたなく野ゆりは透子の分もあわせてバーの勘定をすませ、近くのファミレスで始発を待った。ドリンクバーの代金と定期が使える駅までの電車賃を支払ったら、財布には小銭しか残っていなかった。

「こないだはほんっっっとごめん」

次に会ったとき、顔の前で手をあわせ、透子は平謝りした。ほんとうに申し訳なさそうにしているから、野ゆりはどうでもよくなった。置き去りにされたぐらいなんだという気になった。

「今日はあたしがおごるからさ。映画安い日だし、なんか観にいこうよ。あっ、『バッファロー'66』観たいと思ってたんだ。いまから行って入れるかな」

渋谷のパルコブックセンターで「ぴあ」を手に取り、映画のスケジュール欄をひらいたところで思いついたように透子が言い出した。早く早く、チケット売り切れちゃう、と駆け足になってシネクイントに向かい、超満員の中『バッファロー'66』を観た。ギャロかっこいい！　クリスティーナ・リッチかわいすぎ！　透子ちょっと似てる、またまたあ言いすぎだって！　映画を観終わってから興奮をそのまま吐き出しあって、近くのカフェでロコモコ丼を食べた。

「あのさ、ブランド名考えてみたんだ」

食後のカフェオレが運ばれてきてから、折りたたんだルーズリーフを野ゆりは差し出した。

「ブランド名ってなんの？」

アイスカフェオレのストローをくわえた透子が、視線だけぎょろりとこちらに向けた。

「えっ、だから、うちらの……」

一瞬だけ間があって、

「あっ、はいはいはい、あれね、うちらの、はいはい、ゆってたね」

とってつけたような透子の反応には気づかないふりをして、野ゆりは続けた。

「リリーって響きはいいと思ったの。それで、〝透明な〟とか〝透きとおる〟で辞書を引いてみて……や、これもださいかもしんないけど……」

「これなんて読むの？　トランス……パレント？」

「トランスペアレント。透明って意味」

「トランスペアレントリリー？」

「うん。でもそれよりこっちの、〝クリスタルリリー〟のほうがいいかなって。そういう名前の花もあるみたいだし」

「へえ……」

　学校の図書館で借りてきた植物図鑑を開いてみせると、透子は写真に目をひかれたようだった。白い花びらの中心が赤く染まり、黄色いおしべがそそり立った花の写真を見て、「なんかひわい」とストローの先を噛んだまま口をゆがめて笑う。

　ものを噛むくせが透子にはある。歯が生えはじめた子どものようになんでも噛んでしまうから、爪はいつもぼろぼろだったし、折れた割り箸やアイスの棒が部屋に散乱している。あれするとき、噛み切りたくなったりしないんだろうか。ふいに野ゆりは考え、頭からかき消すようにルーズリーフに目を落とした。几帳面な野ゆりの字でちんまりと書きつらねたブランド名候補。「今日はあたしがおごる」と言ったくせにカフェの支払いは別々で、その日透子がおごってくれたのは映画代だけだった。

　そんな些細なことにいちいち引っかかってしまう自分のみみっちさがいやで、これぐらい別にどうってことないと野ゆりは思うようにした。長野の親からの仕送りは学費と家賃だけで、バイト代で生活費をまかなっている透子にくらべたら、郊外とはいえ都内に実家のある自分は恵まれている。だったら自分が余分に負担するのが当然だ。自分のほうが好きなんだから、自分が我慢するのが当然だ。

男の子とつきあうのがどういうかんじなのか、経験のない野ゆりにはわからなかったが、もしかしたらこういうかんじなのかもしれない。自分の好きと相手の好きの分量を天秤にかけ、できるだけすました顔をして、自分ばかり夢中なことをバレないようにする。

透子がルーズなのは金銭面にかぎったことではなかった。約束をすっぽかし、バイトをドタキャンし、何人かの男と同時に関係を持つ。できもしないことをできると言い、その場のノリでなんでも安請けあいして、次のときにはすっかり忘れている。ごはんのかわりにお菓子を食べ、歯も磨かずメイクも落とさないまま寝てしまい、掃除も洗濯もろくにしないから部屋の中は埃っぽく、透子の体臭と古着と甘いお菓子のにおいが混然一体となっている。

はみだすことを恐れて生きてきた野ゆりにとって、透子のありようはどうしようもなくまぶしくて離れがたいものだった。三万円ぐらいなんだ。置き去りにされたぐらいなんだ。二人のブランドをたちあげる計画を忘れられたぐらいなんだ。それで透子のそばにいられるなら安いものだ。

「野ゆりってなに考えてんのかよくわかんない」

透子はよくそう言って、目をすがめて野ゆりを見た。

「そっかな」

そのたびに野ゆりはすっとぼけて、見透かされまいとする。からっぽでつまらない、ふつうの女の子だとバレたら幻滅されてしまうから。

「すごくおぼこく見えるときもあれば、引くほど年寄りくさいときもある。へんなやつ」

へんなやつ、と透子に言われたことがうれしくて野ゆりは笑う。

「なに喜んでんの、褒めてないよ」

「そうなの？」

「まったくぜんぜん褒めてない」

「ひどーい」

「でも、あたし、あんたといるときの自分はなんか好き」

うれしくてうれしくて野ゆりは笑う。どうして透子が自分なんかといっしょにいてくれるのか、わからなくて不安な気持ちがどこかへ飛んでいくようだった。

だけど野ゆりは、透子といっしょにいるときの自分なんか嫌いだった。いつもびくびくと透子の顔色をうかがい、愛情に飢えた犬みたいで、自分で自分がコントロールできない。ねえ透子、ずっといっしょにいようね。口にできない言葉が出口を求めて腹の中でのたうちまわっている。私たち、ずっと友だちだよね？　鎖につなごうとしたとたん、透子が逃げていってしまいそうで、そんなことぜったいに言えなかった。

一九九九年、恐怖の大王はやってこなかったけれど、透子が野ゆりの世界をぶちこわした。

3

二十歳になる前に吸いはじめた煙草は、二十歳をすぎてからもまるでさまにならなかった。透子と同じマルボロのメンソール。ときどき深く吸い込みすぎてむせる野ゆりを、透子がからかって笑った。

透子と同じ煙草を吸い、透子と同じ酒を飲み、透子と同じ古着のモッズコートを着て、透子と同じブーツを履き、透子と同じ音楽を聴いて、透子みたいにリズムをとっていた二十歳の冬。音楽でも映画でも、透子が教えてくれるものはどんなものでも野ゆりの気に入った。

まいちゃんが褒めてくれたくせのない髪の毛も長く伸ばして、透子と同じパーマをかけた。二人で渋谷を歩いていたら、通りすがりの男たちに「偽ＰＵＦＦＹ」だと笑われて、その日のうちに透子は自分で髪を切ってしまった。そろそろ切りたいと思ってたし、ちょうどよかったと透子は言った。別にあんなことを言われたから切るわけではないのだと。

　いまから思えばあのころから透子は野ゆりを疎(うと)ましく思いはじめていたのだろう。「目端が利きすぎる」と幼いころから周囲の大人に言われてきた野ゆりが気づかないはずもなかったが、透子みたいになりたくてなんでも透子と同じにする、その衝動にあらがうことはできなかった。それに、髪を切るみたいにかんたんに自分を切ることなど透子にはできないだろうということも、野ゆりにはよくわかっていた。

　野ゆりのリメイク品を店で売りたい、と下北沢の古着屋の店長が申し出てきたのは、フリーマーケットに出店してしばらく経ってからのことだった。

「売れ残りのジーパンの在庫を抱えて困ってたんだ。素材として提供するから、スカートに仕立て直してもらえないかな。バッグとかエプロンもできるんだっけ？」

　古着屋の店長は名前を真紀(まき)といった。平日の昼間に呼び出され、独特のにおいのこもった古着屋のカウンター越しに野ゆりははじめて真紀に会った。灰皿に煙草を押しつけながら、真紀は空いているほうの人差し指をぴんと立てた。

「一本千円でどう？　ものによってはもうちょっと出してもいい」

　時給に換算すると五百円にもならない。安すぎると思ったが、「Crystal Lily」のタグをつけることを条件に野ゆりはその話に乗ることにした。

　タグのデザインは透子がした。つるのように曲線を描く文字に百合の花をあしらったデザインを、透子はものの五分ほどでスケッチブックに描いてみせた。「どう？」と訊かれ、「いいね、すごくいい」と答えながら、つる性の百合なんて見たことがないと野ゆりは思った。少なくともクリスタルリリーはぴんとまっすぐ伸びていた。透子の描いたそのデザインラフを業者に持ち込んで、アイロンプリント用のシートに印刷する費用は野ゆりが負担した。

古着屋から入る金は多いときでも月に三万円ほどで、透子と折半するとたいした額にはならなかった。週の半分を透子の部屋で過ごしていた野ゆりは、作業のため家に帰る日が増えた。居酒屋のバイトが終わると終電で家に戻り、明け方近くまでミシンを動かした。透子をつなぎとめるために透子に会えなくなるなんて本末転倒だったが、そうするしかないように野ゆりには思えた。遊びに出ることが少なくなったので貯金は順調に増えていき、一人暮らしのために貯めていた金はいつしか、透子と二人で暮らす部屋を借りるためのものに変わっていた。

透子のほんとうの名前が「小池正代（こいけまさよ）」だということを、透子の実家から送られてきた宅配便の伝票で野ゆりは知った。わけがわからなくて混乱したが、見てはいけないものを見てしまったことだけはわかって、野ゆりは素知らぬ顔をして透子を透子と呼び続けた。透子が透子だというなら透子は透子だった。

透子が通っていたのは美大ではなく美術系の専門学校で、しかもすでに学校をやめていることを知ったのはそれからしばらくしてのことだった。退学したことを親には知らせず、いまも学費と家賃を仕送りしてもらっているのだという。

「あたしから聞いたって言わないでよ」

煙草のけむりを吐き出しながら、悪びれずに真紀は言った。後期の試験が終わり、春休みに入ったばかりの木曜日、下北沢の古着屋には野ゆりのほかに客の姿はなかった。最初の何回かは透子も納品につきあっていたが、バイトがあるとか学校の課題があるとかなにかと理由をつけてパスするようになり、そのうち野ゆりは透子に声をかけなくなった。

「透子が学校やめたのっていつ？」領収書にサインしながら、野ゆりはなるべくどうでもよさそうに訊ねた。

「いつだったかな、私も透子から聞いたわけじゃなくて、人から聞いた話だけど、去年のいまごろにはもう行ってなかったんじゃない」

それがほんとうだとしたら、野ゆりと出会ったころには学校をやめていたことになる。

思いあたるふしならあった。課題があるなどと言うわりに透子が実際に課題をやっているような様子はなかったし、そもそも学校に通っている気配すらなかったが、ふつうの大学とはシステムがちがうのかもしれないと深く考えもしなかった。透子への執着が目くらましになって、違和感を見過ごすことがずいぶんうまくなっていた。

「よくやるよね。騙される親も親だけど、いつまでも続けられることじゃないじゃん」

真紀の目が意地悪く細められるのを見て、野ゆりはいやなかんじをおぼえた。

「気をつけたほうがいいよ。ああいうイカレ女、たまにいるからさ。たしか本名も透子とは似ても似つかないような名前だったよね。なんてったっけ、もっと地味なかんじの……」

あなたは知らないでしょう、と野ゆりは言い返してやりたかった。あの夜見た桜のこわいぐらいの美しさも、深夜の散歩も、汗ばんだ肌も、くすぐったいようなおしゃべりも、透子と過ごした時間のすべてが野ゆりにはかけがえのないものだった。透子が嘘をついていたとしても、透子と過ごした時間ぜんぶが嘘になるわけじゃない。透子が嘘をついていたとして、それをあなたが勝手に暴いていい理由なんかひとつもない。あなたはなんにも知らない。知らないからそんなふうに面白がっていられるんでしょう。

透子に確かめもしないうちから、真紀の話が真実だとすでに野ゆりは確信していた。それこそが透子に対するひどい裏切りだというのに、義憤にかられたふりをして筋違いの怒りを真紀にぶつけていた。

「やだ、泣かないでよ、ちょっと、どうしたの」

泣き出した野ゆりを見て、真紀はぎょっとしたようだった。

「ねえ、ちょっと、そんなつもりじゃなかったの。ただ危なっかしいなって、はたから見てて思ったから……」

透子ではなく正代。美大生ではなくただのフリーター。この一年のあいだ、自分はいったいだれと過ごしていたのだろう。あの子はいったいだれなんだろう。わからないことだらけで、野ゆりは声をあげて泣きじゃくるしかなかった。きれいな名前だと野ゆりが褒めたとき、照れくさそうに笑っていたあれはなんだったんだろう。透子が透子じゃないなら、「Crystal Lily」なんてなんの意味もないただの記号になってしまう。

透子には友だちがいない。そのころには野ゆりも気づきはじめていた。行く先々に知り合いらしき人はいたけれど、親しげに言葉をかわしているのに、だれもがその場かぎりのつきあいといったかんじで、深く関係している相手は男女かぎらずいないみたいだった（セックスをした男は何人もいた。キスだけならもっと）。狭く閉ざされたコミュニティで育ってきた野ゆりにとって、それは信じられないようなことだった。薄く淡く、なんのしがらみもなく、ただ楽しいだけの人間関係。目のくらむような自由。

「でも、学校には友だちいるんでしょ？」注意深く透子の表情を探りながら野ゆりは訊ねた。

「学校の友だちねえ……」煙草をくわえたまま、にっと歯をむきだしにして透子は笑った。「そういうあんただって、学校に友だちいんの？」

「学校なんか、べつに、授業受けて帰ってくるだけだし」

自分にだって友だちなんかいなかったじゃないかとそれで野ゆりは気づいた。時間と空間をともにする相手はいても、友だちと呼べるような相手はこれまで一人だって。

大学のクラスメイトとはそれまでどおり付かず離れずの距離を保っていた。身に着けるものやメイクや言動、急に人が変わったようになった野ゆりに、彼らは適度な無関心でもって接してきた。だから野ゆりも適度な無関心でもって接した。

「つまんないんだもん、あの子たち」

ふんっと鼻から息を吐き出したら、いっしょに煙草のけむりも漏れた。恥ずかしくて、ごまかすように笑う。煙草の持ち方がさまになっているか、けむりの吐きだし方はおかしくないか、そんなことばかり気にしながら野ゆりは煙草を吸っていた。

「課題もうやった？　とか、あのドラマ観た？　とか、マルイのバーゲンがいつからはじまるとか、どうでもいい話ばっかりしてる。うわべだけのおしゃべりってかんじ」

吐き捨てるように言った声が、自分でもびっくりするぐらい酷薄に響いてぎくりとしたが、「ほんっとパンピってくそみたいにどうでもいいことしか言わないよね」と透子が笑ってくれたからほっとした。

「あたしもおんなじ、学校に友だちなんていない。いないっていうか、そもそも作ろうと思ったことがない。だって、パンピと話すのたるいじゃん」

透子はふつうの人たちのことを「パンピ」と呼んだ。どこにでもいるふつうの、ありふれた服を着てありふれたことしか言わずありふれた人生を生きているようなあの子たち。生まれた瞬間から「お嫁さん養成ギプス」を着せられていることにも気づかず、「お嫁さん」を夢見ている幸福な女の子。自分以外の人間ほとんどぜんぶ。そうやって彼らとのあいだに線を引き、自分を特別な場所に立たせようとしているみたいだった。そうして引いた線のこちら側に野ゆりを入れてくれた。その甘美に逆らうことなどできるわけがなかった。

「いらないんだ、あたしはそんなの、ぜんぜん」

透子がそう言うなら、野ゆりだってそうだった。百人のパンピより、たった一人の特別な「透子」がいればそれでよかった。


元は野ゆりの部屋だった二階の一室は、勉強机やベッドを一掃し、物置同然になっている。埃をかぶった段ボール箱から古い手帳を見つけ、中をめくると透子と撮ったプリクラやチェキで埋めつくされていた。「Crystal Lily」のタグもあちこちに貼りつけてある。古い記憶の断片がどっとあふれだし、感傷にも似た軽いめまいが野ゆりを襲った。

もしいまも透子との関係が続いていたら――と想像し、野ゆりはわずかにうろたえた。そんなこと、これっぽっちも望んでいない自分に気づいてしまったから。

「あらいいわね、あんたは色が白いから、黒がよく映える」

太陽の父が死んだときに、急ぎで揃えたオーソドックスなアンサンブルに着替えて一階に降りていくと、自分も礼服に着替えた母が、玄関の姿見越しに野ゆりの姿を覗き込んだ。

「なあに、その顔」

苦笑する野ゆりに、鳩のような目をして母が問う。

「いや、畑仕事でしみだらけのおばさんになに言ってんだって思って」

「素直に喜んどきなさいよ。あんたぐらいの年になったら、褒められることなんてそうないんだから」

「はいはい、ありがとうございます」

褒められることなどめったになかったのに、どういうわけか野ゆりが結婚してから、母はやたらと娘を褒めるようになった。太陽がいるときはとくにわざとらしく、「この子は昔からよく気が利いて」「だれに似たんだか、ほんとうに賢い子で」などと言っては、おまえが手に入れたものは特別いいものであると教え諭すように声をはりあげるのだった。太陽と野ゆりが不妊治療をはじめてから、それはより顕著になった。

「やだ、お父さん、樟脳くさい」

一階の和室から父が出てくると、母の矛先がそちらに向かった。「そうか？」と言いながら、礼服の袖のにおいを嗅いでいる父の姿があわれで、野ゆりはそっと視線をはずした。

夕方パートから帰ってきた父は、ダイニングでお茶を飲んでいた野ゆりの前をなにも言わずに素通りし、台所にいる母に空の弁当箱を渡した。「お父さん、野ゆり」と母に言われてようやく、「ああ、うん」とうなずいただけで野ゆりのほうを見もしなかった。四年ぶりの対面にしてはあっけないものだった。

軽ワゴンに乗り込み、父の運転で隣町にある葬儀場まで向かう途中、駅前の大通りに差しかかったところで、若い女の子たちの集団が横断歩道を渡っていくのが見えた。いまからどこかへ

――そんなの「東京」に決まっている――遊びに出かけるところなのだろう。

「ルーズソックス履いてる子がいる。あっちは厚底ブーツ。すごい、二十年前にタイムスリップしたみたい」

野ゆりの若いころに流行していたファッションが最近また流行っていることは情報として知っていたが、実際目にするとやっぱりどうしたって奇妙なかんじがした。懐かしさでもなければ嫉妬でもない、なにか、ひやりとした喪失感のようなものが胸をかすめていく。

「なにをそんな大騒ぎしてんの。あんただって昔、私の若いころの服を押し入れから引っぱり出して着てたじゃない」

助手席の母が笑い、

「いや、そういうのとはちがうんだって」

うわの空で答えながら、女の子たちのはねるような足取りに野ゆりは目を奪われる。これからなんにだってなれる、どこへだって行ける、その軽やかさが野ゆりにはまぶしかった。自分がどうなりたいのかもわからないまま、なにかにならなきゃと気ばかり急(せ)いていた時代だった。急きたてられるようなあの感覚こそが若さだというのであれば、野ゆりには永遠に失われてしまったものだった。

おばさんじゃん。そう言って笑う透子の声が聞こえた気がして、野ゆりは声も出さずに笑う。ほんと、もうすっかりおばさんだよ、こんな安物の礼服が似合っちゃうぐらいのおばさん。不思議に凪いだ気持ちで野ゆりは透子の声に応える。ずいぶん遠くまできちゃったね、私たち。

世界のすべてが透子一色に染められていたあのころに、長いあいだ野ゆりは背を向けていた。透子のことを思い出すと、いつも罪悪感と痛みがごちゃまぜになって、こんなふうに落ち着いて笑ってなんかいられなかった。

楓のせいだ——そう思ってから、遅れて野ゆりは驚いた。あの子が自分にそんな影響を及ぼしていたなんて、いまのいままで考えてもいなかったのに、とっさに楓と透子を結びつけた。そのことに驚いた。

かつて透子が「パンピ」と吐き捨てていたようなタイプだと最初は思った。男ウケばかり気にしてそのとき流行っているものに軽薄に飛びつき、自分の意志もなにもなく安易なほうに流されるまま、ただなんとなくで生きている。「お嫁さん養成ギプス」の被害者。そんなふうだから太陽みたいな男に引っかかって、太陽みたいな男の子どもを身ごもり、人生をくるわすようなことになるのだと、楓に対する憐憫（れんびん）と軽蔑が、野ゆりの中に同じ量だけあった。野ゆりが若かったころに比べ、はるかに猶予の許されない社会をサバイブしてきた女の子だということをそのときはまだ知らなかった。

楓はあまりにも若く、その若さがときどき野ゆりには凶器のように感じられた。不用意に言葉を放ったかと思ったら、その言葉が相手や自分にどのような影響を及ぼすのかとびくびく怯えている。から元気で笑い、しきりに視線を動かしている。この世界のどこにもよりどころのないかんじ。楓は野ゆりに若かったころの感覚を思い起こさせる。そうして、そんな感覚をすっかり忘れてしまっていることに、そのたび野ゆりはうっすら傷つけられるのだった。

透子と別れてから——恋人でもなければセックスをしたこともなかったけれど、自分たちは「別れた」のだといまになってはっきり野ゆりは思う——、だれか一人の人間と深くかかわることを避けてきた野ゆりの前にあらわれた楓は、幾重にも張りめぐらせたバリアを乗り越え、突き破り、遠くにぶん投げてしまった。自分たちが妻と愛人であることを忘れてしまったみたいな顔をして懐いてきて、野ゆりの調子をくるわせた。だから野ゆりも、ときどき妻と愛人であることを忘れてしまいそうになった。

透子と楓は似ている。ぜんぜんちがうのに似ている。嘘つきで危なっかしくて天災みたいな女の子。楓のことをこわいと野ゆりは思う。楓は野ゆりの世界を壊す。そこがどうしようもなく透子に似ていた。

あるいは、だれかと深くかかわろうとすれば、それは避けようもなく起こることなのかもしれない。相手を恐れずにいられなくなり、こうあるべきだと信じて疑っていなかった世界を根底から引っくりかえされる。そんなふうにしか人とかかわれない自分のことをこわいと野ゆりは思う。

楓がこわいと野ゆりは思う。

葬儀場に着いたころには日が暮れていた。

両親につきしたがって姿をあらわした野ゆりに対し、その場にいた人間の反応は二通りだった。野ゆりの顔を見た瞬間ぎょっとするか、いつもと変わらぬ様子で「ひさしぶり」と声をかけてくるか。だから、だれが太陽の「醜聞（しゅうぶん）」を知っていてだれが知らないのか、野ゆりには手に取るようにわかった。

「ご無沙汰しています」

背筋をのばし、あくまで泰然としている野ゆりに、少なくともその場で突っ込んだことを訊ねてくる者はいなかった。それにしても、「醜聞」ってすごい言葉だと改めて野ゆりは思う。だれかの噂話が流れてきたとして、それを醜いと判断するのはどこのだれなんだろう。

「ちょっと、野ゆり、どういうことなの、先生の話――」

通夜が終わり、弔問客にビールや寿司をふるまう段になって、だれかから吹き込まれたらしい母が血相を変えて近づいてきた。そのころにはもう、この場にいるほとんどの人間に知れわたっているようだった。会場のあちこちからフラッシュの瞬きにも似た視線が注がれるのを感じ取り、野ゆりはそれを悟った。

「家に帰ってから説明する」

うすく脂肪の乗った母の背中を撫で、野ゆりはさりげなく葬儀場の外へ促そうとした。

「そんな、あんた、なんでそういう大事なことを黙って……」

責めるような母の声は、途中でため息になってかき消えた。目に大粒の涙がたまっている。

今朝の電話の時点で気づくべきだったが、どう見たって母は伯父の死にはしゃいでいた。母だけでなく、通夜の席にいた少なくとも何人かの近親者は、お祭りみたいにはしゃいでいた。やたらと声をはりあげ、早口になにごとかまくしたてる。あっちへこっちへ、用もないのに走りまわる。急に泣き出したかと思ったら、次の瞬間には調子っぱずれの笑い声をあげる。人の死は、残された者の情緒をおかしくさせる。

「決めた。明日葬式が終わったら、その足で私も岐阜にいく。太陽さんと話す」

目尻ににじんだ涙をハンカチで拭い、母が決然と顔をあげた。「先生」が「太陽さん」になったことに気を取られて反応が遅れた。

「なんでそうなるの」

「なんでもなにもない。もうそうするって決めたから」

「お母さんは関係ないでしょ」

「関係ないことない。だってあんた、どれだけあの人に苦労させられて……」

そこで母は三文役者のようにうっと喉を詰まらせた。完全に舞いあがっている。

「野ゆり」

ぞんざいに呼びつけるような声にふりかえると、似合わない礼服を着た俊介がうしろから追いかけてくるところだった。

「なんだ、あれ」

「あれってなに」

すっとぼける野ゆりに苛ついたように、「言わなくてもわかってんだろ」と俊介はそっぽを向いた。四十歳をすぎ、妻も子もいる弟とは、いまやこういうときにしか顔をあわせることもない。よく知ってるはずなのに他人のように感じる横顔に向かって、ごめん、となんとなく野ゆりは言った。

「ごめんってなんだよ、なんで俺に謝んの」

「いや、だって怒ってるから」

「は？　じゃあなに？　相手が怒ってたら自分が悪くなくても謝んの？　そんなだから、旦那になめられんじゃないの？」

怒気のこもった俊介の声が葬儀場のエントランスホールに反響する。「なめられるって……」と野ゆりは笑おうとしたが、はりつめた静寂にのみこまれた。その場にいるだれもが息をのんで、遠巻きにこちらの様子をうかがっている気配があった。

「だいたいなんで今日きてないんだよ。あんなことになってんなら、伯父さんの葬式だろうがなんだろうが関係なくすっ飛んできてうちの親に謝るのが筋なんじゃないの」

「筋」

この家では太陽は悪者なのだ。よそ者の悪者。最初からそうだった。いつだって野ゆりはその被害者でしかなかった。

密会現場を写真に撮られたぐらいでなにをそんなに大騒ぎしているのだろう。似通った姿かたちをした親戚を、ひどく醒めた気持ちで野ゆりは眺めた。それどころか、いま岐阜の家には夫の子を妊娠した若い女がいると知ったら、この人たちはどんな顔をするだろう。

太陽から楓のことを告げられたとき、野ゆりは自分が傷ついているのかそうでないのか、すぐにはわからなかった。もちろん驚いたし、ひどい裏切りだとも思ったのだが、ではいったいなにに対する裏切りなのか、そこのところがよくわからなかった。

それまでにもほかに女がいたことはあったし、子どもができないまま不妊治療をやめてしまったから、いつか別のだれかに子どもを産ませるようなこともあるかもしれないと覚悟してもいた。しかしまさかそれを、あっけらかんと自分に伝えてくるとは思わなかった。野ゆりになら許されると思ってる。その子どものような夫の無邪気さに、野ゆりは呆気にとられた。

「よかったじゃない」

非難するかわりに、野ゆりはそう言った。太陽が子どもを望んでいたことは痛いぐらいにわかっていたから、いやみでもなんでもなく、それが心からの野ゆりの気持ちだった。できることなら私が産んであげたかったけれど。そうつけ足したらさすがにいやみになっただろうが、それもまた野ゆりの本心だった。

「ありがとう」

調子に乗った太陽は、目に涙を浮かべて野ゆりの手に自分の手を重ねた。母親になる子はまだ若く——若いと言っても二十六だけど——料理もろくにできないような子で、この先どうやって子どもを育てていくつもりなのか心配でしょうがない、いまは四谷のマンションに住まわせているが、いつまでもあそこに置いておくわけにもいかないし、どうしたものかと困ってて……。相談の体をとったほのめかしには、「こっちに連れてくれば？」と言うしかなかった。太陽がそう言ってほしそうだったから。

「ありがとう」ともう一度、太陽は言った。「そう言ってくれると思ってた。こんなことになって一時はどうしようかと思ったけど、でも結果的によかったんじゃないかといまは前向きな気持ちでいる」

「そう」

もしかしたらこの人は許されようとしたのではなく、証明したかっただけなのではないか。濁りなく澄みきった太陽の目を見て、ふとそんな疑念が浮かんだ。自分に女を孕ませる能力があることを誇示し、それを野ゆりに褒めてもらいたかったのではないか、と。

「君はいい母親になると思うよ」とまで太陽は言ったのだった。いけしゃあしゃあと。この家に赤ちゃんを連れてくることが自分の手柄であるかのように。

太陽をとても好きだったこともあったような気がするのだけど、いまとなってはすべて気のせいだったような気もする。太陽を見つめる野ゆりには目くらましがきかない。残酷なぐらいすべて見通してしまう。

野ゆりがなめられているというのなら、母だって俊介だって野ゆりをなめている。太陽はずるくてかわいくてやさしい。野ゆりを脅かしはしない。そのつるりとした球体の鈍さ。野ゆりはみずからそれを選んだのであって、決して一方的な被害者ではなかった。

「やめなさいよ、あんたたち、こんなところで、みっともない」

対峙する二人のあいだで白いハンカチを仲裁の旗のように振って、姉弟げんかに母が割り込んできた。

「みっともないって、なにをいまさら」

今度こそ野ゆりは笑い声をあげた。

4

踵（かかと）がかさついていることには気づいていたのに、寝る前にクリームを塗るのを忘れていた。それで、朝、ストッキングが引っかかって伝線した。

「あー、もう……」

膝まであげたストッキングを丸めてゴミ箱に捨て、たんすの抽斗（ひきだし）から新しいものを取り出す。時間ないのに、と泣きそうな声でつぶやいて、ビニールの包装を剝く。

「……なに、またやった？」

布団の中からくぐもった声が聞こえてきて、ごめん、と野ゆりはとっさに謝った。

閉め切ったカーテンのすきまから一筋の朝日が差し込んで、２Kの部屋を薄ぼんやり照らしている。昨日も遅くに帰ってきたのか、脱ぎ捨てた服がそのままソファの上にちらばっている。この部屋に引っ越してきたばかりのころ、近所の公園の前に捨ててあったのを見つけて、二人で運んできた合皮のソファ。

「ほんと天才だよね、ストッキング破るの」

甘くかすれた透子の笑い声に、ごめんって、ともう一度謝って、野ゆりは慎重にストッキングを穿きなおした。

「いってらー」

布団の中から手だけだしてひらひらとふる。緑色のラメで彩られた指先が鈍く光る。

「いってきます」

なにも塗っていないまっさらな指をふりかえし、就職活動用に買った黒いパンプスに足を入れて、野ゆりは部屋を飛び出した。

また朝がきた。おもてに出たとたん、朝日に強く目を射られ、うんざりしたように野ゆりは思う。早足で坂道を下り住宅街から大通りに出て、駅へと向かう人々の流れに乗る。いまではもう、スーツがさまになってるかどうかなんて気にもしなくなったし、靴ずれにも慣れた。

三年生に進級してまもなく、野ゆりは透子と暮らすために築十五年のコーポの一室を借りた。親から仕送りをストップされて困り果てていた透子に、「いっしょに暮らさない？」と野ゆりのほうから持ちかけたのだった。

「いいよ、そんなの」

野ゆりの申し出に、透子はあきらかに戸惑っていた。そこまでしてもらう理由がないからと言って逃げようとした。

「どっちみち、家を出るために貯めてたお金だから」と野ゆりは笑いながら言った。「もちろん家賃は払ってもらうし、光熱費や食費だって入れてもらうよ」

どうして親から仕送りを止められたのか、詳しい事情を訊いても透子が困るだけだからと野ゆりからは触れなかった。透子が本名を告げずにすむように、不動産屋には野ゆり一人で赴き、野ゆり一人の名義で部屋を借りた。そうやって透子をつなぎとめた。

最初のうちはそれでもたのしかった。二人で家具店や雑貨屋をまわって食器やカーテンやこまごましたものを揃え、テレビやちゃぶ台はそれまで透子が使っていたものを、たんすや本棚はそれまで野ゆりが使っていたものをそれぞれ持ち寄った。観葉植物は高くて手が出せなかったから、かわりにちいさなサボテンの鉢植えを買った。

いっしょに暮らしはじめてから、透子は美大に通っているふりをやめた。これ以上うそをつくのは無理だと判断したのかもしれない。それまではドタキャンばかりしてバイトも長続きしなかったが、ようやく生活のために働くことを観念したようで、心配していた家賃の滞納も起こっていなかった。

家賃を捻出するのに苦労しているのはむしろ野ゆりのほうだった。学校に通いながら居酒屋のバイトをしているだけでは、月に七、八万円が限界で、あてにしていたリメイクの依頼も減りつつあった。敷金礼金と仲介手数料を支払い、生活に必要なものをそろえたら、貯金はきれいに消えてしまった。自分で望んで家を出たのだから親を頼るわけにもいかず、就職活動が本格的に動きはじめたらバイトをしている余裕もなくなるだろうと、土日や夏休みには居酒屋のほかに短期バイトをかけもちし、休みなく働いた。稼げるうちに稼げるだけ稼いでおきたかった。

金、金、金。ずっと金のために動きまわっている気がする。自分がどうしたいのか考えるより先に金を稼ぐという目標があって、がむしゃらになっているうちに、あっというまにすぎていたような大学生活だった。父の反対を押し切ってまで進学しておきながら、なにをやっているんだと呆れることもあったが、そもそも野ゆりの目標は金を稼ぐことにあった。大学に進学したのも、この先ずっと働いて自分一人で食っていくためだった。

大丈夫、とつぶやいて、野ゆりは顔をあげる。大丈夫、私はまちがってない。駅へと続く道をざくざく進んでいく勤め人の流れに乗り、いっぱしの大人みたいな顔でヒールを鳴らしながら、くりかえし何度もとなえる。大丈夫、透子がいれば大丈夫。

そのころ透子は、ほとんど坊主といっていいほど短く刈った髪の毛を金髪に染め、あいかわらず東京のうわずみをかすめとるみたいに生きていた。一人でふらりと花見の集団に混じってタダ酒を飲み、飲み屋で声をかけてくる男たちとかんたんに寝て、ずり下がったジーンズのポケットに手をつっこみ、くわえ煙草であっちへこっちへ、気の向くままに揺蕩(たゆた)っていた。ひとつの場所に軸足を置くのを避けるかのように、出会い系のサクラのバイトのほかに、知り合いがやっている下北沢のバーで夜遅くまで働いたりヌードモデルをしたりもしていた。

「坊主頭のヌードとか、ぜんぜん抜けねえし」

ビースティ・ボーイズが大音量でかかっているバーの店内で、ファッション誌のグラビアを指差しながら、ひげヅラ長髪の男が大声でわめくと、

「あんたのオカズになるために脱いでんじゃないし」

カウンターから身を乗り出すようにして透子も大声をはりあげた。

「じゃあなんのためー?」

「金のために決まってんじゃん」

「いくらもらったの?」

「ないしょー」

透子の耳元に唇を寄せてひげの男がなにか囁き、「ばかじゃないの」とおかしそうに透子が身をくねらせるのを間近に見て、この二人、今夜セックスするな、とすぐに野ゆりはぴんときた。

その当時、「東京の女の子カタログ」というグラビアが男性ファッション誌に毎号掲載されていた。いかにも煽情的な週刊誌のグラビアとは一線を画し、「アート」であることをコンセプトにした新進気鋭のフォトグラファーたちによる人気連載で、最新号に透子のヌードが掲載されたばかりだった。

挑むようにカメラを睨みつけ、上半身裸でアッカンベーをする透子。ヒョウ柄のタイツ一枚だけ身に着けた状態で、猫ののびのようなポーズをとる透子。透子のものだかどうかもわからない、カメラに向かって突き出された尻のアップ。実際の写真を見てもそれがアートなのかなんなのか野ゆりにはよくわからなかったが、牙を抜かれたみたいにおとなしく写真におさまってるなんて、こんなの透子じゃないとは思った。

バーの常連客だという雑誌の編集者にモデルをやらないかと声をかけられ、ギャラ交渉をした上で依頼を受けたと透子は言うが、実際にいくらもらったのか金額については口を割ろうとせず、

「あんたならどうする？　百万って言われたらやっちゃわない？」とはぐらかした。

「やらないよ」と野ゆりは答えた。「一億円だってやらない」

「そりゃあんたはそうだろうね」と言って透子は笑った。そこに、ばかにしたような響きが含まれていなかったことに野ゆりはほっとした。

「で、実際どうなの、前田弘明って」

音楽の隙間を突くようにその名前が耳に飛び込んできて、野ゆりはグラスから顔をあげた。

「どうってなにが」

「やったんでしょ？」

「やってないやってない、あの人はそういうんじゃないから」

前田弘明という名前など野ゆりはそれまで聞いたこともなかったが、ミュージシャンのアルバムジャケットやライブ写真をメインに活動しているフォトグラファーで、音楽好きのあいだで広く名前を知られているらしかった。「東京の女の子カタログ」は若手のフォトグラファー数名による持ち回り企画で、前田弘明もそこに名前をつらねていた。

「実際すごい人だと思うよ。いままでに何回か、モデルみたいなことやったことあるけど、やっぱなんか、そのへんのカメラマンとはちがうっていうか」

これまでに何度聞かされたかわからない話を、その夜も透子はひげの男に語って聞かせた。

「ぜんぜん無駄撃ちしないの。その場で構図とかそういうのぜんぶ決めちゃって、どうすればいいですかって訊いても、とりあえず好きなようにしててって。だから爪痕を残すみたいなことついしたくなって、自分じゃない動きをしちゃったりするのよなんか。でも前田さん、そういうときにはシャッター押さないんだ。だからあたし見透かされてると思って、思わずカメラから顔を背けちゃったんだけど、そういう瞬間こそ逃さず写真におさめるんだからまいっちゃったよね」

くる日もくる日もこうして客に話して聞かせているのだろう。最初に野ゆりに聞かせてくれたときより滑らかに舌がまわっている。称賛というよりほとんど心酔しているみたいな透子の声に耳を傾けながら、野ゆりはチンザノドライのロックを一口ふくんだ。氷が解けて、うす甘いミント水のような味がした。

「あたし、撮るほうもやってて、それでちょっと作品を見てもらったりもしたんだよね」

新しい煙草に火をつけながら、透子が頬をほころばせた。

「へえ、面白いじゃんって、前田さん言ってくれて。独特の視点があるとかで、撮られるより撮るほうが向いてんじゃない、見どころあるよって」

グラスに残った液体をちびちびなめながら野ゆりは透子の話を聞いていた。これまでに作品と呼べるようなものを透子に見せてもらったことなど一度もなかった。出会ったばかりのころは戯れにポラロイド写真を撮ったりすることもあったけれど、透子がいくつか所持しているおもちゃみたいなカメラは埃をかぶってリビングの隅に放置されていた。

「そんなつもりなかったんだけど、前田弘明にそこまで言われたんだったらちょっと本腰入れてやってみるか、前田さんが審査員やってるコンテストが今度あるから、出してみようかなって」

カウンターの上に開かれた雑誌のグラビアに野ゆりは目を落とした。傷や吹き出物のひとつもなく、産毛が光って見えるような尻のアップ。「PHOTOGRAPHER／前田弘明」のすぐ下に、「MODEL／透子」のクレジットが並んでいる。

「それは、本名で？」

どうしてそんなことを言ってしまったのか、野ゆりは自分がわからなかった。

「その作品は小池正代って名前で出すの？　それともやっぱり透子のまま？　経歴はどうするの？　美大中退って書くつもり？　あ、でもそれだと経歴詐称になっちゃうか」

「は？」

透子が顔をひきつらせた。笑おうとしているようだったけれど、片頬をつりあげるいつもの皮肉っぽい笑い方にはならなかった。透子ではなく小池正代だ。アルコールで靄のかかった意識の中、透子を見つめる野ゆりの目だけがつめたく冴えていた。

「おかしいよ、最近の透子。透子じゃないみたい」

グラスの氷を噛みくだき、野ゆりは店を飛び出した。

あんなの透子じゃない。おもての通りを下北沢の駅へ向かって早足に歩きながら、切って捨てるように野ゆりは思った。街灯の下、ぴったり体を寄せあって歩くカップルや地べたに座り込んでビールを飲んでいる男の子たちの脇をほとんどかけ足になって通りすぎ、あんなの透子じゃない、あんなの透子じゃない、と卑屈な透子の姿を打ち消すように何度もくりかえし思った。雑誌に載ったぐらいで浮かれ、有名なカメラマンだかなんだか知らないが、あんなろくでもない写真を撮る男の言葉を鵜呑みにしてはしゃいでいるなんて、あんなの透子でもなんでもない。

両目からあふれる涙を拭いもせず、なにかが喉にはりついたみたいにしゃくりあげながら野ゆりは歩き続けた。透子には透子のままでいてほしかった。いつもなにかを見下しコケにしている不敵な透子でいてほしかった。あんなの小池正代だ。田舎に埋もれ、退屈でつまらない人生を送るのはいやだと東京に飛び出してきた哀しいぐらい平凡な女の子。親をだましてまで東京にしがみつき、裸になることでしか注目を集められない若いだけの女の子。ひややかにそんなことを思いながら、同時に野ゆりは、すぐにでも透子が追いかけてきてくれることを期待していた。

「あの、すいませーん」

高架下をくぐり抜けたところでスーツを着た会社員っぽい男に声をかけられ、びくりとして野ゆりは立ち止まった。

「泣いてるの？　なんかあった？」

「あ、いや」

野ゆりはあわてて涙で濡れた顔を手で拭った。

「あのさ、ちょっといま時間あるかな？」

「いや、電車なくなっちゃうから、もう帰らなきゃで」

「え、そうなの？　じゃあどっか泊まっていかない？」

秋の終わりの乾いた風が吹き抜けて、一瞬で体温を奪っていった。頭のすぐ上を井の頭線の電車が音を立てて走っていく。

「いまうちのコレがコレで困ってて。「パンピ」「三十半ばぐらいだろうか。「パンピ」そのものといったかんじの特徴のない顔立ちをした男は電車の音に負けじと声をはりあげ、右手の小指を立てたあとに両手で「腹ぼて」のジェスチャーをしてみせた。それから、「三万でどう?」と三本指を立てた。

「三万」

つぶやいた自分の声が、甘い媚びを含んでいるように聞こえて、「や、大丈夫です」なぜか野ゆりは笑って答えていた。「そういうの、大丈夫ですから」

「そういうのってなに?」男もへらへら笑って食い下がった。こちらを見ているのに、なんにも見えていないようなつるりとした目をしていた。

「いや、ほんと大丈夫なんで」

再び駅に向かってかけだそうとするが、足がもつれてうまく動かなかった。三万という数字にわずかに心がぐらついた。二十歳を越えて性体験がないままでいることがじゃまくさく、自分の中にかたくなに根を張る潔癖性のようなものを恥じてもいた。この線を越えたら少しでも透子に近づけるだろうか、と一瞬でも考えてしまった。その逡巡が野ゆりの動きを鈍らせた。

「大丈夫ってなにが大丈夫なの」

男の手がぬっと伸びてきて肩をつかまれた。助けを呼ぼうにも、目抜き通りから一本入っただけで人通りがまったくない。どうして男がこの場所で待ちかまえていたのか、野ゆりはそれでようやく気づいた。

――離せよクソ野郎。

いま透子がここにあらわれたら、そう言ってこの手をふりはらうだろう。気やすく触ってんじゃねえよ、ぶっ殺すぞ、ふざけんな。怒鳴りちらして、つま先に鉄板の入ったブーツで男のすねを蹴り飛ばすだろう。とっとと失せろ、きめえんだよクズ。そんなふうに罵声を浴びせ、男を追っぱらってくれるだろう。

「あの、えっと、そっちの方、困ってるみたいですけど……」

凍りついたように動けなくなった野ゆりを救ってくれたのは、しかし透子ではなかった。物陰から控えめな声がして、はじかれるように男の手が離れた。ふりかえると、路上駐車の車の陰にしゃがみこんでいた若い男がゆっくり立ちあがるところだった。

「どうなんですかね、こんなところでそういうの……いや、どうだろ、わかんないけど」

酔いつぶれて吐いていたのかもしれない。こっちが心配になるほどどろれつのまわらない口調で、街灯の下でもはっきりわかるほど血の気の失せた顔をしていた。

「そういうんじゃないから」

それだけ言って、会社員風の男は駅とは反対方向に逃げるように去っていった。

「そういうんじゃないって……」

気が抜けたようにつぶやいて、若い男が息を吐いた。大学生だろうか。紺色のジャケットの下に、だぶだぶでもなければ膝が破れてもいないデニムを穿いている。透子のまわりにいる男たちとはちがい、ぱっと見ただけで毛並みの良さを感じさせる佇まいだった。

「あの、大丈夫ですか?――って、大丈夫なわけないか」

気遣うようなそぶりをみせる男に、

「あ、いえ、大丈夫です」

野ゆりはきっぱりと答え、自販機でペットボトルの水を買うと、「これ飲んでください。あなたのほうがよっぽど心配」と押しつけて、礼も言わずにその場を立ち去った。

さんざんな夜だった。怒ったらいいのか悲しんだらいいのか、感情をどこへ持っていったらいいのかわからずぐちゃぐちゃな気持ちのまま電車に乗り、部屋に戻ると着替えもせず布団にもぐりこんだ。野ゆりは透子を待っていた。しかし透子はあらわれなかった。それがその夜のすべてだった。


年が明けるころには、透子は野ゆりの待つ部屋に寄りつかなくなった。どこか寝泊まりする場所があるのか、男のところを泊まり歩いているのかはわからなかった。野ゆりの留守を狙って帰ってきている形跡はあったが、風呂に入って着替えを済ませるとすぐにどこかへ出かけてしまうようだった。それで野ゆりも、なるべく鉢合わせしないように注意深く透子を避けるようになった。

たまにタイミングを見誤ってかちあうようなことがあると、二人とも不自然なぐらい明るくふるまった。「あれ、いたの」「いるよ、そりゃ」「だよね、ひさしぶり」「ひさしぶりってなんだよ」そんな会話をかわしながら二人ともけらけら笑って、「たまにはごはん、いっしょに食べようよ」と形だけの約束をかわし、どちらか一方が逃げるように部屋を出ていった。

いっしょにいる意味などもうなくなっていることに、二人とも気づいていて気づかないふりを続けていた。たがいにたがいを失うことの恐怖がまずあって、別れたいのに別れられないこじれた恋人同士みたいにずるずるとそのときを先送りにしていた。

月末になると、ちゃぶ台の上に銀行の封筒がなんのメモ書きもなく置かれていた。中には家賃の半分の金額が入っていた。帰ってくるたびに透子は風呂に入り、暖房を使い、インスタントラーメンや冷蔵庫にあるものを勝手に食べていたのに、その分はいっさい含まれていなかった。うんざりだった。金に汚い透子にも、みみっちく恨みがましい自分にも。

野ゆりが透子と暮らすために借りた部屋には生活があった。掃除をしなければ埃はたまるし、風呂にはカビが生えた。布団には湿気がたまり、トイレットペーパーはだれかが買ってこなければ永遠に補充されなかった。そうして、この部屋の生活のほとんどを野ゆりは一人で担っていた。米を炊き、肉や野菜を調理し、便器の黒ずみをこすり、透子が脱ぎ捨てていった衣服を洗濯するのも野ゆりの役目だった。ままごとみたいにいいかげんに暮らすことが、野ゆりにはどうしてもできなかった。卵の特売日はいつだとか、揚げ物をしたあとの油の保存方法だとか、かつて透子が「パンピ」と呼んで嘲笑っていたような人たちと同じ、「くそみたいにどうでもいいこと」で日々頭をいっぱいにしていた。新しいCDなんてもうずっと買っていなかったし、映画館に映画を観にいく余裕もなかった。文庫本ですら古本でなければ買えず、くせになってしまった煙草だけ漫然と吸い続けていた。

社会の歯車になりたくないとか、毎日死んだ目で満員電車に乗るようなサラリーマンにだけはなりたくないとか、そんなことばかり言っていた透子に、でもだったらどうするのと野ゆりは訊ねたことがある。生きていくためには働かなくちゃいけないでしょう、お金は必要だし、なんらかの方法でお金を稼がなくちゃいけないでしょう、と。

どうもしない、私は私のまま生きる、と透子は答えた。野ゆりはそれを信じた。野ゆりだって自分がどうしたいかなんてほんとうにはわかっていなかった。就職活動にもいまいち身が入らなかったし、この先ずっと金のために働かなければならないと考えるだけでうんざりした。それでも透子が透子のままでいてくれるなら、なんだってできると思えた。つまらない社会の歯車にだってすすんでなろうと思えた。

しかし、いまではもう、透子に対する焦がれるような熱狂は野ゆりの中に残っておらず、失望と疲労が堆積していくばかりだった。

サボテンが枯れていることに気づいたのは、まだ桜も咲きはじめていない肌寒い三月の朝だった。透子と出会って三度目の春。

「水やりすぎなんだよ。根腐れしちゃったんじゃない」

その日はめずらしく透子が部屋にいて、電気ストーブの火にあたりながら割り箸でつまんだサボテンを引っくりかえしていた。

「サボテンなんて、ほったらかしとくぐらいでちょうどいいのに」

なんの気なしに放った言葉だったのだろうが、野ゆりにはそれが透子の叫びに聞こえた。

「昔うちの母親が言ってた、好きなだけ水をあげられないからサボテンなんか嫌いだって」

ふだんは親の話なんてしたがらないのに、その日にかぎってそんなことを言うから、よけいにたまらなかった。あたしを解放して。あんたといると、どんどんだめになっていく。そう言っているように聞こえた。

「もうやめにする？」

あきらめとともに野ゆりは口にした。そのときまで野ゆりは、手を離したら透子が風船のようにどこかへ飛んでいってしまうのではないかと恐れていた。しかし、そうではなかった。口にしたとたん、もつれた糸がするすると解かれていくような感覚をおぼえている自分に、野ゆりは茫然とした。なんてひろやかで、なんてこころもとない——。

「え、なに、サボテン?」

最初、透子は野ゆりがなんのことを言っているのかわからないみたいだった。「やめにするもなにも、ここから復活できるかなあ。もう茶色くなっちゃってるし」

「そうじゃなくて——」

これが春の朝でよかったと野ゆりは思った。冬の夕暮れだとあまりにもさびしすぎるから。


部屋を解約し、野ゆりはいったん実家に戻ることにした。家具や電化製品や二人で買ったこまごましたものは、透子もいらないと言うのですべて処分した。バイト先のバーの店長が下北沢に借りている1Kのアパートに転がり込んだ透子は、店長の妻にバレてすぐに部屋から追い出されたらしい。そのことを野ゆりは、透子本人ではなく真紀から聞かされた。だったら透子はいまどこにいるのと訊ねても、さあ、と首を傾げるばかりで、はっきりとした居場所は真紀も知らないみたいだった。その後しばらくしてリメイクの依頼が途絶え、それきり透子の消息をだれかから耳にすることもなくなった。

一度だけ、渋谷のスクランブル交差点で透子とすれちがった。

「えっ」

「うそ」

行き交う人の流れの中で、たがいを指差しあって爆笑した。こんなに大勢の人がいるのにおたがいに気づいてしまったことに、二人とも笑っていた。もしあのとき花見に行かなければ、あのタイミングでトイレに立たなければ、透子と出会うことはなかったのだと思うこともあったが、何度やり直したところで自分たちはどこかしらで出会っていただろう、そういう運命だったのだろうと、そのとき野ゆりは確信した。

「やだ、なに、ひさしぶりじゃん」

こちらに向かって手を伸ばしかけた透子は、目の前にいる女がもう気やすく触れていい相手じゃなくなってしまったことを思い出したのか、中途半端なところで手を引っこめた。

「ほんと、ひさしぶりだね」

見なかったふりをして野ゆりは笑った。

「ねえ、たまには飯でもいこうよ」

青信号が点滅をはじめ、急かされるように透子が言った。耳の下でそろえた髪を明るい茶色に染め、もうボディピアスはしていなかった。

「うん、電話する」

透子とは反対方向に歩きはじめながら、野ゆりは手をふった。

いっしょにいた太陽が、透子の背中を見送りながら訊ねた。

「だれ？」

「友だち。昔の」

そう言って野ゆりは、もうふりかえらなかった。

5

目覚めたとき、自分がどこにいるのかわからなかった。見慣れているはずなのに妙によそよそしい天井が目に入り、まだ実家にいることを野ゆりは思い出した。階下からなにかを甘辛く煮つけるときの香ばしいにおいが漂ってくる。

一時期は薬を飲まないと眠れないぐらいだったのに、こちらに戻ってきてから、たびたび寝落ちしてしまう。中途半端な時間に寝てしまうと夜眠れなくなるんじゃないかと心配だったが、夜になればなったで、放り投げられるみたいにすとんと眠りに落ちた。

こんなのはあのとき以来だ。最初の流産のとき、病院で処置を受けたその足で実家に戻ってきて、一週間こんこんと眠り続けた。そういう呪いでもかけられているみたいに目を閉じればいくらでも眠れた。父も母も拾ってきたばかりの子猫に接するみたいに遠巻きにしていたから、野ゆりの眠りを妨げるものはなにもなかった。

窓の外はもう暮れかけている。生ぬるい泥に浸かっているような気だるさから身を起こすと、とっ、となにかが落ちてくる気配があって、トイレで下着をおろしたら赤いしみがついていた。もうそんな時期かと思ったが、では前の月経がいつだったのか、思い出そうとしてもすぐには思い出せなかった。几帳面な野ゆりの性質をそのまま写し取ったみたいに毎月決まった周期でやってきていたのが、長年にわたる不妊治療や流産をくりかえしていた影響か、それとも単に老化なのかはわからないけれど、四十歳を越えたあたりから間遠になって、最近では忘れたころにふいを突くようにやってくる。そのたび野ゆりは懐かしい友人に街中で出くわしたみたいに驚く。

勝手のわからない実家のトイレの棚をあれこれ探っても、予備のトイレットペーパーと掃除用具が入っているだけで、生理用品らしきものは見つからなかった。しかたなく野ゆりはトイレットペーパーを何重にも重ねて下着に挟み込むと、台所で夕飯のしたくをしている母に「ちょっと車借りるね」と声をかけた。

「なに、こんな時間からどこ行くの」

「こんな時間って、まだ五時だよ」笑いながら野ゆりは答えた。「子どもじゃないんだから、いちいち訊かないでよ」

「でも、もうごはんできるのに」

「でもってなにがでもなの。話がつながってないんだけど」

「ああ言えばこう言う」

「はいはい、すいませんでした。ちょっと買い物するだけだから、すぐ戻ります」

生理用品を買いに行くとはなんとなく言いづらくて、母が愛用しているビルケンシュトックのバッタもんのようなつっかけに足を突っ込んで、逃げるように玄関を飛び出した。初潮を迎えたばかりの幼い娘でもあるまいし、なにがそんなに気恥ずかしいのか、すぐには自分でもわからなかった。「ついでに黒酢買ってきて黒酢ー！」という母の声が追いかけてきたが、返事もしなかった。

まだそれがある、ということがおそらく気恥ずかしいのだろう。日の暮れかけた集落を軽ワゴンで走り出しながら野ゆりは思いいたる。とうの昔に閉経を迎えている母とそろそろ終わりそうな自分がそれについて話すこと自体もそうだけれど、必要もないのにまだ性懲りもなくやってくる、そのことが自分でも鬱陶しかった。なんだか物欲しげなかんじがして。

遠くに光るバイパスのネオンに向かって車は直進する。こちらに戻ってきたときにはまだあちこちに残っていた稲がすっかり刈り取られ、丸坊主になった田んぼが薄闇の底に広がっている。

伯父の葬儀から、一週間が経とうとしていた。

火葬が終わったらその足で岐阜に戻る気でいたが、「私もいっしょに行く」としつこく食い下がる母をなだめているうちにずるずると実家に留まることになり、すると今度は、虫干しをするから手伝ってとか、栗の皮むきをしろとか、土曜日に町内のドブ掃除があるからあんた代わりに行ってくれとか、なにかと用事を言いつけられるようになり、なんとなく帰るタイミングを逃していた。

こんな機会もそうないから、施設にいる祖母の面会に行こうかなと野ゆりが言うと、あら、じゃあお父さんも、と父がなにも言っていないうちから母が言い出し、いやいいよ、私一人で行くしお父さんも一人で行けばいいでしょと抵抗はしてみたものの、お父さん一人だとなかなか行こうとしないんだもん、最後に行ったのいつだっけ、あんまり間が空いちゃうと体裁悪いからそろそろ行っといたほうがいいと母はまるで聞く耳を持たず、来週の父のシフトに合わせて面会の予約を入れてしまった。そのせいでさらに足止めを食らうことになり、ひょっとしたらこれは自分をこちらに引き留めておくための母の策略なのではないかと疑うほどだった。

そんなまさか。ばかばかしさに声も立てずに野ゆりは笑う。それこそ幼い娘じゃあるまいし、自分がそうしたいと望むならいつだって野ゆりはここから出ていけるというのに。

対向車も人の通りもほとんどない農道、まばらな街灯、ひっそりと点在する朽ちかけた空き家、車窓から見える景色は岐阜の家の周辺とそう変わらないが、四方を山に囲まれていないだけ圧迫感はなく、ただのっぺりとしている。間断なく鳴き続ける虫の音も、バイパスを走る大型トラックの乾いた音とまじりあって別の響きに聞こえる。夏がぶりかえしたような暑い日がこちらでは続いているが、向こうはすっかり秋めいているころだろう。

緑がうるさい、と夏の盛りに岐阜の家に連れられてきた楓は言っていたそうだ。うるさいぐらいの緑に囲まれて息ができないのだと。

「君ら、ぜんぜん似てないのに同じようなことを言うんだな」

太陽が笑っていた。なんのことを言われているのかわからなくて野ゆりは首を傾げた。

「静寂がうるさいって、この家にはじめてきたとき、君言ってたじゃない」

それで思い出した。太陽が新人賞に入選してしばらくしてから、結婚の報告もかねて正月に岐阜の家を訪れた。荷物を降ろすまもなくあれをしろこれをしろと義母の紘子(ひろこ)に指図され、あからさまな嫁扱いに面食らったが、暖かい部屋で義父の酒の相手をするより、寒くて暗い台所で紘子を手伝っているほうが性には合っていた。なるほどこのような環境で育つと太陽のような男ができあがるのかという答え合わせにもなった。古い家は隙間風の通り道だらけで、薪ストーブをぼんぼん焚いても追いつかないほどだった。

その晩、野ゆりは夜中に目を覚ました。酒を飲んだ日はいつも眠りが浅くなる。ああやっぱり飲むんじゃなかったと布団の中で息を吐くと、白い靄になって天井に吸い込まれていった。外はまだ雪が降っているようだった。音ではなく気配で野ゆりはそれを感じ取った。あたり一帯、耳を突き刺すような静寂に包まれていて、真空管の中に入れられたみたいで息が詰まりそうだった。そのまま朝まで一睡もできず、隣で眠る太陽がときおり立てる寝息だけが、道しるべのように野ゆりの不安を癒してくれた。

そのときのことを太陽は言っているのだった。

「緑がうるさい、だってさ。なかなか含蓄(がんちく)のあることを言うもんだね」

リフォームしていくらか快適になった古家の二階で、ベッドの上でスマホのメモを見返しながら太陽はおかしそうに笑った。楓を家に迎え入れた初日の夜のことだ。

あのとき、自分はなんと答えたのだっけ。なにか面白くない気持ちになったことはおぼえているが、どのようにそれをごまかしたかまではおぼえていなかった。

書くんだろうか。野ゆりの気がかりといえばそのことだった。太陽が発表した二作目の小説に、妄執にとりつかれたヒロインが「静寂がうるさい」とわめきながら耳をふさぐシーンがある。あんなふうに楓のことも書くつもりなんだろうか。

そう考えてすぐ、なにかを剝奪されるような気持ちに野ゆりはなったが、ではいったい楓がなにを自分から奪っていくというのだろう。野ゆりにはなにもなかった。なんにもなくて、なんでもなかった。ただ妻という役名を与えられているだけで。

「妻さんいつ戻ってくるの」と楓からは毎日のようにLINEにメッセージが入る。妻さんのごはんが食べたい、みんな妻さんの帰りを待っている、おみやげなんていらないから早く帰ってきて、と最初は泣きべそをかくような顔文字とともにあわれを誘うメッセージが送られてきていたのが、このままだとお腹の子どもども飢え死にしてしまう、先生はなんの役にも立たないどころかいるだけでこっちのHPとMPを削ってくる、しにそうにむかつくっていうかいっそ殺したい、罪を犯す前に早く帰ってきてくれ、とだんだん切羽つまったものに変わっていくのをどう受け止めたらいいのか、野ゆりにはよくわからなかった。ひさしぶりに太陽と二人きりになれて喜んでいるものだとばかり思っていたのに。

ごめんなさい、もうしばらくこっちに残ることになりました、来週には戻れると思いますと太陽にLINEを送ったら、こっちのことは気にしなくていいからゆっくりしてきていいよと返ってきた。楓が大変そうにしているけれど大丈夫？　と念のため訊ねると、「修行だと思っておく（笑）」と返ってきたので、大変であることは間違いなさそうだ。

行ってきていいよ。野ゆりの好きにしていいよ。いつのころからか、太陽はそういう言い方をするようになった。許可をあたえる権利があたかも自分にあるみたいに。出会ったばかりのころはまだそんな言い方はしていなかったから、おそらく野ゆりが太陽のものになってから。

野ゆりさんはだれのものなの？　と楓に訊かれたとき、だれのものでもないととっさに野ゆりは答えた。楓がそう言ってほしそうに見えたから。

「そうだよね、野ゆりさんは野ゆりさんのものであって、だれのものでもないんだよね」

楓の目にわっと涙がにじんで、黒目がちな瞳をよりいっそう大きく見せていた。

この子はなんてまっすぐに人を見るのだろう。率直にものを言い、なんの疑いも持たずに人の言葉をそのまま受け取る。そのまなざしに思いがけず圧倒され、野ゆりは楓から目をそらした。ほんとうのことなど野ゆりに言えるはずがなかった。太陽の金で暮らしているかぎり、あなたも私も太陽のものだなんて、そんな身もふたもないこと。


太陽と知り合ったのは、野ゆりが大学を卒業し、ちいさな食品メーカーに就職した二年目のことだった。いつまでも内定が得られずあちこち駆けずりまわり、最後のほうにはどこでもいいから就職さえできればいいと自棄（やけ）になって、ようやく滑り込んだ会社だった。

有機栽培の原材料を使ったパンや洋菓子を製造販売する会社で、野ゆりは入社してすぐ飲食事業部に配属されることになった。都内にいくつか展開するベーカリーカフェの新メニュー開発にいちから携わり、販売に向けて動きはじめたところで、打ち合わせにやってきた広告代理店の担当者が、「うちの新人です」と紹介したのが太陽だった。名刺を交換し、それとなく挨拶をかわしたところで、「あれっ？」と太陽が首を傾げ、野ゆりの顔を覗き込んだ。

「どこかでお会いしたこと、ありますよね」

「えっ、あっ、えっ？」

言われてみれば見覚えがあるような気もしたが、それがどこなのかすぐには思い出せなかった。取引先との打ち合わせの席で、そんなことをしれっと言えてしまうところがいかにも太陽だった。

下北沢で酔いつぶれていたあのときの大学生だと野ゆりが気づいたのは、それから何度か打ち合わせを重ね、雑談中に太陽が漏らした一言がきっかけだった。

「要するにビールって、液体状のパンってことですよね」

当時まだ「クラフトビール」という言葉は一般的に使われておらず、天然酵母を使った自然発酵のベルギービールが飲める店があるという話の流れからだった。

「僕あんまり酒強くないんで、飲み会とかでちゃんぽんしないように最後までビールで通すように気をつけてるんですけど、ビールばっかり飲んでると腹がふくれるから、あ、よく考えたらこれパンだったって、たまにはっとするんですよね」

そのようなやくたいもないことを冗談とも本気ともつかない調子で太陽が言い、野ゆりとそれぞれの上司が苦笑するというのがお決まりのパターンになっていた。

「すみませんね、うちの金村がまたしょうもないことを」

「ビールがパンって、なんとなくわからないでもないような気もしますけど……」

てきとうに受け答えしている途中で、ふいに差し込まれるようにあの夜の情景が頭をよぎり、

「あ、下北沢」と野ゆりは声をあげた。

「やっと思い出してくれた」ぱちんと指を鳴らし、太陽が満面の笑みを見せた。「ドラマだったら音楽が流れ出すところだね」

それから太陽は野ゆりに猛烈なアプローチをかけた。陰か陽でいったら完全に陽、名前が指し

示すとおり、太陽の光がさんさんと降りそそぐ表通りをまっすぐ歩いてきたような男が、どうしてわざわざ自分のような陰気な女を相手にするのだろうと最初はいぶかっていた野ゆりも、そのあまりの屈託のなさにほだされた。

「出会った瞬間ぴんときたんだ——出会ったっていうか、再会した瞬間ってことだけど、この人と結婚するなってぴんときちゃったの」

どうして野ゆりだったのかと訊ねても、運命だとかぴんときただとかこの人だと思っただとか曖昧なことしか太陽は言わなかった。ではなぜ透子だったのかと訊かれたら、出会ったときにはそうなることが決まっていたのだと野ゆりも同じような答えを返すだろう。だれかを切実に必要としていたとき、そこにいたのがその人だったから。人と人との結びつきなんてその程度のものなのかもしれなかった。

野ゆりと太陽は少しずつ関係を深めていった。手始めにベルギービールの店に行き、「パンだ」「パンだ」と言いあいながらビールを飲んだ。映画にドライブ、美術展、また食事、再び映画、もう一度ビール、だめ押しのドライブ、それからセックス、最後はダイヤモンド。多くの男と女がそうしているようにまっとうな手順をふんだ。

心をかき乱されない相手といっしょにいるのはなんて楽なんだろうと野ゆりは思った。映画の感想や、美術展でなにを感じたか、思うまま率直に話せることの気楽さを野ゆりは享受した。透子といたころは、ずっと値踏みされているような気がしていた。まちがった答えを口にしたら幻滅されてしまうのではないかと相手の顔色をうかがい、なにか独創的な自分だけの切り口でものを語らなければならないとつねに肩肘をはっていた。太陽といると、野ゆりはふつうの平凡な女でいられる。許される。そのことに野ゆりは心の底からほっとした。

ショッピングモールの書店に金村太陽の新刊が並んでいた。

吹き荒れる雪の上に『修羅を抱く』という筆文字が箔押しされた、いつになくシリアスな装丁だった。新刊棚のいちばん目立つところに山のように積まれ、顔写真付きのパネルに「金村太陽の新境地」「近くて遠い〝母〟という女の謎」という文字がおどっている。つい先日、不倫報道が出たばかりの作家の本とは思えなかった。暇つぶしになるような文庫本を買うつもりだったが、すっかりその気が失せて野ゆりは踵を返した。

下着売り場で生理用ショーツと吸水ショーツを手に取り、少し迷って替えの下着と靴下も購入する。トイレで下着を穿き替え、一階の日用品売り場で、オーガニックコットンの生理用ナプキン、化粧水とアルガンオイル、カフェインの入っていないお茶、マヌカハニー、黒酢など、急いた気分で次々とかごに放り込んでいく。生活が押し寄せてくる。こういう場所にくるといつもそう感じる。きれいにパッケージされた生活を押しつけられ、どんどん自分を見失っていく。

「野ゆりちゃん」

駐車場に戻る途中で、だれかに名前を呼ばれた。この町ではどこへ行っても知っている人――あるいは、一方的に自分を知っている人――に遭遇する気がして出歩くのを避けていたが、外に出たとたんこれだとうんざりして野ゆりはふりかえった。

「やっぱり野ゆりちゃんだよね。向こうのほうで見かけてそうじゃないかと思って」

小学校低学年ぐらいの子どもを連れた女が少し離れたところから控えめに手を振っている。とっさに野ゆりは身構えた。この町でだれかに遭遇したときはいつもそうするように。

「なかなか確信が持てなくて、つい後つけてきちゃった。や、ちがうちがう、怪しいやつじゃない、ひさしぶりだったからうれしくて！　なんにも売りつけたりしないから安心して！」

はしゃいだ調子で女が言う。どこかで見たことのある顔なのだが、それがどこなのかわからなくて野ゆりはぎこちなく笑う。女が片手に提げたエコバッグから白ねぎがくったり頭を垂れている。

「東京にいるのかと思ってた。どうしてこっちにいるの？」

ここだって東京なのに、やっぱりこの女も「東京」を別の場所のように言った。

「ちょっと里帰り」と野ゆりは言ってから、「伯父さんが、亡くなって、それで」と急いでつけくわえた。自分がいま世間を騒がせている不倫報道の当事者であることを思い出し、へんなふうに取られても困るからというとっさの判断だった。

「そうなんだ、ご愁傷さまです」

さっと痛ましい表情を作ってみせる女に、なぜか野ゆりのほうが気後れして、

「いや、そんな、もともとそんなつきあいもなかったから、別にたいしたあれじゃないんだけど。母が気落ちしちゃって、それでなんとなく実家に残ってて。まだこっちにいることになりそうだから、ちょっと必要なものを買い出しにきたっていうか——」

言わなくてもいいことまでべらべらしゃべっているうちに思い出した。

吉野(よしの)だ。吉野佳織(かおり)。中学時代、みんなから「吉野」と呼ばれていた。野ゆりの話に相槌を打つひたむきな表情が、中学のセーラー服を着ていたころの姿に重なる。つるりとしたおでこも、笑うと線になる目もあのころから変わっていない——もちろん顔や髪や爪、そこかしこに会わないでいた三十年近くの年月が降り積もってはいるのだが、それでも全体の印象としてはなんにも変わっていないように見えた。

「いまも、まだこっち?」

なんとなく「吉野」とは呼びづらくて、吉野に手を引かれた子どものほうに視線をやりながら野ゆりは曖昧に訊ねた。うん、と吉野はちいさくうなずいてから、「いろいろあって、いまはこっちで看護師やってる」と続けた。

「野ゆりちゃんは?」そうすることが礼儀だとでもいうように、今度は吉野が訊ねた。「野ゆりちゃんは、いまなにをしてるの?」

そんなことをいまさら自分に訊ねる人がいることに野ゆりは驚き、「なにってべつに、なにも。ただの専業主婦だし」口をついて出てきた言葉にさらに自分で驚いた。

「なにもしてないってことはないいんじゃない? 専業主婦だってなんだかんだあるでしょ」たしなめるようなことを言う吉野に、「すごい、ちゃんとした大人みたい」と野ゆりは感心した。

「なにそれ、ぜんぜん、ちゃんとなんかしてないよ」

すっとんきょうな野ゆりの反応に、吉野が噴き出した。

「ちゃんとしてるよ、看護師をしながらこんなちっちゃな子どもまで育てて、すごくちゃんとしてる」思うまま野ゆりは言葉を重ねた。「ねぎなんか買っちゃって」

「ねぎぐらい買うよ」

吉野はそう言って、やっぱり目を線にして笑った。

いつのころからか野ゆりは自分が透明人間になったような気がしていた。どこへ行っても、だれと会っても、みんな自分を透かしたその先に金村太陽を見るようになったから。

「小説家なんてすごい」と彼らは口をそろえて言った。「今度サインもらってきて」などと頼むわりに、太陽の本を買ったり読んだりしている様子はなく、「本は読んでないけど映画は観た」とわざわざ報告してくるところまで同じだった。親戚の集まりに太陽が顔を出すと、テレビで観るよりいい男だなんて言ってみんな大はしゃぎしていた。

「作家先生の奥さんなんて優雅でいいわね、野ゆりちゃん」

なんだかとてもいいかんじの場所で、なんだかとてもいいかんじの暮らしをしている。人気作家の妻というものが、この町で暮らす人たちの目にどのように映っているのか、野ゆりはちゃんと理解しているつもりだった。「考えすぎじゃない？」と太陽は笑っていたが、野ゆりが地元を避けるようになったのはそういった理由からだった。

数年前に開かれた同窓会にも野ゆりは出席しなかった。ちょうど子どもが生まれたばかりのころで、吉野も同窓会には行かなかったと言う。だから吉野は知らないんじゃないかと思った。しばらく地元を離れていたようだから、野ゆりの夫が金村太陽であることも、いま不倫報道の渦中にいることも知らないのではないかと期待した。

「なんていったっけ、たしか、とにかく景気のいいかんじの名前の人だよね」

駐車場へ向かう途中、吉野はそんなことを言って野ゆりを笑わせた。

「金村太陽ね」

「あっ、そうそう、それそれ」

知ってるよ、もちろんそれぐらい、となぜか吉野は胸を張った。地元で看護師なんかやっていると、いくらでもその手の噂話は入ってくるらしい。

「だれとだれが不倫してたとか、どこそこの奥さんが男とかけおちしたとか、どこそこの娘がIT社長と結婚したとか、そういう話ばっかり毎日浴びるように聞いてるとほんとにどうでもよくなるから、いちいちナイーブに反応なんかしてらんないって——あっ、だめだってミク！　そっちは車くるから危ないって！」

駐車場に入るなり飛び出していった吉野の子どもは、小さな体をびくりと震わせて立ち止まった。女児なのか男児なのか、ぱっと見ではわからないような格好をしているが、ミクということは女の子なのか、いやいまどきは男の子でもありえそうだ——とそこまで考え、どちらかを気にしている時点で「古い」のだろうと野ゆりは自嘲する。

「じゃあね。ひさしぶりに会えてうれしかった」

野ゆりの車まできたところで、また明日、学校でね、とでもいうような気軽さで吉野はその場を離れていこうとした。「待って、連絡先」と野ゆりが呼び止めると、「いいの？」となぜか吉野のほうが恐縮していた。

吉野が子どもを連れて実家に戻ってきたのはコロナ禍に入って一年ほど経ってからのことで、しばらくは親に子どもを見てもらいながら働きに出ていたが、小学校に上がったのを機に実家の近くにアパートを借り、いまは母一人子一人で暮らしている——という話を、野ゆりは吉野本人ではなく母から聞かされた。すぐ帰ってくるって言ったからごはん食べずに待ってたのにこんな遅くなるなんて、とぶつぶつ文句を言う母に、ショッピングモールで吉野佳織に会ったと告げたら、野ゆりが訊ねもしないうちから知っていることを洗いざらいしゃべりはじめたのだ。

「離婚の理由まではくわしく聞いてないけど、あのころはコロナ離婚っていうの？　多かったんでしょ。たぶんそういうのも関係してるんじゃない？」

こんなふうにこの町のどこかで自分もだれかに噂されているんだろうか。話の内容よりもそちらのほうに野ゆりは気を取られ、いちいちナイーブに反応なんかしてらんないと口にしたときの、スナック菓子のような吉野の軽やかさをすでになつかしいもののように思い返した。

父の部屋で太陽の本を見つけたのはその翌日のことだった。

母が仕事に出ているあいだに家のことをやろうとも思ったのだが、リフォームした実家はどこになにがあるのかさっぱりで、母のほうでもあれをしろこれをしろと野ゆりをこき使うわりに、家の中を勝手に触られるのはいやみたいで手だし無用となっていた。せめて暇つぶしになるような本をと思い、父の留守を狙って部屋に忍び込んだら、歴史小説や時代小説がずらりと並んだ本棚の一角に金村太陽のコーナーがあった。ウケる、とまったく笑いを含んでない声で野ゆりはつぶやいた。

ひさしぶりに娘と顔を合わせてもいたってそっけなく、太陽を家に連れてきてもまともに会話しようともしない父が、金村太陽の著作をそろえている。デビュー作の『人青』も、最初のヒット作『世界の涯(は)てに、ただふたり』も、『一億の夜をきみと』もすべてそろっている。単行本だけでなく文庫まで。堅物の父がどんな顔をしてこれらの本をレジまで持っていったのか想像し、改めて野ゆりは笑った。

本棚から新刊の『修羅を抱く』を抜き取り、奥付を確認する。発売してまだ日も浅いのに、もう読んだんだろうか。ここにある太陽の本をすべて、父は読んだというのだろうか。

毎日自分で布団の上げ下ろしをしているのか、父の部屋には本棚と仏壇と文机のほかにはなにもなく、まっさらな畳の上に座って、野ゆりは『修羅を抱く』の最初のページに目を通した。読みはじめたら止まらなくなって、次々にページを繰った。

「母が美しいことを、大人になってから僕は知った」という一文からはじまる『修羅を抱く』は、山あいの田舎町に生まれた主人公の「僕」が、がんで死んだ母親を偲び、「一人の女性として見られるようになる」までを描いた回想形式の小説だった。

地元の有力者である祖父と家を取りしきることに精力を注ぐ祖母。学生運動で挫折し、作家になる夢に破れた父は、ギャンブルで祖父の財産を食いつぶし、女の家を渡り歩いてほとんど家に寄りつかず、そのすべてを宿命だと母はただ受け入れている。ここから出ていこうともせず、なにかを変えようともせず、どうせこんなものだと倦みきった目をした大人たちが肩を寄せ合って暮らしている程度の低い町。嫌いな大人しかいないこんな場所で、どんな大人になったらいいのか、少年期の「僕」は途方に暮れる。埃をかぶった父の書棚から本を抜き出して読みふけっていた「僕」は、やがて父の夢をトレースするかのように、作家になることを夢見るようになっていく。

なにこれ、ぜんぜん太陽らしくない——というのが率直な感想だった。語り口がやたらと大仰で辛気臭く、ずいぶんと文学ぶっている。若い女性に人気のある、軽妙で感傷的で無責任なメロドラマのほうがよっぽど太陽らしいと思えた。

「自伝的小説」と帯に書かれているぐらいだから本人もそのつもりで書いているのだろう。ここに書かれていることが事実かどうかなんて野ゆりにはわからないが、少なくとも何度となく聞かされてきた太陽のライフストーリーと大まかなところは一致していた。

それでも、紘子がこれを読んだら、「あたしはまだ死んでないよ」と怒りそうだとは思った。太陽の父がろくでなしであったことは紘子や集落の人から聞かされていたけれど、野ゆりが実際に知っている太陽の父は、ここに書かれているような粗野で陰気な無頼気取りではなく、妙に人好きのするかわいげのある男で、「しょうがないね、あの人は」と口では言いながら女たちが放っておかないのがよくわかった。だからこそ、よりたちが悪い。父と息子でよく似ている。

太陽が小説を書いていることを野ゆりが知ったのは、交際をはじめてしばらく経ってからのことだった。一人暮らしの部屋を行き来するようになり、太陽が読書家であること、それもドストエフスキーやプルーストなど、名前を聞いたことぐらいはあるけれど読もうと思ったことは一度もない、文学作品の類を好んで読むのだと知って驚いた。ビジネス書をたまに読むぐらいで、本なんかほとんど読まないタイプだと思っていたから。

「なんだよそれ、これでもいちおう文学部出身だぞ」

うちの父親が文学好きで、本棚をあさっているうちに読むのがくせみたいになってさ、とへらへら笑いながら太陽は教えてくれた。軽薄なわりに博識で、ときおり口をついて出てくる引用めいた言葉がどこからくるものなのか、それで野ゆりはようやく理解した。

「女の子の本棚ってかんじ」

次に野ゆりの部屋を訪れたとき、意趣返しのつもりか、本棚に目をやって太陽はそう言った。うん、いいんじゃない、かわいらしくて、自分の彼女の本棚としては百点満点だね、とも。

そう？　と首を傾げて野ゆりは本棚を眺めた。一人暮らしをはじめるときに実家から持ち出した少数精鋭――好きな作家や詩人の作品集、子どものころに好きだった絵本、『星の王子さま』、暮らし系のエッセイとレシピ本が何冊か――がならんだ本棚の、どのあたりが「女の子」でどのあたりが「かわいらしい」のか、眺めてみてもよくわからなかった。

「要するに趣味がいいってことだよ」と太陽は重ねたが、それでも釈然としないでいる野ゆりに、

「誉め言葉としてそのまま受け取っておいたらいいのに、なんでいちいち言葉の裏を読もうとす

るの。裏なんかないよ、男なんて単純なんだから」と最後には呆れたように肩をすくめていた。

自分でも小説を書いている、と太陽に告げられたとき、「すごい」となにがすごいのかよくわからないまま野ゆりは口にしていた。恋人から「小説を書いている」と告げられ、なんと答えたらいいのか、適切な答えをほかに知らなかった。似合わない「趣味」だという自覚があったのだろう。太陽にしてはずいぶんと控えめな告白だった。

学生時代に書いたという短編を何作か読ませてもらったが、野ゆりにはその面白さがよくわからなかった。そのまま本人に伝えるわけにもいかず、「わからない」と正直に言うのがしゃくでもあって、やっぱり野ゆりは「すごい」と言うしかなかった。一作でも作品を書いて仕上げるなんてすごいことだと思っていたのは本心だった。

なにかものを書いてみようと思ったことが、野ゆりにも一度だけある。

フリーペーパーを作ろう、とあるとき透子が言い出したことがあった。せっかく野ゆりが二人のブランド名を考えてくれたんだからこの名前でなんかしようよ、というといつもの気まぐれな思いつきだった。「あたしがイラスト描くから、野ゆりは文章を書いてよ」と透子に言われ、「文章なんて」と野ゆりはたじろいだ。

ものを書く人間というのは特別な人間なのだろうとそれまで野ゆりは思っていた。自分なんかがその一員になるなんて考えたこともなかった。けれど、透子は野ゆりに書けというのだった。日記を書くみたいになにか書いてみてよ。その囁きはしびれるほど甘かった。

その日から野ゆりは、なにを書こうか考えつづけた。毎日のこと、冬のにおいと手編みのマフラーのこと、幼いころに負った足の傷のこと、ふつふつとあわのように浮かんでは消えるそのなにかを紙に写し取ってみたい気もしたが、何十枚と刷って不特定多数の目に触れることを思ったら、たちまちおそろしくなって手が止まった。

日記なら書けた。そのとき思っていることや感じていることをいくらでも思うままのびのびと。自分の本心をだれにも打ち明けられないようなところが野ゆりにはあったから、日記でバランスをとっていたのかもしれない。穴の底に向かって吐き出すみたいに、だれに読ませるでもない言葉を書きつらねた鍵付きの日記帳は、すでに五冊目になっていた。

　ならば日記に書いた言葉を抜粋して原稿にできないかと試してみたが、最初の一行を抜きだしたそばから、自分の言葉がなにかとてもいやしく濁ったものに変容した気がして、いつまでも書ききれないまま時間ばかりが過ぎていった。そうしているうちに透子の関心が他所に移り、フリーペーパーを作るという計画自体が立ち消えになった。

　あのときの足がすくむような感覚を、学生時代に太陽が書いたいくつかの習作を読みながら野ゆりは思い出した。なんて勇敢な人だろう。心からそう思った。なにかものを書いて人に読ませるなんて、野ゆりにとっては人前に裸を晒すのと同じぐらい恥ずかしいことだった。

「すごいってなにが？　すごいばかりじゃわからないよ」

　太陽はもの足りなそうにしていたけれど、あのとき「すごい」以外になんと言うべきだったのか、いまもって野ゆりにはわからない。

　こいつに読ませてもしょうがないと思ったのか、以来、太陽が書いたものを見せてくることはなくなったが、野ゆりの知らないところで書き続けてはいたようだ。数年後、老舗出版社の新人賞を獲ったと太陽から告げられたのは、受賞作が文芸誌に掲載されてからのことだった。

「人青（じんせい）」というタイトルのその小説を読んで、野ゆりは驚いた。これは私の話だと思った。小柄なのに肉感的で、猫のように吊りあがった目が印象的なヒロイン・青子（せいこ）の造形は、野ゆりが太陽に話して聞かせた透子をそのまま写し取ったものだと、そこまではすぐに理解できたが、同時に、こんなんじゃない、という強烈な違和感がわきおこった。

たしかに野ゆりは東京の妖精のようだと透子のことを太陽に語ったことがあった。けれど、実際の透子は青子のような言葉遣いもしなければニンフォマニアでも魔性の女でもなかったし、「少女と大人のあわいの儚さ」を感じさせたりもしなければ、「透徹したまなざし」でこちらを覗き込むわけでもなかった。あんなの透子じゃないと下北沢の町をつんのめるように歩いた夜を思い出し、野ゆりは混乱した。これは私の話なのに、でもこんなの透子じゃない。

「考えすぎだよ」

なにごとも先回りしてあれこれ考えすぎるほど考えてしまう野ゆりに、太陽はいつもそう言う。もっと気楽にかまえたらどう？　ちょっと自意識過剰なんじゃない？　なんでも疑ってかからずにもっと素直に物事を受け入れたほうがしあわせになれるよ。

「ほらまた、君の悪い癖。あのね、これは小説だよ？」

このときもそう言って、太陽は笑ったのだった。

「この青子っていう人物はあくまでフィクションの登場人物であって、現実の僕や君やましてや君の友だちの——なんていったっけ？　いつだったか渋谷ですれちがった……そう、透子だっけ——彼女とはなんの関係もない。君から聞いた話はモチーフにすぎないっていうか」

「でも、透子はこんなじゃ——」

「透子じゃなくて青子ね」

野ゆりの言葉を遮った太陽の声は、それまで耳にしたことがないほどひややかだった。顔は笑ったままだったのに、太陽が怒っていることが野ゆりにはわかった。

「目の前に小説映えしそうな題材があれば書かずにいられない、それが作家という生き物なんだよ。仮にも作家の妻なんだからそれくらい君もわかってるものだとばかり思ってたんだけど。作家が目にしたり耳にしたりしたものをどうしようが作家の勝手だろ。他人がとやかく言えることじゃない」

業ってやつだよね、とため息のように太陽はつぶやき、ゼルダ・フィッツジェラルド、高村智恵子、島尾ミホ——かつて作家のミューズと呼ばれた女たちの名前を挙げつらねた。

「彼女たちだって完全な被害者とは言い切れないんじゃないかな。なんといっても現代までその名を語り継がれる光栄に浴しているんだからね。多かれ少なかれ書かれることの恍惚や優越を得ていたはずだよ」

おそらく太陽の言うとおりなんだろう。しびれる頭で野ゆりは考えた。野ゆりがものを書く人間だったら、真っ先に透子のことを書くだろう。父のことや母のこと、祖父母や俊介のこと、太陽のことだって書くだろう。書かれるということは書かれるだけの価値があるということなのだから、むしろ光栄に思うべきなのだ。きっと、太陽が正しい。だって彼は作家なのだから。筆一本で世界に立ち向かっていく勇敢な人なのだから。

書かれることの恍惚や優越、それはたしかにある——あるのだろう、おそらく。でも、だったら、と同時に野ゆりは思いもする。自分の影をかすめとられていくようなこの剝奪感は、どうしたら埋まるんだろう。

そんなことを口にしたらまた太陽を怒らせるだけだと思って、やはり野ゆりは「すごいね」と言うしかなかった。「私からちょっと聞いただけの昔話をこんなふうに小説にして、それが認められて作家になるなんて、すごいことだよほんとうに」

その年の秋、『人青』は単行本になって書店に並んだ。深い藍色の背景に、氷のような質感の文字だけという端正な装丁だった。その印税で買ったのだと言って、太陽は野ゆりにダイヤモンドの指輪を差し出した。

「きずものだけどいいの？」と足裏の傷をしめしながら冗談っぽく訊ねると、「きずものだからいいんだよ」と冗談めかして太陽も答えた。その言葉の意味を野ゆりは深く考えまいとした。言葉の裏なんてないのだから、男なんて単純なのだから、深く考えすぎるとしあわせを逃すから――。

「きずものでよければ、よろしくお願いします」

野ゆりは指輪を受け取った。いつになったら結婚するんだと母から再三せっつかれてもいたし、いい頃合いだと思った。それにもちろん、太陽を愛してもいたから。

ハネムーンには行かなかった。太陽は式を挙げたがっていたけれど、恥ずかしいからと野ゆりがいやがり写真も撮らなかった。結婚してすぐ移り住んだ奥沢のマンションで、二人は新婚生活をはじめた。週末は二人で料理をし、ワインを開けて、観はじめた映画がつまらなければ途中で文句を言い、面白ければ夢中になって、夜遅くまで感想を言いあった。太陽の屈託のなさは野ゆりを笑わせ、楽しませ、喜ばせた。この人を選んでよかった、と屈託だらけの野ゆりは思わずにいられなかった。こんな人が隣にいてくれてよかった、と。

会社をやめてきたと太陽に告げられたのは、結婚して半年ほど経ったころだった。仕事が終わってから毎日あちこちのカフェを渡り歩いてパソコンに向かっていたけれど、いつまでも二作目が書きあがらずだんだん焦ってきた。デビュー作は売れなかったとはいえそれなりに評価もされたから、早く二作目を出さないとって編集者にもせっつかれている。会社をやめるのはまだ早いってそれぐらいはわかってるけど、どのみちいつかはやめるつもりだったし、それがちょっと早まっただけっていうか、いまみたいな中途半端でどっちつかずなかんじ、性分的に向いてないいんだよ。仕事してても原稿のことが気になってうわの空になっちゃうし、原稿やってても明日の仕事の段取りとかそういうことに気をとられる。だったらもう、腹を決めたほうがいいと思って。

「やめたい」でも、「やめようかな」でもなく、「やめてきた」という事後報告だったことがまずショックで、そのあとの言葉はほとんど耳に入ってこなかった。

「え、でも、どうするの、家賃……」

「退職金も出たし貯金もあるからしばらくはなんとかなる。心配しなくても、ちゃんと生活費の半分は払うから」

野ゆりが最後まで言い終わらないうちに、かぶせるように太陽がまくしたてた。最初からこう訊かれたらこう答えると用意してあったみたいに。

「そう」

ぼんやりとしたまま野ゆりはうなずいた。なにを言ったところでこっちが悪者になる気がして、だからかわりに、「小説、うまくいくといいね」と微笑んだ。太陽がそれを求めているのがわかったから。

会社をやめて数ヶ月経っても、太陽は二作目の小説を書きあぐねていた。それまでどおり毎月の生活費は支払っていたが、こんな生活をいつまで続けるつもりなのか、先が見えないことに野ゆりは不安をおぼえた。二冊目の本が出たとしても、ベストセラーにならないかぎり入ってくる金なんて知れている。その次も書けなかったらどうするつもりなんだろう。貯金はあとどれぐらいあるのだろう。最初のうちは家でパソコンに向かっていたが、調子が出ないと言って再び近所のカフェで仕事をするようになった太陽に、コーヒー代もばかにならないだろうと野ゆりは気を揉んだ。そのうち週に一度の外食が月に一度になり、週末にワインを開けることもなくなった。このあいだまで早く結婚しろと言っていたその口で、なんでそんな男と結婚したのだと母は野ゆりを責めた。

古い日記帳を入れた収納ボックスの蓋がずれていることに気づいたのは、春先に衣替えをしようとクローゼットを整理していたときのことだった。読み返すことはなかったが、なんとなく処分するにはしのびなくて、新居に越してきたときにクローゼットの枕棚に押し込んであった。それ以来、野ゆりは一度もその箱に触れていなかった。だからこそ、異変に気づいた。

中から日記帳を取り出し、野ゆりはダイヤルロック式の鍵をすべて外しておいた。

太陽の二作目が文芸誌に発表されるのに、それからさして時間はかからなかった。その原稿料でひさしぶりに太陽はワインを買ってきて、夕飯にラムチョップを焼いて野ゆりにふるまった。

いまはもう、野ゆりは日記を書いていない。

6

面会は午後の二時からで、施設の中は昼食の蒸れたようなにおいがまだ残っていた。

「谷口(たにぐち)さん、ほら、お孫さんいらしてくれたよ」

個室まで案内してくれた青いユニフォームの女性職員が、祖母に向かって朗らかに声をかけた。たまご色のパジャマを着て車椅子に座った祖母は、そう言われなければわからないほど、野ゆりの記憶の中にある祖母とはちがっていた。髪はほとんど抜け落ち、ひとまわりもふたまわりも体がしぼんで、眠っているみたいに瞼が垂れている。ぎょっとするほど白い肌は妙につるりとしていて、「色の白いは七難かくす」という祖母の言葉を思い出さずにはいられなかった。

「おばあちゃーん」

遠くのだれかに呼びかけるように、野ゆりは祖母に声をかけた。そうしろと言われたわけでもないのに、そうしなければ届かないような気がした。

「おばあちゃん、野ゆり、わかる？」

車椅子の前にしゃがみこみ、野ゆりは丸めたティッシュのように縮こまった祖母の手をとった。湿り気も脂っ気もない乾いた手触りにたじろぎながら、「おばあちゃん、野ゆりだよー、の、ゆ、り」と遠くに向かって呼びかける。

「だめかな、わかんないかな」祖母の顔をのぞきこむようにして職員が笑った。「調子のいい日はこっちの言ってること、わかってくれるんですけどね。今日はどうかなー？」

なぜか自分が笑われたような気になって、野ゆりはうっすら傷つく。ここまでくる車中でもろくに口をきかなかった父は、職員にすすめられたパイプ椅子に腰かけ、むっつりと腕を組んだまま一言も発しようとはしない。

「あんな言いかたしなくたっていいじゃんね、失礼しちゃうよね」

職員が部屋を出て行ってから、どうしていいのかわからず、野ゆりは一人でしゃべった。ひさしぶりに顔が見られてうれしい、おばあちゃん肌きれいだね、とおべっかを言い、どんな石鹼使ってるんだろ、もしかしてあんまり洗ってないのかな、洗いすぎはよくないって言うもんね、と沈黙を埋めるためだけに言葉を重ねた。意思の疎通を放棄したような祖母からはどんな言葉をかけてもらいたがっているのか読み取れず、それでしかたなく、天気の話をし、気温の話をし、伯父の葬儀の話をし、俊介の子どもたちの話をし、子どものころ祖母に連れていかれた温浴施設の話をした。そうしながら、祖母から発せられるシグナルを見逃すまいと神経をとぎすませていた。祖母の望んでいる言葉を、なにかひとつでも置いて帰るために。

「あんた、野ゆりか」

ふいに祖母の目に光が灯（とも）った。耳をすましていなければ聞き逃してしまいそうなか細い声だった。

「そう、野ゆり。おばあちゃん、わかる？」

野ゆりが身を乗り出すと、祖母はわずかに体をふるわせて、「いくつになった？」と訊ねた。

「四十四」

「もうそんなか」

「うん、もうそんなだよ」

涙まじりの声で野ゆりは言った。たったそれだけのやりとりがうれしくて、こみあげてくるものを抑えられなかった。

「子どもは？　子どもはいないの？」

前に面会にきたときも同じことを訊かれたなと思い、野ゆりは苦笑する。父の下に、女二人と男一人。祖母は四人の子どもを産んでいる。

「子どもねー、いないよ」

わざとへらへら笑って野ゆりは答える。えっ、と驚いたように祖母は目を見開き、じゃあ早くしないと、と言う。子ども産まないと、早く。

「ほんとにそうなのかな」

思いがけず太い声が出て、野ゆりはあわてて声を細めた。

「だめかな。早くしないとだめなのかな。ぜったいになにがなんでもそうなのかな」

なにを問いかけられているのか理解できないのか、祖母が怯えた表情になっていることに気づいて、野ゆりはできるだけやさしい声で続ける。

「おばあちゃんの時代はそれが女の仕事だったんだよね。四人も子どもを産んで育てて、それがおばあちゃんにとってはすごく大事なことだったんだよね。それはわかる。でも、みんながみんなぜったいに子どもを産まなきゃいけないなんて、そんなことはないんじゃないかなあ」

いくらでもてきとうに話を合わせることならできた。そうだね、早く子ども産まないとね、がんばらなくちゃね、と祖母を気遣い、祖母の求めている言葉を口にすることならできた。だけど野ゆりは、いま思っているままの本心を口にした。

「私だって、さんざんやったんだよ。さんざんやったけどだめだったの。何回も妊娠まではする。でもそのあとが続かなくてだめになっちゃった」笑ってそんなことを言っている自分に自分でびっくりする。「コロナ禍に入ったとき、通ってた不妊治療のクリニックも一時的に閉鎖になっちゃって、そのとき私ほっとしたんだよ、おばあちゃん。これでもうあんなしんどいことしなくて済むんだと思ったら、ほんとにうれしかった。私、子どもなんてぜんぜんほしくなかった。子どもを産まなくちゃいけないって、そう思いこまされていただけだったって、そのときやっと気づいたの」

それまで気配を消していた父が小さく咳ばらいをし、野ゆりははっとして口をつぐんだ。

途中で興味を失ったように目をしょぼしょぼさせていた祖母は、再び靄の向こうに連れていかれてしまったようで、もう野ゆりを見ていない。職員が戻ってくるまで、野ゆりは無言で祖母の手をさすっていた。

巾木(はばき)のすみにこびりついた埃は爪楊枝でかきだす。油汚れには重曹をふりかけて、酢を含ませた雑巾でふきとる。シンクや水栓はみかんの皮でみがく。

祖母の面会に行った翌日、野ゆりはバケツに水をくみ、使い古したタオルを雑巾にして家中を掃除した。父も母も朝からパートに出かけていて、どこにどんな洗剤があり、どこにどんな掃除道具があるのかわからなかったから、目につくところにあったもので工夫して、やれるだけのことをした。夢中で手を動かし、埃やくもりを払っていくうちに、古い記憶や想念が浮かんでは消えていくのを、劇場の観客のように野ゆりはただ眺めた。

日記を書かなくなったのと前後して、野ゆりは十代のころから吸い続けていた煙草をやめた。そうするべきだと太陽が言うのでそうした。三十代で不妊治療をはじめたころだった。

太陽の三冊目の小説『世界の涯てに、ただふたり』は出してすぐには売れなかった。過去の二冊と同じように、しばらくしたらまた書店から姿を消すのだろうと野ゆりは——おそらく太陽も——予想していた。そのころには太陽の貯金も尽き、わずかばかりの印税や原稿料をやりくりして暮らしていた。ときどき、野ゆりから金を借りることもあった。

最初の重版がかかったのは刊行後、四ヶ月が経過したときだった。当時、人気絶頂だった女性タレントがSNSのアカウントで紹介したのをきっかけに少しずつ版を重ね、雑誌やテレビで紹介されるようになり、するとまた大幅な重版がかかり、太陽自身の露出も増えていった。女性向けのカルチャー誌に太陽のインタビューが載ったとき、撮影クレジットに知っている名前を見つけ、教えてくれたら見学に行ったのにと野ゆりが漏らしたら、「前田弘明？ 好きだったっけ？」

ってていて、そんなにいい写真だとは思えなかった。

と太陽は怪訝な顔をしていた。青いスクリーンを背景にしたそのグラビアは、妙にしゃちほこばっていて、そんなにいい写真だとは思えなかった。

三冊目の本が売れてから、太陽は野ゆりに断りもなく避妊をしなくなった。あまりのことに驚いて、野ゆりは言葉もなかった。子どもがほしい。夜のはざまに打ち捨てるように、かすれた声で太陽はつぶやいた。それが免罪符にでもなるかのように。しかし、いつまで経っても妊娠の兆候はなく、そうするべきだと太陽が言うので野ゆりは不妊治療のクリニックに通うようになった。

「俺はつくづく男という生き物が情けなくなったよ」

クリニックで最初の検査を受けた日の夜、採精室がどんなふうになっていたのか、太陽は詳細に語って聞かせた。二畳にも満たない個室にリクライニングチェアとモニターが設置されており、棚にはアダルトビデオのＤＶＤやエロ本が山のように積まれている。洗面台とウェットティッシュ、精子を入れるためのプラスチックの容器。そのためだけに用意された部屋。

「中学のころだったら大喜びしただろうけど、いい年した男がそんな気分になれるはずもないよね。男にできることは結局たねを吐き出すことだけなんだと思い知らされたようで、情けなくてたまらなかった。それがどれだけ屈辱的なことなのか、君にはわからないだろうけど」

そうだね、と野ゆりはうなずき、でもね、女は診察台で足を開くんだよ、と口には出さず、心の中で夫に語りかけた。カーテンの向こうの顔も見えないだれかに性器に触れられ、棒状のセンサーを突っ込まれて、最後は看護師に足のあいだを拭われる。あなたの屈辱がどれほどのものか、たしかに私にはわからないけれど、女の屈辱だってあなたにはきっとわからない。そう思っただけで口にはしなかった。目の前の人に恥をかかすような真似をしない。それがやさしさだと野ゆりは信じていた。

そうするべきだと太陽が言うので会社もやめた。無理して働くことはないと太陽は言ったのだった。前から思っていたんだ、そもそも君には働くことが向いていないんじゃないかって、いままでさんざん支えてもらったから今度は俺が君を支える番だ、この際会社をやめて治療に専念してみたらどう？　太陽がそう言うのならそうすべきなのだろうと思い、素直にしたがったまでだった。通勤しながら不妊治療をするのは思っていた以上に大変だったし、年次があがるにつれ社内調整に追われるようになり、会社の愚痴ばかり漏らすようになっていた時期でもあったから、太陽に言われるまでもなく潮時かと思った。

生活費として、毎月十万円を渡されるようになったのはそれからだ。家賃や光熱費、不妊治療の費用や外食代などはすべて太陽が支払っていたが、日々の食費やこまごました日用品を買えばあっというまに消えてしまうような額だった。太陽にどれだけの収入があり、どれだけの金を持っているのか、野ゆりには知らされていなかったし知りようもなかったが、身に着けているものや気まぐれに買って帰るワインの銘柄（太陽のほうから値段や蘊蓄を言ってくるので、いやでもおぼえてしまった）を見るかぎり、ずいぶんと羽振りがよさそうではあった。祖父に買ってもらったという古い腕時計だけは、ずっと使い続けていたけれど。

月十万円では足りないと太陽に金をせがむ気にはなれなくて、クリニックの帰りにどこかに立ち寄ってコーヒー一杯飲むのも躊躇するような生活を野ゆりはつづけた。美容院へ行くにも新しい下着を買うにも、会社員時代の貯金を切り崩さなければならなかった。

「女の人はいいよ、生み出せるものがあるから。それに引きかえ男はたまらないね。この根っこのないようなよるべなさときたら」

子どもがほしい、と呻くようにつぶやいたのと同じ調子で、太陽はそんなことを口にした。

作家になってから――というよりベストセラーを出し、あちこちで顔と名前が知られるようになってから――太陽は変わった。率直なもの言いは相変わらずだったけれど、時折そこに、衒いが混じるようになった。作家たるものこうあるべきといった幻想のようなものが彼の中にはあり、臆面もなくぶっているようなふしがあった。

最初の流産のとき、「また次があるよ」と言って太陽は野ゆりを慰めた。二度目のときは仕事で海外にいて、「いっしょにいられなくてごめん」と何度も電話をかけてきて謝った。

「どうして俺たちばっかりこんな、こんな、むごい……」

三度目のときは、野ゆりよりもうろたえ嘆き悲しんだ。病院のベッドで点滴をうける野ゆりの手をにぎり、わっと泣き伏す太陽を見て、ああ、そうだ、この人はこういう人だったと野ゆりは思い出した。ふだんはなにをするにも手慣れていて余裕しゃくしゃくといったかんじでいる（本人がそう見せたがっている）のに、思いがけない事態に遭遇したとき――ベトナムの田舎町でガイドの車がエンストして立ち往生したときや東日本大震災のときなど――、傍で見ているこちらが気の毒になるほどおろおろして、いたいけな子どものようになる。守ってあげなくては。そういうとき決まって野ゆりは思う。野ゆりには太陽を守ってやれるような腕力もなければ知力も財力もないのに、このかわいそうな人を私が守ってあげなくちゃ、となぜかこれまでになく強い気持ちで思うのだった。

太陽はまたこのことを小説に書くかもしれない。泣き伏す太陽の頭をやさしく撫でながら野ゆりは予感した。書くのだろう、きっと。こんな絶好の「小説映え」しそうな題材、作家なら書かずにはいられないだろう。野ゆりが抗議したところで、二人の体験は二人のものであると、生活費を払っているんだから俺にはそれを書く権利があるのだと、作家と結婚するっていうのはそういうことだとぬけぬけと言ってのけるのだろう。

いつしか夫婦のあいだに行為はなくなっていた。野ゆりは太陽しか知らず、いつまでもその行為が好きになれずにいたから、ないならないでかまわなかった。スライドするように太陽は外に女を作るようになった。

むろん、野ゆりには気取られまいとしていたが、隠すなら隠すでもっとうまくやってくれればいいものを、わざとこちらに報せようとしているのかと疑うほど脇が甘かった。女ものの香水のにおいや机の上に放置された二人分のディナーコースの領収書に野ゆりが気づかないはずもなかったし、夜遅く帰ってきた太陽のジャケットがいつかの父の背広と同じ、ほのかなしめりけを含んでいたこともあった。出版社の宿泊施設でカンヅメだと言って出ていったくせに、ノートパソコンもゲラも置いていったときは、さすがに意地悪な気持ちになって、「届けようか？」とメールせずにはいられなかった（編集者が新しいゲラを持ってくるとかなんとか言って、やんわり拒否された）。もし仮に野ゆりが女の存在に気づかなかったとしても、太陽の書いた小説を読めばたちどころにわかってしまっただろう。太陽はいつだって女を求めていたから。書くに値する女を。

自分でも不思議なほど嫉妬は感じなかった。太陽が外でほかの女とセックスしていたとして、それがいかほどのことだというのだろう。中には、目を瞠るほど美しい女もいただろう。文学の素養のある賢い女もいただろう。けれど、その女たちが自分を脅かすことはないと野ゆりは確信していた。ここまで最適化された女はどこを探してもほかにいないのだから。

岐阜に移住すると言い出したのは野ゆりのほうからだった。がんに冒された紘子を一人にしておけないというのが建前ではあったが、いまにして思えばそういったすべてを断ち切りたかったのだ。厄介ごとを野ゆりに押しつけ、自分はそれまでどおり好きに暮らせるのだから、太陽からすれば願ってもない申し出だっただろう。奥沢のマンションを引き払い、四谷に新しく仕事場をかまえた太陽は最初のうちこそ頻繁に岐阜の家を訪れていたが、次第に足が遠のいていった。

ほとんど出家するような気持ちで東京を離れた野ゆりは、山あいの集落に建つ古い一軒家を修繕し、畑を耕し、周囲の人々とかかわりながら暮らした。鶏の鳴き声で目を覚まし、鍋に水をはり、朝露に濡れた野菜をもぎとる。近くにコンビニのひとつもなく気軽に買い物に出られるような環境でもなかったから、家にあるもので工夫して代用することをおぼえた。自分で髪を切り、白髪染めもしなくなったので、金を使うこともほとんどなくなった。自分の手でひとつひとつ選び取り、生活を積みあげていくことに、望外の喜びを野ゆりは感じた。手をかければかけただけ手ごたえが返ってくることがうれしかった。

そうしてこの夏、楓がやってきたのだった。腹の中に太陽の赤ちゃんを入れて。

タイルの色がきれい。陽の光を反射した庭の緑がきれい。妻さんの横顔がきれい。妻さんの作ったごはんがおいしい。はじめのうちはなにかと不満げな様子だったが、このころでは口を開けば楓はなにかを褒めている。はじめて世界に触れたような目で世界を見ようとする。揚げびたしがかわいい、というのもあった。揚げびたしがかわいい。つぶやいて、野ゆりは笑う。

夫のどこが好きなの？　と訊ねたとき、妻さんのことを妻と呼ぶところだと楓は答えた。そんなこと、とそのときは思ったけれど、傍から見れば「そんなこと」と思えるところにこそ、人は拘泥してしまうものなのだろう。愛というものは、だから厄介なのだろう。

楓に「妻さん」と呼ばれるたびに、野ゆりは自分の鎖が太陽につながっていることを思い出さずにいられない。太陽を嫌いになれたらいいのにと思う。透子に失望したみたいに、太陽にも失望できたらいいのに。どうして別れないのか、あんな男とはさっさと別れたほうがいい、とだれに言われるまでもなく野ゆり自身がいちばん思っている。できるものならとっくにそうしてる。でもそうできない。簡単には断ち切れないから困ってる。説明したところできっとだれにもわからないだろうし、わかられたくもなかった。

日記を書かなくなってから、自分がほんとうにはなにがしたくてなにを考えているのか、わからなくなった。自分の本心がどこにあるのか自分でわからない。そんなバカな話があるかと思うが、目の前のだれかに合わせていくらでも自分を曲げてしまえるようなところが野ゆりにはあった。だれかに求められ、それに応じることが喜びであると、いつのまにか思い込むようになっていた。

ときどき、野ゆりは考えてみる。太陽と別れ、一人で生きていくことを。考えてみて、意味のないことだと笑った。そんなことができるなんて思ってもいなかったし、そのつもりもないのだから。

壁や床は酢を入れた水でさっと拭き、汚れのひどいところには重曹をこすりつける。便器にはクエン酸水を吹きつけ、窓は濡らした新聞紙でぴかぴかにみがきあげる。すべての部屋を掃除し終えるころには、窓から射しこむ陽の光が橙色に変わっていた。

地の底から響いてくるような音が鳩尾（みぞおち）のあたりで鳴り、昼食をとるのを忘れていたことに野ゆりは気づいた。するとたんに、空腹で目の前が揺れるような感覚がした。休憩もせず、無心に手を動かし続けていたせいで、腰も背中もぱきぱきと音がするほど固まっている。思いきり伸びをしてから、野ゆりは仕上げに階段を一段一段ていねいに拭きあげていった。

——たすけて

一階に戻ったところで、スマホに新しいメッセージが入っているのに気づいた。楓から、たった一言、それだけのメッセージだった。

酸っぱいにおいがする、酸っぱいにおいがする、これなんのにおい？　と階下から母のわめく声がする。お酢だよ、お酢、さっき掃除に使ったから、と声をはりあげながら手早く荷作りをすませ、スーツケースを持って降りていくと、あら、どこ行くの？　と玄関で靴を脱いでいた母が訊ねた。

「どこって、岐阜に戻るんだよ。それ以外、どこに行くところがあるの」

「いまから？」

驚いたようにその場で母がはねた。

「いまからここを出れば、今日中には向こうに着けるから」

「もう日が暮れるのに、こんな時間から行かなくても……じゃがいも大量にもらったから、剝くの手伝ってもらおうと思ったのに」

そう言って唇をとがらせる母に、心が揺らいでしまったことに野ゆりは自分で笑う。目の前の人に必要とされたらいやと言えない。野ゆりをこちらに引き留めていたものの正体がそれでわかった気がした。

「でも行かなきゃ。さっき連絡あって、なんか問題があったみたいで」

「問題ってなにが？」

「それがわかんなくて。メールしても返事がないから、とりあえずあっちに向かおうと思って」

「電話は？　電話したらいいのに」

野ゆりは首を横に振った。楓の身になにかよからぬことがあったのか、太陽がまたなにかやらかしたのか気がかりではあったが、電話する気にはなれなかった。電話ひとつで片づいたら帰る理由がなくなってしまうから。

「もう行くね。バスがきちゃう」

「あ、待って」

スリッパも履かずに台所に駆けていった母の足元がおぼつかなくて、滑って転ぶんじゃないかと野ゆりはひやひやした。派手に転んで骨でも折って野ゆりをまたここに引き留めておく作戦なんじゃないかと。

「これ持ってきなさい」

戻ってきた母が、封の開いた黒糖飴の袋を差し出した。それと、みかんが二つ。

普段ならいらないと断るところだが、無造作にみかんをかばんに放り込み、その場で野ゆりは黒糖飴を口に入れた。それだけで口の中がみちみちになるほど一粒が大きく、すぐに甘い汁が喉にたまる。腹の足しにはならないが、これで行き倒れる心配はなさそうだ。

「こんなときにかぎって、お父さんはどこ行ってるんだか。もう帰ってきてもいい時間なのに」

「図書館か本屋にでも行ってるんじゃない?」

父の部屋に図書館の本が何冊かあったことを思い出し、野ゆりはそう答えた。

結局父とはまともに話せないままだったが、おそらくどちらかが死ぬまでこのままなんだろう。諦めと安堵の入り混じったような気持ちで野ゆりは考える。理解したいともされたいとも思わないし、それが悪いことだとも思わなかった。

向こうに着いたら電話する、と言って母と別れ、スーツケースを引きずってバス停までの道を歩いていると、後ろからきた車にクラクションを鳴らされた。すいません、と頭を下げて路肩に寄ると、クリーム色の軽ワゴン車がすっと横につけた。

「おねえさん、どこまで行くの、乗せていこうか？」

にやにや笑いながら、吉野が運転席から野ゆりを見あげていた。

買い物に行くところだという吉野の言葉に甘え、駅まで送ってもらうことにして野ゆりは助手席に乗り込んだ。後部座席でスマホに見入っているミクは、今日はピンク色のトレーナーを着ている。やっぱり女の子かととっさに思ってしまい、そうじゃなくて、と野ゆりが苦笑していると、

「なに笑ってんの」と吉野が訊ねた。「なんでもない」と野ゆりは首を横に振り、「なにをあんな真剣に見てんだろうと思って」とかわりに言った。

「YouTubeだよ。最近の子はあればっかり。ひまさえあれば私のスマホを勝手にいじってる」

「へえ……」

野ゆりはもう一度、後ろに座るミクを見やり、言おうかどうしようか迷ってから、「実は私も、YouTubeやってるんだ」と告白した。

「は？」と吉野が声をあげた。「え、なに、どういうこと、いきなりすぎて、ウケるんだけど」

「あとで検索してみて。『クリスタルリリーチャンネル』で出てくるから」

「みるみる。チャンネル登録する。まさか人気チャンネルとか言わないよね？」

「ぜんぜん、まだはじめたばっかりだし、いちばん多いので再生数二十四とか」

「二十四って！　うちの元夫がやってたゲーム実況でももうちょっとまわってたよ！」

「みんなに宣伝しといてよ、病院で、同僚とか患者さんとかに」

「えー、なに系？　や、待って、いま当てる……うーん、お料理系とか？　それか、ていねいに

暮らす系？」

「大きなくくりで言ったらそっちだけど、ちょっと説明が難しいな……あの、ちょっと前に流行った冷えとりって、おぼえてる？」

　吉野の食いつきに戸惑いながらも、ずっとだれかにこのことを話したかったのかもしれない、と野ゆりは思う。その相手として、吉野はうってつけだった。

「冷えとり！　一時期みんなやってたよね。靴下を何枚も重ね履きするやつでしょ？」

「そうそう。洗濯がたいへんで私はすぐやめちゃったんだけど、古い友だちがはまってたみたいで、それをたまたまネットで見つけちゃったんだよね」

　不妊治療をはじめてから、野ゆりは妊活ブログやＳＮＳの妊活アカウントを見てまわり、情報収集をするようになった。評判のいいクリニックの情報からまじないめいたげんかつぎの類まで、さまざまな情報が交錯する中、漢方薬やサプリメント、マクロビオティックやホメオパシーなど、代替医療に関するものはとくに目にする機会が多かった。

　その中に透子がいた。正確には透子ではなく正代が（結婚して姓が変わったのか、小池正代から水島正代になっていた）。アラブ風の刺繍がほどこされた貫頭衣を着て、木製ビーズのピアスを耳からぶら下げている写真ですぐに透子だとわかった。

「長いこと連絡も取ってなくて、どこでなにしてるのかも知らなかったから、見つけたときはほんとにびっくりした。結婚して子ども産んで、その界隈ではけっこう知られてるインフルエンサーみたいになってて」

　冷えは大敵。農薬は危険。子どもの離乳食は無添加で手作りのものを。あれはだめ、これはだめとしきりに訴える透子の投稿を見ているうちに、追い詰められるような気に野ゆりはなった。

女に生まれて子どもぐらい産まなくてどうする、そんな不健康な生活をしているからおまえは妊娠しないのだと脅されているような気になった。なのに、頭の一部が麻痺したみたいに透子の投稿を見るのをやめられないのだった。

妊活や自然食にかぎらず、さまざまな社会問題についても透子は訴えていた。中には頷けるものもあったし、生活に取り入れてみようと思える有用な情報もあったが、科学的なエビデンスのない危うい情報も混じっていた。スピリチュアルに傾いているものや、陰謀論めいたものまであった。

黙って見ているのが耐えられなくなった野ゆりは、「Crystal Lily」という名前のアカウントを作った。透子が見たら、すぐに野ゆりだとわかるように、アイコンには透子がデザインしたオリジナルタグの写真を使った。

「私、家政学部だったでしょ。それなりに知識もあるから、どうしても気になって、それで、ひとつひとつ、コメント欄でファクトをぶつけていくことにしたの。向こうが反論できないぐらいきちんとした情報を調べあげて、信頼できそうな論文や研究報告があれば引用したり、図書館で専門書にあたったりして……」

「なんていうか、野ゆりちゃんらしいね」

運転しながら野ゆりの話に耳を傾けていた吉野が、神妙な声で言った。

「え、そう？　私ってそんなふう？」

「そうだよ、だってがり勉だったじゃん」

「がり勉」

その響きの衝撃に、野ゆりは吉野の横顔を凝視した。

「どうしてここまで夢中で勉強できるんだろうって、子どもながらに見てて思ったもん。真面目だったたっていうのもあるんだろうけど、野ゆりちゃんの場合、そこに若干の狂気をはらんでたっていうか」

「やだ、それじゃまるでやばいやつみたいじゃない」

頬が熱くなるのをごまかすように野ゆりは言い、

「みたいじゃなくて、ままあやばいやつだったよ、クレイジー野ゆりだったよ」

と吉野が笑う。おちょくるような言いかたではあったけれど、いやなかんじはしなかった。

「それで、そのあと、どうなったの？」

「すぐにブロックされちゃった」

野ゆりが答えると、「まあそうなるよね」と吉野がため息をついた。

「患者にも多いよ、そういう人。一度はまりこんじゃうと、自分に都合のいい情報にしか目を向けないし、聞く耳を持とうとしなくなるから、どんどん先鋭化されていっちゃうんだよね」

「実感がこもってる」

「こもってるこもってる、実感も、怨念も、やるせなさも」

「どうしたらいいんだろうね」

野ゆりが言い、どうしたらいいんだろうね、とそのまま吉野がくりかえした。二人とも笑いながら話していたけれど、なんだか泣きたいような気分だった。

平たい田園風景を過ぎ、吉野の運転する軽ワゴンはバイパスに出る。駅の方角に向かう車線は、夕方の渋滞が先のほうまで連なっている。遠くでけたたましいクラクションが響き、その音に重なるように、でも、と吉野が口を開いた。

「最近よく思うんだ。正しいことが救いになることって、実はそんなにないのかもしれないって。むしろ正しさが人を追い詰めるんじゃないかって」

「そうかもしれない」と野ゆりはうなずき、「ほんとうに、そうかもしれない……」しみじみとつぶやいた。

透子にブロックされてから、野ゆりは新しくブログを起ちあげ、透子の投稿に対する反証をこつこつまとめていくことにした。いつか透子の目に触れるときがくればいいというささやかな願いからはじめたことだったが、悲しいほどにアクセス数は伸びなかった。人を脅したり不安を煽ったりするようなやりかたのほうがアクセスを集めやすいことはわかっていたが、そんなやりかたをしたいとは思えなかったし、正しい情報を発信してさえいればいつかは目を覚ましてくれるだろうと驕っていた。

「正しさで相手を殴るようなことを、私もしようとしていたのかもしれない。いまから思うと、なんであんなにむきになっていたのか自分でもわからないんだけど……なんていうか、くやしかった、のかな」

「くやしい？」

「うん、なんか、くやしいじゃない、うまく言えないけど」

携帯にショートメールを送ってもろくに返事もくれなかった透子が、人が変わったみたいにまめにSNSを更新し、まめにコメントに返信しているのを、野ゆりはつぶさに眺めていた。化け物みたいな承認欲求を抱え、自分でもコントロールが利かずに持てあましていた透子が、二十年近い月日を経て、このような形でそれを飼いならしている。そのことが野ゆりはくやしかった。とくべつ美しくも賢くもなく、なんの才能もない女が自己実現するにはこれぐらいしか方法はないのかと思い知らされるようで。それが透子ではなく正代の選択した生き方なのだと認めることが――そこに、自分が必要とされていないことがくやしかった。

「それで、YouTube なんだ」

車間距離を詰めながら、結論を先に吉野が口にした。

「まあそういうこと」と野ゆりは肩をすくめる。楓から母親の話を聞かされたのが YouTube をはじめた直接のきっかけではあったが、どう説明したものかわからず、「やっぱりいまは動画なのかなって思って巨費を投じて機材をそろえたのはいいけど、こっちもさっぱり再生数が伸びなくて」とだけ言った。

「なにやってんの、巨費を投じてまで」

吉野がおかしそうに笑うので、野ゆりも調子を合わせて笑った。

「いいんだ、もう、いつか収益化して回収できれば」

たとえ徒労に終わったとしても、透子に届かなくたってもうかまわない。遠くに向かってボールを投げ続けていれば、いつかはだれかがキャッチしてくれるだろう。それでじゅうぶんだった。

「再生数二十四で収益化とかよく言えたね？　さすがクレイジー野ゆり」

くすくすと声をあげて笑う二人に、どうしたの？　なにがそんなにおかしいの？　と後部座席からミクが訊ねる。おかしいんだよ、このおねえさん、と吉野がそれに答え、おねえさんはやめてよ、おばさんって呼んでよ、とすかさず野ゆりが言い、おねえさんじゃなくておばさんって呼べなんてはじめて言われたよ、と吉野がまた笑う。「やっぱりクレイジー野ゆりだ」

フロントガラスの向こう、夕陽で赤く染まった空に大きな翼を広げた鳥が二羽つらなって飛んでいくのを見つけ、帰りたい、と野ゆりは思う。だけど、どこに帰りたいのかはわからなかった。私たち、ずいぶん遠くにきちゃったね。心の中で古い友人に語りかけ、二羽のシルエットがこのまま離れずどこまでもつらなって飛んでいくことを祈るような気持ちで野ゆりは見送った。

第三章　私たち

1

生まれてきた子は大地（だいち）と名づけた。前もって決めていたわけじゃない。自分にそんな権利はないと思っていた。子どもの名前は先生がつけるものだとばかり。

　男の子ですよ、元気な男の子。破水から十八時間に及んだ分娩が終わり、だれかが耳元でささやいた。喉がからからに渇いていて、瞼（まぶた）を閉じると、すこんと抜けた空の下、どこまでも広がる赤い大地が見えた。だから、そのまま名前にした。

　そうか男の子か。ある種の感慨とともに楓（かえで）は思った。健診の際に、性別を伝えようとする医師の声を、あ、いいです、と楓はさえぎった。おなかの子に関することはなにひとつ知りたくなかった。知ってどうすると思っていた。知ってしまうことがこわくもあった。「男か女かいつわかるんだっけ？」とＺｏｏｍで話したときに先生はやたらと気にしていたけれど、医師からは聞いていないし聞くつもりもないと楓が答えると、いまどき胎児の性別を気にするなんてださいという自意識が働いたのか、それ以降なにも言わなくなった。

でもそうか、男の子だったのか。最初に産声が聞こえ、次になにかほやほやしたあたたかいものが腹の上に降りてきた。そのとき湧きおこった感情がどういった種類のものなのか、楓にはわからなかった。なにこれ感動？　嬉し泣き？　わからないままべしょべしょに泣いていた。ついに生まれてしまったと後悔するような、これでやっと自由になれると解放されるような、生まれてきたばかりの生命のまぶしさに圧倒されるような、それはこれまでに楓が体験したことのない感情の渦だった。

そうしていま、楓のベッドのすぐ横には、新生児用のベッドが置かれ、小さな赤ん坊が横たわっている。白くやわらかそうな布地にくるまれ、目も拳もぎゅっと閉じている。いったいあれはなんだろうと奇妙なものでも見るように楓はその子を眺める。

また、ひとりぼっちになってしまった。出産直後の恍惚の中で楓は思い、なってしまった？とすぐにその考えに疑問をおぼえた。つまりこれまでこの子と一心同体のつもりでいたのか、そうして引き離されたことをいま自分は惜しんでいるのか、ほんとうの意味でひとりぼっちになってしまうこれからを憂えているのか、とかそういったことを続けざまにぐちゃぐちゃとだれかに言い訳するみたいに考えた。

この子はいったいなんなのか。なんのために生まれてきたのか。わが子と対面してどういう気持ちになればいいのか。この子を「わが子」と呼んでいいのか。

ずっと考えないように先送りにしてきたことが、質量や体温をともなった生命として目の前にあることに楓は慄（おのの）いた。どうしよう。どうしたらいいんだろう。たいへんなことをしでかしてしまった。思うように体が動かず、ベッドに縛りつけられたようになりながら、楓はただただ茫然としていた。茫然としながら、朝から晩まで病室に張りついて、甲斐甲斐しく自分や赤ん坊の世話をする野ゆりの姿を眺めていた。

「名前、どうする？」と野ゆりに訊かれたとき、だから楓はなにを言われているのかすぐにはわからなかった。

「名前って？」

「この子の名前に決まってるでしょう」

わずかしか母乳の出ない楓に代わって赤ん坊にミルクをあたえていた野ゆりが、笑いを含んだ声で言った。あなたが産んだんだからあなたが名づけるのが当然だとばかりに。それが世界の常識だとでもいうかのように。え、だって、でも、と楓は口ごもったが、そのときにはもうその名が浮かんでいた。


めくるめくようだった、と頭に浮かんだ言葉をそのまま楓は口にし、ちがう、とすぐに思いなおした。実際に起こったことと言葉とのあいだにずれがあるのを見過ごせなかった。しかし、わずかなボキャブラリーの抽斗をひっくりかえしてみても、そのずれを埋めるのにふさわしい言葉は見つけられそうになかった。

「めくるめいちゃったんだ」

にやにやした薄笑いを浮かべて先生が言った。先生の口から聞くと、もうまったく決定的に、ずれどころではなく断絶といっていいほどちがったものに聞こえた。

出産から数日が経ち、ようやく岐阜のクリニックまで見舞いにきた先生は、昨夜の酒がまだ残っているのか、いつにもまして妙なテンションだった。冬のやわらかな陽の射す病室には似つかわしくないような、妙にてかてかしたオイルレザーのコートに薄ピンクのサングラス。あまり目立ちたくないと言っていた人のする格好とは思えなかった。

「めくるめいちゃってはないかな」

出産したときの様子を先生がやたらと聞きたがるので、どうせまた書くつもりなんだろうなと思いながら楓は訂正した。

「え、だって楓がそう言ったんじゃん」

「そうだけど、やっぱちがう。やっぱやめ」

もう二度とこの言葉は使うまいと楓は誓った。少なくとも、あのときのことを表す言葉としては。今後だれかに話して聞かせるようなことがあるとも思えなかったが。

「大地か。太陽(たいよう)と大地。いいね、楓にしては気がきいてんじゃん」

新生児用のベッドに垂れさがった名札を見て、先生はへらへらと笑った。病室に着いてすぐ抱きあげようとしたら火がついたように泣き出したので、先生はそれきりいっさい息子に触れようとしなかった。

「怒らないの」

「なにが？」

「勝手に名前、つけちゃって」

「そんなの」と先生は大げさに眉毛を持ちあげてみせた。「もうつけちゃったものをどうこう言ったってしょうがないだろ」

怒ってる。いいかげん楓もわかってきた。こんなことで腹を立ててもしたら小物に思われるから腹を立てることもできないということの状況そのものに先生は怒ってる。もしかして男でも女でも通用するようなしゃらくさい名前でも考えてあったんだろうか。披露する機会を失い、それで腹を立てているのかもしれない。そんな先生が気の毒で、楓は笑い出しそうになる。先生は可哀想でかわいい。

悪いけど出産予定日には病院に行けそうにないと先生から電話がかかってきたのは、十二月に入ってすぐのころだった。最新刊の『修羅を抱く』が大きな文学賞の候補に入り、選考会の日程と重なっていたためだった。その日は都内で待機していなければならないのだという。

不倫報道で騒がれたばかりだからへたに噂の立つようなことはしたくないとは前々から言われていたし、金銭的なこと以外で先生になにかを期待していたわけでもなかったが、いつだったか、やたらと予定日を気にしていたのはそういうわけだったのかとようやく楓は合点がいった。

「つまり、候補に入る前からそんな心配をしてたってこと？」

そのまま話して聞かせたら、皮算用にもほどがあると野ゆりは呆れていた。あの人の考えそうなことではあるけどね、と。

「バカみたいだって思うかもしれないけど、太陽にとってはすごく大事なことなんだと思う。出産に立ち会ったところでどうせなんの役にも立たないだろうし、今回は大目に見てあげて」

まるで次回があるみたいな言い方だったが、「むしろ、いたら邪魔なぐらいだよね」と流しておいた。

野ゆりの話では、先生もあれでいろいろと鬱屈を抱えているのだという。もともと文学志向が強かったのに、なまじ「女子ども向け」の軽薄なベストセラー作家として名を馳せてしまったばかりに、正当に評価されていないと思っているようなふしがあるんだとか。だからこそ名のある文学賞を喉から手が出るほどほしがっている、候補になるのは悲願だったから相当喜んでいるはずだと、突き放したように分析する野ゆりの口調に隠しようもなく愛惜がにじんでいるのを、なんか、なんていうか、あーあだなと楓は思った。どうしようもない人だと呆れながら、それでも野ゆりは夫を愛しているのだ。なんか、あーあだった。

出産予定日の数日前、岐阜県の広範囲に朝から雪が降った。積雪が二十センチを超えるという予報を聞き、このまま降り続けたらどうしよう、と野ゆりは何度も窓に顔を貼りつけ、外の様子をうかがっていた。こんな雪の中を運転するのもこわいけど、積もったら積もったで身動きが取れなくなってしまう、もしいま破水したら自宅で出産することになりかねない、お願いだからあと数日なんとしてでも耐えてくれ、と深刻な顔で野ゆりが言い出すから、だんだん楓も心配になってきて、するとなんとなく内側からばりばりと割れるように腹が張り出し、じんわり痛くなってきたような気もして、いやまだ大丈夫、これは陣痛じゃない、本番はきっとこんなもんじゃないとごまかし続けていたのだが、日が暮れるころになって、ついに中からじょわじょわ溢れてくるものがあり、いっさいの言い逃れができなくなってしまった。

ゆりちゃんどうしよう破水したっぽい、と楓が告げると、え、どうしよう、どうしよう、といつも落ち着きはらっている野ゆりがこのときばかりは楓以上におろおろしだしたので、自分が腹をくくるしかないと楓はクリニックに電話して状況を伝えた。おそらく前期破水だから急いでくるようにと助産師に言われ、この調子では野ゆりに運転は無理だと判断し、すぐさま湊（みなと）を呼びだした。

チェーンを巻いた軽トラで湊が迎えにくるまで、さして時間はかからなかった。降りしきる雪の中、普段なら三十分で行くところを一時間以上かけてようやくクリニックにたどりついた。そのころには本番以外のなにものでもない痛みがはじまっていて、え、これ死ぬんじゃないかなと楓は思った。痛みで人が死ぬことがあるとしたら、これ以上少しでもメーターが振れた時だろうと思うような痛みだった。麻酔が入ったら次第に痛みも引いていったが、こんなのまだまだ序の口だよと年配の助産師が笑いながら言うのを聞いて、楓は心底ぞっとした。

「ゆりちゃんが無痛分娩を勧めてくれてほんとによかった」病室の天井を見あげ、楓はつぶやいた。「麻酔なしで産んでたらたぶん死んでたと思う。死んで化けて出て、あの痛みを最低でも半日は先生に味わわせてやらなきゃ気がすまなかったと思う」

冗談ではなかったのに、こえーと言って先生が笑うのを見て、死ねと楓は思った。半日といわず三日三晩陣痛を味わった上で死ね。

「なにはともあれ、顔が見られてほっとしたよ」

先生の手が伸びてきて、ベッドの上に投げ出された楓の手を包んだ。先生の手はあたたかく乾いていて、困ったことにいやじゃなかった。

「ありがとう、元気な男の子を産んでくれて」

急にしんみりした声で先生は言って、目を潤ませた。これだから困る。どんなにひどいことをされてもこの人を嫌いになりきれない野ゆりの気持ちがわかってしまうから困る。

「賞は逃したけど、結果的によかったよ。万が一受賞でもしてたら、記者会見やらなんやらで赤ん坊の顔を見にこられないところだったから」

文学賞の選考会は昨日だった。残念会と称して朝まで関係者と銀座で飲み、始発の新幹線でこちらにやってきた先生は、結果的にこれでよかったのだとしきりにくりかえした。本心なのか、強がりで言っているのかは楓にはわからなかった。

「そうだね、結果的にはよかったんじゃない？」

そこへ、給湯室にお茶を淹れにいっていた野ゆりが病室に戻ってくるなり言い放った。楓はあわてて先生の手を振りはらった。

「あんな内容の小説で賞なんかとってこれ以上騒がれでもしたら、こっちに帰ってこられなくなるところだったもの」

野ゆりはひややかに言うと、だいちゃーん、とうってかわったように甘い声を出して新生児用のベッドを覗き込んだ。慰めの言葉でも期待していたのだろう。そんな妻の様子を、先生は呆気にとられたように眺めていた。かわいそかわいい。そんな先生を見て楓はひっそりと笑う。


野ゆりはもう戻ってこないんじゃないかと、野ゆりの里帰り中、楓はずっと気を揉んでいた。岐阜の限界集落に夫の子を妊娠した若い女と二人で押し込められるという状況だけでもどうかと思うのに、さらに夫の不倫報道まで舞い込んできたのである。楓が野ゆりの立場だったらとっくにこの家を出て、あとは弁護士にまかせてふんだくれるだけの慰謝料をふんだくっている。野ゆりがこのまま戻ってこなくたってなんの不思議もないどころか、逆に戻ってきたほうがびっくりするだろう。

しかし、楓は野ゆりの帰りを待っていた。愛人という立場で正妻の帰りを待ちわびるなんて、そんなバカげた話があるかと思いながら、「まだ帰ってこないの」「早く帰ってきて」と毎日のように野ゆりにＬＩＮＥを送りつけては軽くあしらわれていた。

その電話がかかってきたのは、野ゆりが里帰りしてから二週間ほど経ったころだった。先生と二人で家に一日中閉じ込められているのもなにかと鬱陶しくて、毎日のように楓は自動車学校のバスで町のほうに避難していた。午前中を自習室で過ごし、午後からは図書館にでも行こうかと考えながら自分で握った炒り卵入りのおにぎりを食べていると、見慣れない番号から電話がかかってきた。そのときすでに予感はあった。

通話ボタンを押し、息を詰めてスマホを耳にあてる。しばらく待っていても向こうがしゃべりだす気配がないので、「ルビさん？」いくつかの選択肢の中からあてずっぽうで訊ねた。そうだったらいいなという希望もあった。「ルビさんだよね？　いまどこにいるの？」

電話の声はくぐもっていて、なにを言っているのかよくわからなかったが、ルビさんであることは間違いなさそうだった。すぐ近くにいると言うので名古屋あたりかと思ったら、ほんとうにすぐ目と鼻の先、温泉街の駅からかけているという。そこにいてとだけ告げて通話を切り、楓は自動車学校を飛び出した。

駅舎のベンチに座って待っていたルビさんは最後に会ったときよりさらに太り、顔も前とはぜんぜんちがっていた。アプリで加工したみたいに不自然なほど目が大きくなって、体のボリュームや顔のバランスからするとありえないほど顎が鋭くとがり、鼻も唇もあとからくっつけたみたいにぽこんと浮き出ていた。

「え、やだ、ルビさんじゃん、ほんとにルビさんじゃん」

ルビさんを見てぎくりとしたことを悟られまいと、楓はわざとらしくはしゃいでみせた。

「楓こそ、なにその腹、どうなってんの」

大きく突き出た楓の腹を指差し、ルビさんはおかしそうに笑った。電話のときから気にはなっていたが、ルビさんがなにをしゃべっているのか、注意深く聞いていないとよくわからなかった。整形のしすぎでうまく口が開かなくなっているようで、ほとんど顎が動いていない。標高の高いこのあたりではもう薄手のコート一枚では寒いぐらいだというのに、丈の短いパーカとデニムのショートパンツという服装はいかにも無防備だった。

「荷物はこれだけ？」

ルビさんの荷物はナイロンのキャリーケースとＭＣＭの小ぶりなリュックだけだった。いいよ、腹ぼてに持たせられないよ、と滑舌の悪い発声でルビさんはくりかえしたが、楓は有無を言わさずキャリーケースをつかみ、ひとまず温泉街のカフェまで連れていくことにした。

あっちの旅館は日帰り温泉もやってる、この饅頭屋はよくテレビに出てて有名だけど地元の人には評判が悪い、ここの「鶏ちゃん」は絶品だ――温泉街を歩きながら楓はこの町について知っていることをべらべらと一方的にまくしたてた。東京を離れてからいままでどこでどうしていたのか、どうやって楓の居場所を知ったのか、なんの目的があってここまでやってきたのか。訊きたいことはいくらでもあったが、なにから訊いていいのかわからなかった。一人ではいられないルビさんのことだ。きっとまた悪い男に騙されて風俗で金を稼ぎ、男に貢いだり整形に金を注ぎ込んだりしていたんだろう。訊かなくても、なんとなくの想像はついた。

先生の不倫報道があってから、こんな日がくるのではないかと楓はずっと恐れていた。楓が先生の子どもを妊娠し、妻の野ゆりと暮らしているという事実をネタに強請られるのではないかと。もしそんなことがあるとしたら、エランか悠仁のどちらか、もしくは二人が共謀してのことだと予想していたから、電話の相手がルビさんだったことにいったん楓は安堵し、けれどすぐにまた、エランと悠仁にけしかけられてここまできたのではないかという疑いを抱いた。

どうせエランは本なんか読まないからと、だいぶ前に金村太陽の名前を漏らしてしまったことを楓はいまさら後悔した。「先生っていうけど、学校の先生か医者かなんか？」とＬＩＮＥでエランに問われ、「金村太陽って知らない？　有名な作家らしいけど」と楓は答えた。そこに、ある種の優越感や顕示欲がまったくなかったわけでもないが、「だれそれ知らん」とエランの反応はいたって薄かった。

悠仁との離婚の一件があってから、やたらとこちらの状況を訊き出そうとするエランに警戒心が働き、ＬＩＮＥでのやりとりが途絶えがちになっていたところへ、降ってわいたように先生の不倫報道があった。テレビでもネットでも騒がれていたから、エランや悠仁が目にした可能性は高い。金村太陽に興味はなくても、金村太陽のゴシップが金になるとなれば話は別だった。まだおもてには出ていない、こんな格好のネタを逃す手はない。週刊誌に売ればいくらかにはなるかもしれないが、大金を引き出そうと思ったら金村太陽に直接コンタクトを取ろうとするのではないか。あの二人がそこまで頭がまわるとは思えないし、楓を売るような真似をするとも考えたくはなかったが、彼氏や地元の先輩に入れ知恵され、大金に目がくらんだとしたら――。

「ちょっと、楓、歩くの早いって」

背中からルビさんの笑う声がして、橋のまんなかで楓は足を止めた。太ったひよこみたいな歩き方でルビさんがゆっくり橋を渡ってくる。町の中央を流れる大きな川から風が吹くたびにルビさんの前髪がめくれ、ついでに鼻や唇もぺろりとめくれてしまうような気がしてまっすぐ顔が見られなかった。

「あ、ソフトクリーム」

橋を渡りきったところで、土産物屋の軒先にソフトクリームの看板が出ているのを見つけてルビさんが声をあげた。

「えっ、まさか食べる気？　こんな寒いのに？」

「だってあたしだめじゃんね、ソフトクリームの看板見たら食べずにおれんじゃんね」

「だってってなにそれ知らないよ、はじめて聞いたんだけど」

突き出た唇をいっそう突き出し、駄々っ子のようにルビさんが身をよじらせるので、しかたなく土産物屋の軒先のベンチに座ってソフトクリームを食べることにした。

「楓も食べるんじゃん」

寒いと言いながら、自分もソフトクリームを食べている楓をおちょくるようにルビさんが笑った。昔の面影はほとんどなくなっていたが、そのしぐさには見覚えがあって、ようやく楓はほっとした。よく知ってるルビさんだと思って。

おいしいね、寒いけどおいしいね、体温ぜんぶ持ってかれるけど、鍛え方が足りんくない？　バニラにしたけどミックスも気になる、ミックスなんて邪道じゃん？　ソフトクリームを食べながら飛び出してくるのは、次の瞬間にはなにを話していたのかも忘れてしまうようなその場かぎりのあそびの言葉ばかりだった。ルビさんのいなくなった東京で楓がどうしていたのか、どうしてこんな田舎で暮らしているのか、おなかの子の父親はだれなのか。楓がなにも訊かなかったように、ルビさんもなにも訊かなかったし、自分のことを話そうともしなかった。肝心なことはなにも。昔からルビさんはそうだった。真面目な話をするのも金の話をするのも苦手で、ただいつもそばにいてくれた。それでいつも損ばかりしていた。

ソフトクリームでべたべたした手をもてあましながらカフェの前まできたところで、見覚えのある軽トラが停まっているのが見えた。横面に「こいずみ農園」と塗装してある。湊の軽トラだとすぐにぴんときて、これで逃げられると楓は思った。

「ルビさん、ここの二階、ゲストハウスになってるから今日はそこ泊まって。あの、いま野菜の配達にきてる、あの人、近所の人で、家まで乗せてってもらおうかなって。帰りのバス待ってたらあと二時間ぐらいこのへんで時間つぶさなくちゃだし、あっ、日帰り温泉に入りたかったらいま通ってきたとこ、途中にあったあの旅館、あそこ行けばいいし、だから、明日、明日の朝、また会いにくるから」

思いつくまま言葉を投げ散らかすと、楓は湊に断りもなく軽トラの助手席に乗り込んだ。

「まだ配達があるんだけど」

後から乗り込んできた湊がぶつくさ言っていたが、「いいから早く出して！」と切りつけるように楓は遮り、カフェの前に立ち尽くしているルビさんに手を振った。なにか言いたげにぶよぶよした唇を動かしていたルビさんは、やがてあきらめたように微笑み、指先だけでひらひらと手を振った。サイドミラーに映り込んだルビさんの姿がどんどん遠ざかっていく。罪悪感から目をそらし、楓はべたべたする手をワンピースにこすりつけた。

いつまで自分はこうなんだろう。どこまで逃げ続けるつもりでいるんだろう。まだなにも解決していないのに――その糸口すら見つかっていないのに、目の前のごたごたを放置してこの場から立ち去ろうとしている。

こんなことばかり続けていたら、いつかつかまってしまう。いったいなににつかまるのか、その正体もわからないまま、見えない影に楓は怯えていた。

大丈夫、大丈夫、なんとかなる。心を落ち着かせるため、軽トラの助手席で楓はゆっくり呼吸し、震える指でスマホを操作した。この状況をいますぐ野ゆりに知らせなくてはと思うのに、なにをどう書いていいのかわからず、「たすけて」とだけ打ちこんだ。温泉街の飲食店や旅館を順にまわって配達を終えると、湊の運転する軽トラは橋を渡り、川沿いの道を走り抜け、黄金色に染まったススキ野原へと出た。風が吹くたびにさざ波のように流れるススキの穂を眺め、大丈夫、大丈夫、と楓は胸のうちでくりかえした。

家の前で湊の軽トラを降りて玄関の戸を開けると、ちょうどもたもたと先生が靴を履いているところだった。おしゃれなのはわかるけど、こんな田んぼと畑しかない田舎にわざわざ履きづらい革靴で帰ってくるなんてバカなんじゃないかと思ったが、それで言ったらこんな田舎にピンヒールの靴ばかり持ち込んだ楓だって相当だった。

「なに、どっか行くの?」

靴べらを先生に渡してやりながら楓は訊ねた。

「あ、いや、そういうわけじゃなくて……」と先生は口ごもった。靴べらの先になにか貴重な文言でも書かれているかのように、じっとその一点を凝視している。

「え、なに?」

ここまでくる道中、なんと言って先生から金を借りようか、ルビさんのことを伏せたまままうまく金を引き出す方法はないか、とそればかり考えていた楓は出鼻をくじかれる格好になった。

「いや、まあ、うん」それでも先生ははっきりとしない。「別にいいんだけど、どうなのかなって思って」

「だからなにが? なんかあるならはっきり言ってよ」

苛立ちを隠さずに楓が言うと、「あの、あれ、いまの、小泉(こいずみ)んとこの?」玄関の外を顎でしゃくるようにして先生が訊ねた。

「そうだけど、なんか問題あった?」

「いや、俺はいいんだよ、俺はいいんだけどさ」靴べらの先を見つめたまま先生はそう前置きし、「でも、そうは思わない人もいるんじゃないかなってことを言いたくて、田舎の人間は口さがないっていうか、君もいいかげんこのへんのことがわかってきたと思うけど、噂話が一瞬で町中をかけめぐるようなとこだからさ、ほかに娯楽がないんだからしかたないといえばしかたないけど、それでなくともここらは若者の数が少ないから、若い男女がいっしょにいるだけでなにを言われたもんかわかんないだろ、いや、そんなことをいちいち気にして行動に制限をかけるなんてナンセンスだとは俺だって思うよ？　それはそうなんだけど、でも、なんて言ったらいいかな、いまはほら、時期が時期だけにあんまり目立つようなことは避けたいっていうか……」ほとんど息継ぎなしにまくしたてた。

まさかとは思うけど嫉妬してるんだろうか。あるいは、楓が怪しんでいたとおり湊の母親と因縁でもあるとか……？　それで湊に近づくなと釘を刺しているんだろうか。楓は呆気にとられ、自分のおもちゃに無断で触れられた子どもみたいにそっぽを向いている先生を眺めた。いずれにせよ、いまはへたなことを言って先生から金を引き出せなくなってもまずいと思い、「気をつけます」と楓は頭を下げた。

「それよりちょっと、相談があるんだけど」

肝心なことを切り出そうとしたのと、楓の手の中でスマホが震えるのが同時だった。「今夜中に帰ります」という野ゆりからのメッセージだった。

その夜、最終電車で戻ってきた野ゆりは、玄関で出迎えた楓の顔を見るなり、ああ、よかった、とこぼれるように笑った。

「なにがあったのかと思ったけど、無事でよかった」

それで楓は、もう大丈夫だと思った。妻さんが帰ってきたから、きっと大丈夫だと。

荷物をおろすなり、野ゆりはすぐさま台所に向かって、鉄瓶で沸かした湯でお茶を淹れた。もうこんな時間だからそば茶にしよう、とささやくような声で言って、たくさんある茶筒の中から迷いなく赤銅色の筒を手に取った。

昔、東京で世話になった人が温泉街まで会いにきていること。今夜はひとまずゲストハウスに泊まってもらっていること。金の無心をされたわけではないけれど、裏で悠仁やエランとつながっている可能性がある。週刊誌に先生の写真が載ったばかりだし、なにかよからぬことを企んでいるのかもしれない。

野ゆりの淹れたお茶を飲みながら楓は洗いざらい白状した。先生はともかく、野ゆりなら悪いようにはしないだろうという甘えがどこかにあった。

「たすけて、なんて、送ってくるからよっぽどのことだと思って飛んで帰ってきたのに」

楓の話を最後まで聞き終えると、そう言って野ゆりは肩をすくめた。

「いや、よっぽどのことだろ」

スーツケースを広げ、荷物を詰めていた先生が横から口を挟んだ。野ゆりの不在中、先生は食卓にノートパソコンや資料やらを出しっぱなしにして、そこを仕事場にしていた。野ゆりも帰ってきたことだし、そろそろほとぼりも冷めた頃合いだから、入れ違いに東京に戻るつもりらしい。

「なんだって君はそうやって大事なことを隠そうとするんだよ。前の夫から離婚届を取りつけたときに懲りたのかと思ってたけど。さっきも小泉んとこの軽トラに乗って帰ってくるし、ちょっとあまりにも浅はかっていうか、考えなしなんじゃないかな」

いやみっぽい先生の口ぶりに楓が言い返せないでいると、「どの口が言うって、こういうことを言うんだね」かわりに野ゆりが言い放った。「あなただけには言われたくないって、楓も思ってるでしょうよ」

聞き間違いじゃないかと思って、楓は正面に座る野ゆりを見た。先生も驚いたようで、片膝を床についたまま妻の顔を見あげている。

里帰り中に心境の変化でもあったんだろうか。だれになにを言われても困ったように眉をハの字にし、曖昧なことばかり言ってかわしていた妻さんと同じ人だとは思えなかった。

「どっちにしても、俺は明日、朝一の電車で東京に戻るから、後のことはまかせるよ。金で片がつくんなら、そうしてもらってぜんぜんかまわないから」

気を取り直したように言うと、先生はスーツケースに錠をかけた。電灯の下、先生の頬は脂っ気がなく、触れなくてもかさかさに乾いているのがわかった。

金で片をつける。ずいぶんとかんたんなことのように言うんだなと思って、自分に向けられた言葉でもないのに楓は傷ついた。先生にとっては悠仁もエランもルビさんも虫けら同然で、指先でかんたんに払いのけられるものだとでも思っているんだろう。もしかしたら楓のことだってそう思っているのかもしれない。いつでも金で片をつけられるのだと。

「またそれ。後のことはまかせるよって、あなたそれしか言えないの」

「いや、悪いとは思ってるよ。いつもまかせっきりで。でも、しょうがないだろ、俺はこのへんじゃ面が割れてるし、それにいまはほら、いろいろあれだし……」

「それはあなたの都合でしょう？　あなたがどこかのだれかと写真を撮られて騒がれているからって、どうして私たちがその尻ぬぐいをしなくちゃならないの？　私たちはなんにも悪いことをしていないのに」

まるでこわいものなんか一つもないみたいにはっきりとものを言う野ゆりに楓はいちいちぎょっとしていたが、一方の先生といえば、これ以上藪を突くまいとでもしているみたいに及び腰で、すぐにでも寝室に引き上げたがっているのが見て取れた。

「あなたが言ったんじゃない」

けれど野ゆりは許さなかった。オープン・リレーションシップだのサテライトパートナーだのポリアモリーだの、いつだったか先生が楓に語ったのと同じ横文字をつらつらと並べ、同じような理屈を語り出した。

「世間がなんと言おうと、これが私たち夫婦の——楓も含めたこれが私たち家族のありかたなんだって、あなたから言い出したことでしょう? 逃げも隠れもする必要なんかない、なんにも恥じることなんかない、堂々と胸を張っていればいいって。こそこそするからみんな面白がって嗅ぎまわろうとするんだって」

どこまで本気で言っているのかわからなくて、だんだん楓はこわくなってきた。どんな光もはねかえす鏡面のようにつるりとした野ゆりの目は、いつかのママにそっくりだった。

「どこかにネタを売りたいならご自由にどうぞって言ってやればいいのよ。脅しになんか屈しない、屈する必要もないって」

勝ち誇ったように笑う野ゆりを、先生も楓も凍りついたように見つめていた。

翌朝、始発の特急に乗るという先生を温泉街の駅まで送り届けてから、野ゆりの運転するディフェンダーでゲストハウスに向かった。途中、ATMで現金をおろすときに、「三十万円でいい?」と野ゆりに訊かれたが、それが妥当な金額なのか楓には見当もつかなかったし、その金がいったいなにに対して支払われるものなのかもわからなかった。脅しに屈しないのであれば支払う必要もないはずなのに。

ゲストハウスの一階のカフェはすでに営業をはじめていて、宿泊客と思われる西洋人やヒッピーみたいな格好をした年齢不詳の男女が朝の光の中で朝食をとっていた。ルビさんの姿が見あたらなかったので、慌ただしそうにモーニングプレートを運んでいるカフェの夫さんに訊ねてみると、昨晩の宿泊客にそのような女性客はいなかったという。

温泉街の旅館に片っぱしから電話をしてみるか、駅舎の前でしばらく待ってみるかと野ゆりに提案されたが、もういいよ、と楓は首を横に振った。昨日の番号にかけても出る気配がないので、それがルビさんの答えなのだろうと思った。「ごめんなさい」とつぶやいた楓に、「あなたが謝ることじゃない」と野ゆりは言った。

その翌週、ようやく運転免許の試験に合格した楓は、野ゆりに頼んで近所に一軒だけあるレンタルショップに寄り、昔ルビさんといっしょに新宿の映画館で観た映画を借りてきた。観ているあいだずっと、そんな映画でもないのに泣けて泣けてしかたなく、野ゆりに気づかれないように何度も涙を拭わなければならなかった。寒風に吹かれながら橋の上を歩いていたルビさんの姿が脳裏にちらつき、テレビの画面いっぱいに広がる赤い大地との対比にくらくらした。

ルビさんは楓に会いにきたのだ。近くまでくる用事があったから、懐かしい顔を見に立ち寄っただけなのだ。そんなわけがないと思いながら、楓はそう思うことにした。後悔してもしかたのないことをいつまでも悔やむくらいなら、そのほうがいくらかましだった。

2

朝、居間のカーテンを勢いよく開け放ち、もうすぐ春ね、と野ゆりが言った。

「はる」

このところまともに睡眠をとっておらず、曜日はおろか日付や時間の感覚さえなくなっていた楓は、昔食べたなつかしいお菓子の名前を思い出したみたいにつぶやいた。窓の外では雪が降っていて、春の気配などどこにも感じられなかったが、野ゆりが言うからにはそうなんだろう。ぼんやりした頭でそう考え、泣きぐずる大地に乳をあたえていた。

「おひなさまにはちょっと早いけど、お昼はちらし寿司にしようか。れんこんもらったのがあるし、あとは、錦糸卵と海老と……菜の花を湯がいてちらそうかな」

居間のあちこちに散ったタオルやよだれ拭き、脱がしてそのままにしてある大地の肌着を拾い集めながら、はずむような調子で野ゆりが言う。れんこんはお花の形にして、干ししいたけを甘く煮て、お正月の手毬麩がまだ残ってるからおすましにして。

「ちらし寿司って、あのピンクのふわふわがのってるやつ?」

遠い昔、ママが作ってくれたお花畑みたいなちらし寿司を、楓はうっとりと思い浮かべた。

「でんぶのこと? 冷凍庫にたらがあるから、作ろうと思えば作れるよ。食紅がないからピンクにはできないけど……あっ、紅かぶの漬け汁を使えばそれっぽくなるかも」

こうしちゃおれない、干ししいたけを戻さなくちゃ、と洗濯物を抱え、野ゆりは居間を飛び出していった。

楓と大地がクリニックを退院し、この家に戻ってきてからというもの、野ゆりはずっとこの調子である。寒くはないか、腹が減ってはいないか、なにかしてほしいことはないか、としきりに楓や大地を気遣い、おでこをぴかぴか光らせている。一日三食にくわえて手作りのおやつまで用意し、家の中を清潔にととのえ、大量の洗濯物やおむつを洗うだけでも大変だろうに、その合間に畑に出て、あいかわらず近所の老人たちの御用聞きまで行っているようだ。疲れた様子はほとんど見せず、日を追うごとに無双感が増していていてこわいくらいである。

臨月のころから兆候はあった。出産準備の買い出しにいったときなど、ベビー用品売り場に並んだ各種グッズを前にしてもまるきり興味が持てないでいる楓とは裏腹に、「かわいい！」「なんてちっちゃいの！」といちいち声をあげ、身をよじらせて感激していた。「こんなの、目についたまま買ってたら破産しちゃう」とぼやきながらもうきうきした様子で、あれもかわいい、これもあったら便利そう、と目についたものをぽいぽいカートに放り込んでいた野ゆりは、肌着売り場に布おむつ用の反物が売られているのを見つけ、それでなくともらんらんとしていた目をよりいっそう輝かせた。「おむつやよだれ拭きぐらいなら私でも縫えるかも」

その日から野ゆりは、こんなのはいくらあってもいいからとおむつやよだれ拭きに留まらず、沐浴（もくよく）用のガーゼやおくるみや肌着までいそいそとミシンで縫いはじめた。

「いや待って、布おむつなんてたいへんそうだし、いまどきは紙おむつ一択じゃないの？」

見かねた楓が口を出すと、「大丈夫よ、ぜんぶオーガニックだから」と平然と言ってのける。なにが大丈夫なのか、オーガニックだからなんだというのか、一つも呑み込めなかったが、有無を言わせぬ迫力に楓はそれ以上なにも返せなかった。

この子を産むのが野ゆりだったらよかったのに。我が子の誕生を待ちわびる母親そのもののような野ゆりを前に、思ってもしかたのないことを楓は思わずにいられなかった。そしたらこの子がしあわせになれたのに。

しかし、いざ生まれてしまったら、だれが母親だとか、しあわせだとかしあわせじゃないとか、そんなことを悠長に考えている暇などなかった。野ゆりが言っていたとおり、おむつやよだれ拭きや肌着なんかはあればあるだけよかったし、布だろうと紙だろうと、ましてやオーガニックだろうとなんだろうと、いまこの瞬間をやりすごせるのであればなんだってかまわなかった。

大地が生まれてから三週間になるが、そのあいだの記憶がほとんど飛んでいる。おむつをまめに替え、泣いたらあやし、乳をあたえ、母乳で足りなければミルクを作り、ミルクをのむ量が多いとか少ないとかで一喜一憂し、けぽっと吐いたら拭ってやり、肌着が汚れたら着替えさせ、風呂に入れ、体を拭き、泣いたらまたあやし、眠るのを見届け、眠っているあいだもちゃんと息をしているか不安になって、じっと見守らずにいられない。そのくりかえしで、最後にいつまとまった睡眠をとったのかも思い出せない。

「私がだいちゃんを見てるから、部屋で寝てきたら？」と野ゆりは勧めてくれるのだが、楓のほうがだめなのだった。自室のベッドに横になっても神経が昂って眠りにつけず、うつらうつらとしても大地の泣き声が聞こえると目が覚めてしまう。ときには幻聴まで聞こえる。赤ん坊から離れてはならない。そういうふうにプログラミングされているみたいに。

ママもそうだったんだろうか。それで、ふと楓は思ったのだった。ママもこれを経験したんだろうか。いまの楓よりもっと若いころ——十九で楓を、その二年後に紡を産んだママも、腕の中のちいさな命を守ろうと必死になっていたんだろうか。とっさにあふれてきた涙を、ミルクのにおいのするよだれ拭きで乱暴に楓は拭った。かわいそうなママ。ごめんなさい。

ベッドの上で宙に投げ出すように四肢をひろげる大地を楓は見おろす。この子を前にどんな気持ちになればいいのか、いまだに楓は決めかねていた。生まれてすぐのころはかわいいなんてこれっぽっちも思わなかったし、いまだってほとんど思わないが、ごくまれに不意打ちのように笑顔を見せることがあって、こんなのずるい、反則だと思う。もう一度、その顔が見たくて目が離せなくなる。

「また見てる」

居間に戻ってきた野ゆりが、ベビーベッドにかじりついている楓を見つけて笑った。

「なんか見ちゃうんだよ。自分でも変なのって思うんだけど、どうしても気になって、ただ見ちゃう」

言い訳しながら、楓はそれでも大地から目が離せない。

危険な兆候だった。このままこの子のそばにいたら、いつか離れられなくなる。そんな予感があった。すでにそうなりつつあるのかもしれなかった。

「ゆりちゃんは、大丈夫？」大地に視線を据えたまま、楓は野ゆりに訊ねた。「赤ちゃんの世話がこんなに大変だなんて思ってなかったでしょ。いいかげんうんざりしてない？　毎日毎日こんなことのくりかえしでいやにならない？」

楓と同じように大地を覗き込みながら、「私、サボテンを枯らしちゃうの」と野ゆりは言った。野ゆりの体からつんとしたお酢のにおいが立ちのぼる。

「サボテン？　サボテンって枯れないいんじゃないの？」

思わず顔をあげ、楓は野ゆりの横顔を見た。大地の頰を指の背で撫でながら、含みのあるかんじで野ゆりが笑った。

「放っておくぐらいがちょうどいいんだって。水をやりすぎるとすぐ根腐れしちゃうから。でも、そんなの甲斐がないじゃない？　手がかかればかかるほどいいのに」

「ゆりちゃんって……」その後に続くふさわしい言葉が思いつかず、「マゾ？」とまにあわせの言葉を口にすると、「そうかもね」とあっさり野ゆりがうなずいた。「やば」とつぶやいて楓はかわいた笑い声をあげた。

「むつかしそうな顔してるなと思ったらやっぱりおしめ濡れてる。よしよし、だいちゃん、おしめ替えようね」

「ごめん、ゆりちゃん、私やるよ」

いそいそとおむつを交換しようとしている野ゆりに楓は謝った。

「ほらまた」咎めるような顔で野ゆりがこちらを見る。「謝る必要はないって、なんべん言ったらわかるの」

「ごめん」とっさに謝ってしまってから、「ありがとう」と楓は急いで言いなおした。

　大地が生まれてまだ間もないころ、大地の世話をしてもらうたびに楓が謝っていたら、こうすることは私たち三人で決めたことでしょう、だからあなたが謝ることじゃない、と野ゆりは言ったのだった。この子のおむつを替えるのもミルクをのませるのもお風呂に入れるのも、あなただけの仕事ではなく私の仕事でもあるのだから、謝られるいわれなんかないしあなたを助けているつもりもない、ここでこの子を育てようって私たちみんなで決めたことでしょう、と。

　それはそうなのだろう。楓はその議場に入ったこともなければ呼ばれたおぼえもなかったが、こうすることを提案され、それを呑んだ。だから「私たち」には楓も含まれるのだろう。

　しかし、そもそもの言い出しっぺというか提案者である先生が、子育てにほぼノータッチであることはいっこうに呑み込めないままだった。あんなに子どもをほしがっていたくせに、いざ生まれたらあっさりしたもので、生まれたばかりの赤ん坊にろくに触れようともせず東京にトンボ返りしたときには、本気で意味がわからなかった。

　楓もそうだったが、子どもを作るということがどういうことなのか、先生もよくわかっていなかったのかもしれない。スイッチ一つで出てくる工業製品かなにかだとでも思っていたんだろう。

一年前に射精したものが月日を経てこんな形で目の前にあらわれるなんて、よもや思ってもいなかったにちがいない。自分たちがどれだけとりかえしのつかないことをしでかしてしまったのか、大地という逃れられない現実を前に日に日に楓は思い知らされるばかりだが、先生はいまだに気づいてもいないのだろう。

ひさしぶりに先生が帰ってきたのは、大地の一ヶ月検診を間近に控えた二月の半ばだった。役所への届け出を済ませるのが主な目的だったが、そのついでに本宅に立ち寄り、おむつを替えたり沐浴をさせたりアリバイ作りのようにひととおりのことをこなして、父親の面目を保とうとでもしているみたいだった。

「ほら見ろよ、坊主、もう見えてんのかな。こんな目見開いてこっち見て、俺がだれだかわかってるみたいな顔してる」

大地を腕に抱き、顔を近づけたり離したりしながら、先生が頰をほころばせていると、

「ちがうよねえ、よく知らない人がきたから驚いてるだけだよねえ」

横から大地を覗き込んで野ゆりが言った。

「いや、そんなことないって、この顔はぜったいわかってる顔だって、おーい、大地、パパだよ、パパだからな！」

「ちょっと！　まだ首もすわってないのに、そんなむやみに激しく揺らさないでよ！」

夫婦のやりとりをすぐ隣で見ていた楓はこらえきれずに笑い出し、これはいったいなんなのだろうと思った。大地を抱く野ゆりと、その横で口を尖らせている先生とを、はじめて目にしたなにかであるようにまじまじと眺める。私たちはいったいなんなのだろう。

いつのころからか、「私たち」という言葉を野ゆりはしきりに使うようになった。最初のうち

は耳にするたびどうにも落ち着かず、照れくさいような気持ちでいた楓も、このごろでは「私たち」と呼ぶよりほかにないのではないかという気がしている。絆と呼んでしまうとあまりに嘘くさく、運命共同体だとあまりに酔っている。この関係を呼びあらわすのにてきとうな名前を、「私たち」以外に楓は見つけられなかった。

その翌日、野ゆりが高熱を出して倒れた。なにかのウィルスに感染したというわけではなく、疲労というのが医師の見立てだった。さすがの先生も、病人と新生児を楓一人に押しつけて逃げるわけにはいかないと思ったのか、一泊で東京に戻る予定を変更し、しばらくこちらに留まることになった。

「この子に赤ん坊のめんどうなんか見られへんわ」

するとすぐさま、それを聞きつけた紘子(ひろこ)が愛車のベンツで飛んできた。

さらに、これまで野ゆりが防波堤となって侵入を防いでいた近所のばあさんたちまでもが、いまこそ赤ん坊が見られるチャンスだとばかりに、煮物や炊き込みごはんや手作りの鬼まんじゅうなんかを手に続々あがりこんできた。

「抱き癖つくで、あんまり抱いとったらかんて」

「湯冷ましやっとらんけどええの？」

「こんな布おむつなんていちいち洗っとれんやろ」

「えらい薄着させて、靴下ぐらい履かせんならんわ」

「乳の出が悪いからって粉ミルクばっかやって、あんまだだくさしとったらいかんで」

入れ替わり立ち替わりあれこれ好き勝手に言ってくるばあさんたちに、昭和の育児情報なんかいらんと最初のうちはいちいちむきになって反論していた楓も、こんなことに体力を持っていかれるわけにはいかないと、そのうち軽く聞き流すようになった。

　唯一絶対の正解なんてないからね、とあらかじめ野ゆりには言われていた。本によって書いてあることもちがうし、時代によってもぜんぜんちがう、赤ん坊を連れてるだけでいろいろ言ってくる人もいる、ネットなんか見ちゃうと情報が錯綜していてよけい迷宮にはまりやすいから、正解を目指すんじゃなくてその都度、私たちにできる範囲でベターなものを選ぶようにしよう、と。

　育児のことでなにか疑問が出てくると、野ゆりは何冊も買い込んである育児書をひもとき、ネットで最新の情報にあたり、看護師をしているというシングルマザーの知人に確認を取った上で、いくつもある選択肢の中からどうするのがベターか楓といっしょに考えようとしてくれる。「さすが、健康系ユーチューバーだけある」と楓が感心すると、「健康系っていうのかなあれ」と納得はいっていないようだったけれど。

　大地が生まれてからはさすがに手がまわらないようで、ここしばらく野ゆりは YouTube の更新を休んでいる。蔵の屋根裏部屋にあったノートパソコンで野ゆりの YouTube チャンネルを発見したときは度肝を抜かれたが、里帰りから戻ってきた野ゆりに単刀直入に訊ねると、見つかっちゃったか、と拍子抜けするほどあっさり白状した。

「古い友だちに手紙を送るようなかんじっていうのかな。届かなくてもかまわないし、開封されなくてもいい。そういう気持ちでやってる」

「古い友だち？」

「前に話したでしょ、マックポテトの」

　野ゆりはそう言って、「古い友だち」のＳＮＳアカウントを教えてくれた。「オーガニック」だとか「安心安全」だとか「ほんものの食べ物」だとか、目に飛び込んできた言葉の羅列に強烈な既視感をおぼえ、げっと楓は声をあげた。

「たぶん、一生懸命なだけなんだよ」眉を八の字にして、かばうように野ゆりが言った。「私の友だちも、あなたのママも、とにかく子どもを死なせないように、家族の健康を守りたいって、その一心だったんだと思う。そういう人がたぶん、いま世界中のあちこちにいて、一人で悩んだり苦しんだりしてるんだと思う。そういうときにネットかなにかで、これが唯一絶対の正解ですって強い言葉を見かけたりしたら、そりゃみんな縋(すが)りたくなっちゃうよ。だったら私は、唯一絶対の正解なんてないんだってことを言い続けるしかないと思って」

　もうその人と野ゆりの糸はつながっていないのだろう。ママやルビさんや悠仁につながっていた楓の糸がぷつんと切れてしまったみたいに。

　それでYouTubeなんだ、と楓は納得した。ほんとうに声を届けたい相手に届かなかったとしても、どこかで不安を抱えている孤独なだれかに届けることならできるかもしれない。あなたは一人じゃない、そんなに怯えなくてもいい、大丈夫だから安心して、と語りかけることなら。

　野ゆりがこんなにも親切にしてくれるのは、後悔があるからなのかもしれない。その人にしてあげられなかったぶんを、楓にまわしてくれてるだけなのかもしれない。

　そうだったらいいのにと楓は思う。それで少しでも野ゆりの気が晴れるなら、思うぞんぶんそのやさしさを啜っていられる。だれかの代わりだとしてもやさしくされたかったし、だれかの代わりに「ありがとう」を言ってあげたかった。かけがえのない人に出会ったからといって、手を離さないでいられるとはかぎらないことを、すでに楓も野ゆりも知っている。その理不尽が、いまこのときだけ二人を結びつけているのだとしても。

「ママにもゆりちゃんがついててくれたらよかったのに」

思ったままのことをつぶやいたら、「買いかぶりすぎだよ」と野ゆりが笑った。

でもほんとうに楓はそう思うのだった。楓のそばに野ゆりがついていてくれたように、ママにもだれかがいてくれたらよかったのに、と。

ずけずけと他人の育児に口出ししてくる近所のばあさんたちだって、かつてだれかにこれが正解なんだと教わり、それこそが正しいのだといまも信じ込んでいて、よかれと思って楓に教えてくれようとしているだけなのだろう。それがほんとうにこの子のためになるのだと。そう思ったら、頭ごなしに否定することなんてもうできなかった。

「この子はあんま母親には似とらんね」

「ほうね、父親似なんかね」

「ほんでも、男の子は母親に似るとかゆうがね」

その日の午後も紘子や近所のばあさんたちが集まって、持ち寄ったみかんやせんべいをかじりながら大地を取り囲み、迷信めいたことを口にしていた。きれいな赤ん坊だ、えらい男前だ、父親はさぞかしイケメンなのだろうと、好き勝手に盛りあがるばあさんたちのすぐ横で、

「え、そう？　そんな言うほどイケメンかな？」

とやにさがった顔になっている先生の膝を、たしなめるように紘子が叩いた。近所の人の目のないところでは、自分のことを「ばあば」と呼んでさんざんはしゃいでいるくせに、とりすました顔でしらばっくれているところがいかにも狸婆だった。

いつもいかめしい顔をした意地悪ばあさんの紘子は、大地が生まれたとたん人が変わったようになった。かわいいとは聞いとったけどこんなにかわいいもんかねと、三日にあげずベンツを駆って孫の顔を見にやってくる。ばあばはもうじき死ぬで、あんたが大きくなるところを見られん

なんてなあ、と細い腕に大地を抱き、涙ぐむことさえあった。

そんな紘子を見ているうちに、ママにとってもこの子は初孫なのだというあたりまえのことに楓は気づいた。この子を見たら、ママはなんて言うだろう。紘子みたいにめろめろになるだろうか。それこそばあさんたちみたいに、母乳で育てろとか、抱きぐせをつけるなとかうるさいことを言いつのるかもしれない。

楓がそんな想像をしていると、玄関の戸が勢いよく開く音がして、金切り声をあげながらだれかが家に押し入ってきた。

「あのドアホ帰ってきとるんでしょ、どういうつもりでおんの、出てこやあよ」

なんや、だれや、えらい騒いで、とその場が騒然となり、すぐにその声の主が湊の母親——美咲（みさき）だということが判明した。


美咲は町でいちばんの美女だった。

先生の小説にそう書いてあった。小説では「千秋（ちあき）」という名前になっていたが、美咲のことだとすぐにわかった。かつて町でいちばんの美女と謳われた紘子（小説では「喜世子（きよこ）」）も老いには勝てず、新しく台頭してきた若い女「千秋」がその座を奪ったのだと書かれていた。

去年の十月に出た金村太陽の『修羅を抱く』を、最近まで楓は読んでいなかった。大地が生まれてすぐクリニックに見舞いにやってきた先生に向かって、野ゆりが「あんな内容の小説」呼ばわりしていたのが気になってスマホで検索をかけると、出版社のサイトに「自伝的小説」と書かれてあるのを見つけた。

また？　と率直に楓は思った。デビュー作の『人青（じんせい）』も自伝的小説といわれていたし、週刊誌で連載中の「薄氷をゆく」も先生自身と思われるような主人公と、野ゆりと思われるような妻との夫婦関係がモチーフになっている。なんべん書いたら気が済むんだろう。わざわざ小説に書くようなことが、一人の人間の身にそういくつも起こったりするものだろうか。

　電子書籍でも二千円以上したのでかなり迷ったが好奇心には勝てなかった。大地の世話をする合間に、楓は『修羅を抱く』をスマホで少しずつ読み進めていった。前半は主人公の母である喜世子の半生が、後半はヒロインである千秋との恋愛が中心に語られていた。先生から聞かされたことのある昔話と酷似したエピソードもあれば、はじめて知るエピソードもあった。読み進めていくごとに知らない話の割合が増えていき、野ゆりが「あんな内容の小説」呼ばわりしていた意味が次第にわかってきた。

　祖父の財産を蕩尽（とうじん）する父にかわり、主人公の「僕」を大学に行かせるため、喜世子はスナックのような小料理屋のようなちいさな店「わかな」を切り盛りしていたが、あるときからその店に、訳ありの若い女が住み込みで働くようになる。大学受験を間近に控えた「僕」は、若くして倦怠のムードを纏（まと）ったこの年上の女のことがやけに気にかかる。彼女――千秋のほうも「僕」を憎からず思っているようで、なにかとちょっかいをかけてくる。

「あんたみたいのは、この町じゃ、息をするのもしんどいでしょ」

　一年の半分近くを雪に閉ざされるこの町で、そんな千秋こそ、息苦しそうにあっぷあっぷする金魚のように「僕」には見えた。

　不況の波にのまれ零落したとはいえ、いまだに祖父の威光はちいさな町のそこかしこに残っていた。権力者の孫という立場からどこへ行ってもうやうやしく扱われるか遠巻きにされるかで、家にも学校にも居場所がないと感じていた「僕」は、「わかな」に入り浸るようになる。帰宅した喜世子と入れ違いに家を抜け出し、自転車を駆って「わかな」に向かうと、営業を終えて灯りを落とした店内で、ウィスキーを舐めながら千秋が待っている。散らかったままのカウンターに参考書を広げても、酔っぱらった千秋はおかまいなしに繰り言を続け、未成年の僕に煙草や酒をすすめてくることもあった。受験勉強どころではなかったが、甘い蜜に引き寄せられるように、毎日でも「僕」は「わかな」に通い詰めた。

嵐の夜、ずぶ濡れになった二人はたがいを温めあうように抱きあい、関係を持つようになる。千秋の体は泥のようにあたたかく、どこまでも「僕」をのみこんで埋もれさせた。ひとたび一線を越えたらたががはずれたようになり、雨の日も雪の日も毎晩でも何度でも、執拗に肌を重ねあわせた。

やがて千秋が妊娠する。「僕」は大学進学を断念し、千秋と結婚することを決意するが、そこへ思わぬ事実が判明する。千秋は祖父の愛人だったのだ。

父親を早くに亡くし、病気がちの母親を抱えた千秋は、町の権力者の愛人として高校生のころから囲われていた。町の人間と極力かかわらないようにしていた「僕」には知る由もなかったが、それはこの町の公然の秘密だった。祖父の事業が傾きはじめたこともあって、いったん「わかな」で千秋を引き取り、「ロンダリング」してからてきとうな縁談を見つけてやろうと算段していたところへ、「僕」が横から手を出す格好となったのだ。目論見が外れ、祖父は激怒して「僕」を殴った。喜世子は慌てふためき、泣きながら「僕」を責めた。

「僕を利用したのか」

最後に会ったとき、「僕」は千秋に訊ねた。

「うちのじいさんに――この町のやつらに復讐しようとして、僕を唆(そそのか)したんだろ」

「そうよ」と千秋はあっさり認め、真っ赤に塗った唇をゆがめて笑った。「あまりにも簡単に引っかかってくれるから助かったわ」

その春、「僕」は東京の大学に合格し、それきり町には戻らなかった。農家に嫁いだ千秋が、男の子を産んだということをだいぶあとになってから風の噂で聞いた。

千秋は嘘をついた。二十年以上の月日を経てそれが判明するのは、死の間際の喜世子の告白によってだった。

「私が頼んだの。あの子のことをほんとうに思ってるなら手離してくれって、私が千秋に頼んだのよ。今日まで一日も忘れたことはなかった。あなたと千秋を引き離したのは私なの。それがあなたのためだと、そのためなら修羅にもなろうと、あのとき私は決めたのよ」

私、間違ってなかったわよね？　とふるえる声で喜世子は問いかけ、答えを聞かぬまま眠りにつくように息を引き取った。

母の死に、かつての恋人から贈られた愛という名の嘘に、「僕」は慟哭する。初恋だった。だれがなんと言おうと、あれは「僕」の初恋だった――。

マジか。最後まで読み終わっていちばんに楓はそう思った。先生、マジか。

もちろん、書かれていることすべてが事実であると思ったわけじゃない。多少、いやかなり盛っているのだろうということは楓にもわかった。初体験でいきなり女をいかせるなんてファンタジーにもほどがあるし、そもそも紘子はまだ死んでいない。

それでも――そんなことは万が一にもありえないと思いながらも、湊の父親は先生なのか？　と一瞬でも疑ってしまったのはたしかだった。楓が湊の軽トラで家まで送ってもらったときに先生が忠告してきたこと、まるで自分の所有物であるかのように紘子が湊を扱っていること、湊のほうも紘子を「ママ」と呼んでやけに慕っているように見えること、これまで積み重ねてきたちいさな疑問が急に一本の線でつながり、まさか、そんな、と楓はうろたえた。ありえない。あるわけがない。だってそうしたら、湊と大地が兄弟ということになってしまう。

だからといって、湊に直接訊いてみるわけにもいかなかったし、野ゆりにはもっと訊けなかった。野ゆりはこの本をいつ読んだのだろう。読んで、どう思ったのだろう。もしかしたら読む前からここに書かれていたことを知っていた可能性もある。考えれば考えるほど、頭の中がぐしゃぐしゃになり、なにをどう感じたらいいのかさえ楓にはわからなかった。そうしているあいだにも大地はしきりに泣き声をあげ、そのたび思考が中断される。だんだん楓は気が遠くなってきて、もう知らん、と投げ出した。そうしていったん、脇に追いやっておくことにした。

おばさんじゃん。だから家に怒鳴り込んできた美咲を見て、楓は意外に思ったのだった。涼しげな目元をしたきれいめのおばさんではあったけれど、これが「町でいちばんの美女」なのかと拍子抜けしながら、玄関土間に仁王立ちする美咲を居間から覗き込んだ。若作りしているが、おそらく五十は越えている。白いダウンジャケットにジーンズというカジュアルな格好なのに、唇だけ燃えるように赤い。

これが美咲。先生が執着していた女。湊の母親。そう思って見ると、たしかに目元のあたりが湊に似ているような気もした。

「あんたアホか？　どの面下げて帰ってきとんの、こんな出鱈目（でたらめ）、こんな嘘八百書き立てといて、どういう神経しとんだか」

玄関まで出ていった先生に向かって、すさまじい剣幕で怒鳴りつけると、美咲は『修羅を抱く』の単行本を投げつけた。先生がとっさに顔の前で両腕を交差し、本はかわいた音を立てて土間に転がり落ちた。

冗談じゃない、ふざけんな、というのが美咲の言い分だった。本ばっか読んで陰気なオタクだったあんたがこっちをエロい目で見てたのには気づいとったけど、金村の孫を邪険に扱うわけにもいかんし紘子さんにも世話になっとったから、たまに手が空いとるときなんかにやさしくしてやったようなおぼえがないでもない、そんでも店で二人きりになって煙草を吸わしたり酒を飲ましたり、ましてや人様に言えんようなことなんか一度もしていない、あんたなんか相手にせんでも若いころにはいくらでも言い寄ってくる男がおったし、そのころにはいまの旦那とつきあっとったからここに書かれとるようなことになるはずもない、ましてやあんなじいさんの愛人になんてだれがなるかよ、一億円でもやらんわ、と堰（せき）を切ったように美咲はまくしたてた。

「東京で先生、先生ゆうておだてられて、トチ狂いでもしたんか？　え？　なんなんこれ、童貞の妄想でもあるまいし、よくもまあ恥ずかしげもなくこんなもん書きよって、あきれてものも言えんわ」

よう言うわ、あんだけようしゃべっといて、と楓のすぐ近くにいたばあさんがぼそっとつぶやいた。それはそうかもしれないが、この状況でよくそんなことが言えたものだと楓のほうこそ言葉を失った。小泉んとこの嫁がなんやらわめいとるけど、なんのことを言うとるのかようわからん、といった様子で他のばあさんたちもざわついている。

くの字形に開いて転がった土間の上の『修羅を抱く』を見おろし、この町のどれだけの人があれを読んだんだろうと楓は思う。昔からよく知っている金村んちの孫が東京で小説家になったこと、たまにそれが映画になったりドラマになったりすること、ときどき本人が新聞やテレビに出たりもすること、ついこのあいだ若い俳優と浮名を流したこと、大きな賞の候補になったこと、その現象に興味がある人はいても、金村太陽が書いた小説に興味がある人は、この町にはそんなにはいないようだった。図書館にある金村太陽の本は、だれにも借りられずいつも棚におさまっているし、第一、この町には書店すらない。

でもこの人は読んだのだ、と改めて楓は美咲の姿をまじまじと見た。この本を手に入れようと思ったら、ここから車で三十分近くかかる書店に行くか、ネットで取り寄せるしかない。そこまでしてこの人は、二千円以上するこの本を読んだのだ。

「いや、帯では自伝的小説と謳ってはいるけれど、あれはある種のブラフっていうか、自分としてはオートフィクションのつもりで、ありえたかもしれないもう一つの現実を書いたようなところがあって、言うなれば思考実験のようなもので……」

ばあさんたちに最前列に押しやられた先生が、ごにょごにょと反論めいたことを口にしていると、亡霊のようなものが楓の目の前を通りすぎた。いつのまに降りてきたのか、二階で寝ていたはずの野ゆりが音もなく玄関に姿を見せたのだった。

「なにかかんちがいされているみたいですけど」

ばあさんたちをかきわけて野ゆりは前に出た。まずいところを見つかったとばかりに先生は首をすくめたが、それにはいっさい見向きもせず、野ゆりは美咲をまっすぐに見おろしていた。

「あれは小説ですよ。おっしゃるとおり、なにもかも出鱈目な嘘八百。だってそうでしょう、小説なんですから。そのような言いがかりをつけられても困ります」

青白い顔でうっそりと野ゆりは笑った。その場が静まりかえり、野ゆりの声だけが響いた。

「だからって、あんなの、あんまり、バカにしとる……」美咲の声は急にしおしおとしぼんで、勢いを失っていた。「うちんとこの家族だけの話とちがう、この町の人らのこと、なんやと思っとんの。田舎者やと見くびってバカにしとんのやろ。やなきゃあんな、あんな……」

なにかを堪えるように赤い唇を嚙んだが、まにあわなかったようだ。次の瞬間、美咲の目から涙がこぼれ落ちた。微動だにせずそれを見おろす野ゆりは、体温も実体もともなわない小説の登場人物のようで、この人がだれなのか、楓はわからなくなった。

3

三月半ばにはまだ残っていた根雪が解け、春がきたと楓がようやく実感できたのは四月に入ってからだった。水道の水はまだ身震いするほどつめたかったし、暖房なしではいられないほど気温も低かったが、朝、窓を開けたときの空気のにおいが春だった。長い眠りから目をさましたみたいに窓から見える緑に照りが出て、近所の年寄りたちが筍(たけのこ)や山菜を携えてやってくるようになり、街道のほうでは桜のつぼみも開きはじめたようだった。

四月の最初の日曜日、日が暮れるころにおもてで車の音がして、すぐに紘子がやってきたことに気づいた。ずっと家に閉じこもっていた冬のあいだに、楓は軽トラとベンツとディフェンダーのエンジン音を聞きわけられるようになっていた。

「野ゆり、おらんの」

居間にあがってきた紘子は、大地が眠っていることを確認すると小声で訊ねた。

「大山(おおやま)さんち行ってる」

授乳用のクッションにもたれてスマホをいじっていた楓は、目だけあげて答えた。毎年恒例になっている味噌の仕込みをするのだといって、野ゆりは午後から手伝いに駆り出されていた。

ソファに体をあずけた紘子は、手持無沙汰な様子でつけっぱなしのテレビから流れてくる「サザエさん」を眺めている。もともと痩せていたが、はじめて会ったときよりさらに痩せたようだった。このばあさん、ほんとにもうすぐ死ぬんだな、と楓は思う。去年の夏にはまだあった刺々しさ、それこそがこの人本来の持ち味だと思えるような印象が淡くおぼろになって、生命が抜け落ちていっているのが目に見えるようだった。

紘子が余命一年の宣告を受けたのが去年の一月ということだから、そこから三ヶ月生き延びている計算になる。「孫の成長を見たい一心で余命を延長してるんだな」と冗談っぽく、けれど目を潤ませながら先生が言っていたけれど、気合いで余命が延びるなら紘子はそれぐらいやってのけるだろうという気がした。大地が生まれてすぐのころは雪が降っていようとおかまいなしにしょっちゅう顔を見にきていたのに、このごろだんだん間遠になっているから、出歩くのも億劫なほど体調が悪くなっているのかもしれない。

死ぬために生きてるようなものだと言って憚らなかった紘子が、孫の成長する姿が見られないと言って涙を見せるたび、どうしたって楓は未来の自分の姿を重ねずにはいられなかった。生きながらこの子に会えなくなるのと、それはどちらが無念だろう。

二月の半ばにこの家に怒鳴り込んできた美咲を近所のばあさんたちがなだめて帰したあと、居間に残された紘子と先生が言い争っていたことを楓は思い出す。

「どっかでたかを括っとったんやろ。どうせここいらの人間は本なんか読まんやろうから、なにを書いたってかまわんやろって」

ばあさんたちが食べ散らかした菓子の包みやみかんの皮を拾い集めていた先生に向かって、投げつけるように紘子が言った。

「いや、だからさっきも言ったけどあれはそういうことじゃないんだって。たとえ小説に書かれていることが現実に酷似していたとしても、あくまでそれは作家の目を通し、作家を媒介にして再構築されたものなわけだから、それをいっしょくたにしてああだこうだ言われても困るっていうか。そもそも俺が目にしたもの、俺が体験したことは、もう俺自身のものだろ？　それをどうしようが俺の勝手じゃ――」

早口に言い返そうとする先生を、「あんたはすぐそうやって口ごたえしようとする。最後まで黙って聞かんか」と紘子は一喝した。

「あんたは昔からそう。他人を見くびる。何様のつもりでおんのか知らんけど、自分だけがなんでも知っとるみたいな顔して驕（おご）っとる。どんだけたくさんの本を読んだか知らんけど、それがなんやっちゅうの。あんたなんかなんも、なに一つだってわかっとらへんやろが。やたら理屈っぽくて口は立つけど、そんだけ。その場その場でてきとうな御託をならべて相手を言い負かしたらなんとかなるとでも思っとるんか。お父さんそっくりやわ、しょうもない」

紘子は大きく息をつき、育て方をまちがえたわ、としわがれた声でつぶやいた。それから、大地をあやしていた楓に向かってなにかを託すように言ったのだった。「あんた、気をつけたらなかんよ。その子が父親みたいにならんように」

それから数日も経たないうちに、小泉んとこの嫁がえらい剣幕で金村のぼんのとこに乗り込んできた一件は集落一帯に知れわたり、年寄りたちはその話題で持ちきりだった。針のむしろになる前に、先生はすぐさま荷物をまとめて東京へ逃げ帰り、ネズミでもあそこまで逃げ足は速くないだろうよと紘子が呆れていた。

これだけの騒ぎになっているのにほとんどの人が『修羅を抱く』を読んでいない、あるいは読もうともしないせいで、美咲が悪者にされてしまっているのが、楓は気の毒でならなかった。その一方で、わめきちらす美咲を黙らせ、迎え撃ちにした野ゆりはジャンヌ・ダルクのように称えられていた。もっとも楓の手前そう言っているだけで、よそでは野ゆりを鬼嫁だとか怖ろしい女だとかこきおろし、美咲に同情する声もあがっているのかもしれない。

「ほんでも、こないだうちんとこの娘が、ぼんの本買ってきたゆうで、さわりだけぺらぺら見とったんやけど」

近所のばあさんたちが集まっていたときに、ひときわよく通る声で石橋(いしばし)のばあさんが言い出したので、すぐ横で大地のおむつを替えていた楓は思わず耳をそばだてた。

「なんや知らんけど、これ、美咲のことゆうか、紘ちゃんのことやないのって思えてならんもんで……」

ばあさんたちが息をのみ、目配せしあうのが気配でわかった。首を突っ込みたくなるのをこらえ、使用済みのおむつを丸めながら、楓は素知らぬふりでばあさんたちの会話を盗み聞きした。千秋ゆうのが美咲のことで、この喜世子ゆうのが紘ちゃんのことやろ？——なんや、ようわからん、読んどらんもん——やもんで、紘ちゃんの若いころの——え、あんた知らんの？——ちょお、やめときゃあ、赤ん坊のいるとこでする話やないわ。

急にひそめた声になり、肝心なことを口にするのを避け、目配せだけで話しているので、なんの話をしているのか楓にはさっぱりだった。かろうじてわかったことといえば、紘子の若いころになにかあったこと、どうやらそれはこの集落のだれもが知っているけれど、口にするのが憚られるような公然の秘密であることぐらいだった。

「ばあば」

直接訊いてみようかと思いつき、楓は紘子に呼びかけた。紘子とさしで話すことなんてめったにないから、この機会を逃したら次はいつになるか、へたしたらなにも聞き出せないまま死んでしまうかもわからない。

テレビでは、「サザエさん」のひたすら陽気なエンディングテーマが流れている。画面に目を向けたまま、紘子がまるきり応じる様子がないので、「ねえ、ばあばってば」眠っている大地を起こさないよう極力声をしぼってもう一度呼びかけた。

「あんたのばあばになったおぼえなんかあらへんわ」

こちらをちらとも見ないで紘子が言った。クソばばあ、と楓は内心で舌打ちした。「じゃあなんて呼べばいいの」

「知らん。名前で呼んだらええやろ」

「……紘子さん、あの本、読んだの」

楓が訊くのと、玄関の柱時計が鳴るのがほとんど同時だった。

「え、なに？」柱時計の音で聞こえなかったのか、それともふりをしているだけなのか、紘子が大げさに顔をしかめる。「だから、先生のあの本だって」と楓が重ねて訊こうとしたとき、玄関の戸の開く音がして、木製の樽を抱えた野ゆりが姿を見せた。

「ごめんなさい、遅くなって、紘子さんきてるなんて思わなかったから。どうします？　ごはん食べていきます？　山菜もらってきたから天ぷらにして、おそばでも茹でましょうか。もらいものの桜海老もあるから、せりといっしょにかき揚げにして……」

帰ってくるなりあたふたと夕飯の算段をはじめる野ゆりに、やれやれと紘子が肩をすくめる。

野ゆりの過剰な嫁ぶりに、紘子も辟易しているのだろう。

「それ、味噌?」

紘子から話を聞きそびれたことにどこかほっとしながら、楓は玄関まで出ていって野ゆりに訊ねた。小さいのと大きいのが一つずつ、土間に並べて置かれている。

「うん。このまま半年ぐらい熟成させたら食べられるようになるよ」樽の蓋をぽんぽん叩きながら野ゆりが答える。「紘子さんの分ももらってきたから、小さいほう、帰りに持っていってください ね」

「いいよ、あたしは」と居間から土間を覗き込み、羽虫でもはらうようなしぐさで紘子が手を振った。「そのころには、もう死んどるやろ」

「またそんなこと言って」

怒っているような困っているような中途半端な表情で野ゆりが息を吐いた。笑おうとして、うまくいかなかったみたいだった。そこへ、大地の泣き出す声がして、三人が三人とも、光を見るようにはっと顔をあげた。


春がきたとたん、野ゆりは楓に外出を強要するようになった。雪が解けてどこへでも行けるようになったのだから、たまには自分だけの時間を持ったほうがいい、せっかく免許を取ったのに運転しないでいるとすぐに勘が鈍るから、と野ゆりは言うのだが、そろそろ大地と離れる心づもりをしろと言われているように楓には聞こえた。それでしかたなく一人で家を出て、行くあてもなくディフェンダーをあちこちへ走らせた。

その日も楓は、昼食後にほとんど追い出されるような形で家を出た。どこかへ行けと言われても、行きたい場所なんか思いつかなかった。月曜日で図書館もやっておらず、どこで時間をつぶしたものかと川沿いの道を走っていたときに、藪に覆われた元ドライブインの駐車場に、見慣れた軽トラが停まっているのを見つけた。

「配達終わったもんで、休憩しとったとこ」

　空のコンテナを積んだ荷台の上にあぐらをかき、湊は煙草を吸っていた。

「やっぱかっこええな」

　楓が軽トラの荷台によじのぼると、すぐ隣に停めたディフェンダーをまぶしそうに眺めて湊がつぶやいた。

「そうか？　ただでかいだけじゃん」

「女にはわからんやろな」と湊が鼻で笑ったので、「うざ」と楓は顔をしかめてみせた。遮るもののいっさいない空に、二人の笑い声が響いた。

「よくくるの、ここ」

「よくっていうか、まあこの時期は。こっから桜見えるしな」

　そう言って湊は、川の向こう岸を彩る桜の木を見やった。どうせならもっと近くで見ればいいのに、対岸から眺めているだけなんていかにも湊らしい。

「だれが植えたんか知らんけど、あんな場所でも毎年咲いとるわ」

「ほんとだ、あんなきわきわのところ、土砂崩れなんか起きたらすぐ落っこちちゃいそう」

「そんでも、落っこちんようにちゃんと補強はしとるみたいやけど」

　粉っぽい空気に楓がくしゃみをすると、つられるように湊もくしゃみをした。春とはいってもまだ長袖一枚では寒いぐらいなのに、湊はすでに半袖Tシャツ一枚で、そこから伸びた腕はよく磨きこまれた木肌のようにすべらかだった。

「どんな場所やろうとそこにおらなしゃあないやろ。たまたまそこに生えてまっただけで、桜だって自分で選んだわけやないし」

「だから、湊のほうから会いにきてるんだね」

柄にもないことを言ってしまった気がしたが、湊はへんに茶化したりせず、「そうかもしれんな」とうなずいた。

こういった湊の素朴さを目の当たりにすると、いつも楓は泣きたいような気持ちになる。相手の反応や顔色を気にすることなく、言いたいことを言いたいようにのびのびと口にしていた子どものころを思い出し、失ったものへの郷愁で胸がしめつけられる。いつだったか、あんたと話してると自分がすごく汚れているように感じると楓が言ったら、「田舎者やからな」と湊は笑っていたけれど、そういうことでもないんじゃないかと思う。

湊と顔を合わせるのはずいぶんひさしぶりだった。出産してすぐ、なにかのついでのときに湊が家に立ち寄って大地の顔を見ていったのが最後で、それきりなんとなく連絡できないでいた。あの騒動のことは湊の耳にも入っているだろうし、先生が楓に釘を刺してきたように、湊も美咲からなにか言われているにちがいないと思った。

「あー、なんや、うちの母親がゆうとったな」

けれど、余計な気をまわしていたのは楓のほうだけだったようだ。それとなく楓が訊ねてみても、湊はいたってのんびりした調子だった。「ほんで、それがなに?」

「それがなに?　って訊かれても……だって、なんか言われたりしないの、近所の人とかに」

「さあ、知らん。なんや、どっかでゆわれとんのかもしれんけど」

しらばっくれるなんて芸当をできるとも思えないから、本心で言っているのだろう。「他人事だなあ」思わず楓は笑う。

「そっちこそ、自分のことでもないのに、なにをそんな気にしとんの」

新しい煙草に火をつけながら不思議そうな顔で湊が訊ねるので、「自分のことなのになんで気にならないのか、逆にこっちが訊きたいぐらいなんだけど」と楓は言い返した。「お母さんのことあんなふうに小説に書かれて、よく知らん顔してられるね」

「そんなん言われても、そもそも読んどらんし。どうせあんなん、ぜんぶ嘘やろ。いちいち相手にすんのもあほらしいわ」

湊はあくまで他人事で、心底どうでもよさそうに首を掻いている。

「そう、なのかな」どう答えたものか迷い、斜面にへばりつくように咲く対岸の桜に楓は目をやった。「だとしても、大騒ぎするほうがまちがってるなんて、そんなことはないと思うけど」

先生の小説の中に、自分によく似た影を見つけてはひそかに一喜一憂していたことを、いまさら楓は恥じていた。正面切ってちゃんと怒ることのできる美咲のほうが、むしろすごいんじゃないかって。

どうして美咲はあの小説を読んだんだろう。ずっと引っかかっていたことを改めて楓は考えてみる。自分がモデルになっているとだれかに聞いたか、なにかで見たかして？　それとも、金村太陽の新作が出るたびに律儀に手に取っていたのだろうか。そこに自分の影を見つけて、あるいは見つけられずに一喜一憂する、そんなひそやかな愉しみを美咲もおぼえていたのだろうか。

ぜんぶがぜんぶ、嘘でもなかったんじゃないかと楓は思う。あの小説の中にだって、ほんのひとにぎりでも真実はあったのだろう。そうしてそれは、先生と美咲の二人しか知りえないようななにかだったんじゃないか。楓にはそんなふうに思えてならない。

「嘘だと思ってたことがほんとうだったなんてこと、現実にもいっぱいあるじゃん。それをきっちり区別することなんてだれにもできないし」

まどろっこしい気持ちになりながら楓は言葉を探した。伝えたいことの1%もまともに言葉にできていない気がしたが、湊を傷つけたくなかったし、湊の中にある母親のイメージを損ないたくもなかった。それが楓を臆病にさせていた。

「少なくとも先生が、湊のお母さんに執着してたことはたしかだよ。それは、まちがいない」

「なんで？」

「え？」

「なんでそんなことがわかんの。本人から聞いたんか？」

「わかるよ、そんなの、女の勘ってやつ」

楓はとっさに言いつくろった。「美咲」という源氏名を見た先生が、デリヘルで自分を指名したなんて口が裂けても言えるはずがなかった。

「先生にとっては初恋だったんじゃないかな。うちの先生、ああ見えて意外に一途なとこあるから――いや、それにしても、まさか先生の一方的な片思いで、まったく相手にもされてなかったとは思いもしなかったけど……」

あははは、としらじらしい笑い声をあげる楓を、なんだこいつとでもいう目で湊が見る。その目に射貫かれ、いまここにいる自分だって、幾重にも嘘を塗りかためた存在であることを楓は思い出す。

湊の目に、いま自分はどう映っているのだろう。野ゆりの親戚だという設定を、いまだに信じているのだろうか。男に捨てられ、田舎に逃げてきてひっそりとその子どもを産んだかわいそうな女だと。ほんとはちがうのに。そんなんじゃないのに。

ママから逃げるために家を飛び出したこと。東京で暮らしていたときのこと。悪いものを食べ、悪いことをして、ママからもらった体を痛めつけるほど自由になれると思っていたこと。悠仁と結婚してすぐだめになって、お金のために体を売ったこと。大地の父親は先生だということ。心も体もすごくすごく汚れていること。

どうして話しちゃだめなんだろう。ぜんぶぶちまけたところで、おそらく湊はどうもしないだろう。少しぐらいは驚くかもしれないが、ほうか、と気の抜けたような声を出し、「ほんで、それがなに？」と眠たそうに言ってあくびを嚙み殺す。対岸の桜をぼうっと眺めるように、それきりなにも言わずに放っておいてくれる。だれかに言いふらすこともなく、楓を軽蔑することもなく、それまでどおりにしていてくれる。そんな期待を楓は抱いたが、けれどやっぱりほんとうのことは告げられなかった。

「いや、ないわ。考えれば考えるほどないって思えてきた。うちの先生、どんだけ面の皮が厚いんだろ。湊のお母さんにまったく相手にされてもなかったのに、よくあんなこと書けたよね。マジで信じられない。やっぱり湊も怒ったほうがいいよ。ううん、怒るべきだ。一発ぐらい殴っといてもいいぐらい。あれは小説だからなんて、そんな言い訳通用するわけない」

「聞けば聞くほど、深入りせんほうがいい気がしてくるな」

「それはそうかも。対岸から見てるぐらいがちょうどいいとは思う」

「なんやそれ、どっちよ」

湊が笑った拍子に煙草のけむりが流れてきて、楓は目をすがめる。一口ちょうだいとねだったら、新しい煙草を一本よこして湊が火をつけてくれた。なつかしい東京の味がした。

「あ、しまった。帰ったらおっぱいあげなきゃなのに、煙草吸っちゃった」

「ちょっとぐらいならいいやろ」

「いいんかな」

「知らんけど」

「知らんのかよ」

「好きにしたらいいやん」

「なにそれ、どっち」

てきとうな湊の受け答えに声をあげて笑っている、いまこの瞬間だけは、自分がだれなのか忘れていられた。


駅前にぽつんと建つ「ミカド」の駐車場に、紘子の銀色のベンツが停まっている。そのすぐ隣にディフェンダーを停め、楓は後部座席から仕込み味噌の詰まった樽をおろした。

スナックなのに駐車場があるってどうなの、とひとりごちながら、塗装の剝げかかった「ミカド」のドアを肩で押す。「準備中」の札がかかっているのに鍵はかかっておらず、すんなりドアが開いたことにもはや楓は驚かなかった。このへんではそれがあたりまえのことらしい。留守にするときにうっかり鍵をかけて出たりすると、近所の人間を信頼してないのかと後ろ指をさされるはめになるのだと前に野ゆりが話していた。

前を通りかかることはあったが、「ミカド」の中に入るのははじめてだった。テーブル二つにカウンターだけの店内は薄暗く、ステンドグラスの窓から入ってくるわずかな陽の光をたよりに奥へと踏み込んでいく。マジックペンで名前の書かれたコーヒーチケットがいくつも壁に留められ、カウンター奥の棚にはラベルに直接名前が記された焼酎やウィスキーのボトルが並んでいる。紘子が死んだら、このチケットやキープした酒はどうなるんだろう。楓はカウンターをくぐりぬけ、厨房の奥、炭酸水やジュースの段ボール箱が積まれてあるすぐ横に味噌樽を置いた。

「私が行ったら警戒されるだけだから、あなたが行ってバレないように置いてきて」

と出がけに野ゆりに頼まれたのだった。「警戒されるって」と思わず楓は笑ったが、野ゆりはくすりとも笑わなかった。紘子のところにこの樽を置いておけば、半年先まで命を延ばせると本気で信じているみたいだった。YouTubeでは科学的なエビデンスがどうとか言ってるくせに、こんなまじないみたいなことをして、それを矛盾だとも思ってない野ゆりがおかしかった。

「だれやと思ったらおまえか。なんや、こそこそと、勝手に入ってきて」

「うわ、びっくりした」

白い寝間着姿の紘子が、二階から下りてきてぬっと顔を出した。顔色まで真っ白で、もう死んでいるみたいだった。

「鍵もかけないでいるほうが悪いんじゃん。さすがに不用心すぎでしょ。だれかが入ってきたりしたらどうすんの」

「だれが入ってくるゆうの」呆れたように言って、紘子は入口のドアのほうを顎でしゃくった。

「おもて見てみぃ。人っ子ひとり歩いとらんやろ」

「それはそうかもしれないけど、でも、実際入ってきてるのがいるし、いまここに」

自分を指さしながら楓はぎくしゃくと笑ってみせたが、紘子は面白くもなさそうに首を鳴らすと、「なにしにきた？」と訊ねた。

「や、なにしにきたってわけでもないけど……」味噌樽のほうは極力見ないようにして楓は答えた。「運転の練習がてら気分転換してこいって、今日もゆりちゃんに家を追い出されて……そうはいってもどこも行くとこないし、それで、なんとなく？　コーヒーも飲みたかったし」

出まかせだったが、口にしたとたん、ほんとうにコーヒーが飲みたい気がしてきた。先生がいるときぐらいしか野ゆりは家でコーヒーを淹れないし、妊娠中や授乳中にカフェインはよくないんじゃないかと長いあいだ避けてもいたから。

「野ゆりも無茶なことゆうてから」

吐き捨てるようにつぶやくと、紘子はのろのろした動作で階段を引き返していった。いよいよ体に限界がきているのかもしれない。定休日でもないのに営業しとらんことが増えたと、ついこのあいだ近所の年寄りたちも話していた。

様子を見に二階にあがったほうがいいのか、それともこのまま帰るべきなのか迷っていると、身支度をととのえた紘子が再び階段を降りてきた。髪をまとめ、うすく紅まで刷いて、ぴしっとした開襟シャツと麻のパンツに着替えている。

「営業時間外やで、高くつくよ」

紘子はポットを火にかけ、コーヒーを淹れた。甘く香ばしいにおいが店内に満ちる。紘子の淹れたコーヒーは、舌がびっくりするほど濃くて苦かった。

「運転の練習ゆうなら、ベンツ運転してみる？」

しわの寄った唇をカップから離し、急に思いついたように紘子が言うので、「えっ？」と楓もカップから顔をあげた。

「いっぺんぐらい、ベンツ運転してみたないか」

「したい」
残りのコーヒーを飲み干すと、二人は鍵もかけずに「ミカド」を飛び出した。

その日から野ゆりに家を追い出されると、楓はまっすぐ「ミカド」に向かった。おもてにはいつ行っても「準備中」の札がかかっていて、客のいない薄暗い店内で紘子が淹れてくれたコーヒーを飲んだ。厨房に立っているのもしんどくなってきたのか、「あんた自分でやりゃあ」と紘子が言い出し、そのうち楓がかわりに淹れるようになった。使っている豆も道具も同じなのに、楓が淹れるとコクのないさらさらした味になった。初日にこっそり置いていった味噌樽はすぐに紘子に見つかってしまったが、「こんなとこに置いといたって腐らせるだけやわ」と呆れたように言うだけで、持って帰れとは言わなかった。

二人でベンツを乗りまわし、日が暮れるころに戻ってくると、近所のじいさんたちが勝手に店に入りこんで、ボトルの酒を飲みながらナイターを観ていたりする。じいさんたちの相手をするのも億劫そうに紘子が二階にあがってしまうと、しかたなく楓はカウンターに入り、じいさんたちの言いなりになって氷を用意したり、業務用の冷凍餃子を焼いたりする。

どうやらこの店は、コーヒーを出す昼の部はばあさんたちのサロンになり、酒を出す夜の部はじいさんたちのオアシスになっているようだった。町にある数少ない飲食店としていまでは重宝されているが、当時まだ独身だった紘子がこの店を始めたころはずいぶん風当たりが強かったという。「町でいちばんの美女」である紘子が駅前でスナックなんか開いたら、亭主が家に帰ってこなくなると女たちから大反発を食らったのだそうだ。

それから半世紀、町から飲食店が消えていくにしたがって「ミカド」も少しずつ業態を変え、コーヒーや軽食を出すようになり、この町になくてはならない存在になっていく。一時期、美咲が二階に住みついていたように、行き場のない女たちのシェルターのような役割を果たしていたこともあった。紘子が死んだら、野ゆりにこの店を引き継いでほしいと集落の住人たちは願っているが（「この店があらんくなったら、わしんたあどこでナイター観たらええの」）、紘子にも野ゆりにもその気はないようだ――といったことを近所の年寄り連中から楓は聞かされた。

「そしたら、ちいママがこの店継いだらええやん」

何度か店を手伝っているうちに、いつのまにか楓は、じいさんたちから「ちいママ」と呼ばれるようになっていた。

「そらええ、祝いにボトル入れたるわ、竹鶴のボトルをよ」

「どうせわしら、あとは死ぬだけやし、好きなだけぼったくればええわ」

「ぎょうさん稼いで息子を大学に行かせたらな」

「勝手なこと言わないで。うちの息子がそんな年になるころには、このへんの人たちみんな死んでだれもいなくなってんじゃん」

じいさんたちをあしらって店から追い出すと、二階の紘子に声だけかけて楓は「ミカド」を後にする。すでに外はとっぷりと暮れ、群青色の夜空に無数の星がばらまかれている。水っぽい風が首筋を撫で、ふいに楓は、もうずっとここでこうして暮らしてきたような錯覚をおぼえる。

それも悪くないいんじゃないかと楓は思う。この町でこの店を引き継いで、大地を大学にやるだけの金を稼ぐのは無理でも、自分と大地の食い扶持ぐらいは稼いで、学費は先生に出させればいい。うっかりそんな夢を見そうになる。

ぬかるみにタイヤを取られないかとびくびくしながら、街灯もない真っ暗な田んぼ道をディフェンダーで走り抜け、やっとのことで本宅にたどりつくと、楓はまっすぐベビーベッドに向かい、大地の頭皮に鼻をくっつけて汗とミルクのまじった匂いを吸い込んだ。いつまでもそうしているから、またやってる、とそのたび野ゆりに笑われた。だいちゃんと引き離す私が悪者みたいじゃない、と。それには答えず、お腹すいちゃった、晩ごはんなに？　と甘えた声で楓は訊く。

ベンツの運転に楓がようやく慣れてきたのは、集落の田んぼに水が満ち、田植えがはじまるころだった。オートマティックのベンツは驚くほどくせがなく、するすると滑るように走った。

悠仁がよく言っていた「いい車」ってきっとこういう車のことなんだろう。そう思ったら、いますぐにでも楓は悠仁に報告したくなった。悠仁、私ベンツ運転したよ、悠仁は運転したことある？　届けられない言葉ばかりが腹の底に溜まっていくのを、車窓を流れる景色のように楓はただ眺める。

五月の山村は、どこもかしこも絵の具を直接しぼりだしたような色に輝き、土と水のまじりあった匂いにみちている。そこを右、そのまままっすぐ、と助手席に座る紘子の指示にしたがって進んでいくと、やがて車は集落の共同墓地にたどりついた。

「このへんの人間はみんな親戚ゆうか、大きなひとつの家族みたいなもんやで」

山裾の斜面に、十にも満たない墓石が並べられているだけのちいさな墓地だった。そこにあるすべての墓を紘子は順に清めていった。今日は朝から体調がいいみたいで、つば広の帽子をかぶった顔もどことなく明るい。

「みんな親戚って、血のつながりがあるってこと？」楓が訊ねると、「あったりなかったりやな」と墓石に柄杓（ひしゃく）で水をかけながら紘子が答えた。「ないってことになっとるけど実はつながっとったり、あるってことになっとるけど実際はつながっとらんかったり、そんなんばっかりやわ。まあ、元をたどれば、どっかしらでつながっとるのかもわからんけど」

「すごいどろどろ。『源氏物語』みたい。田舎やばくない?」

「よう言うわ。あんたやって、人のこと言えた義理やないやろ」

「たしかに」

軽く笑い飛ばすと、しょうもない子だねとでもいうように紘子が首をすくめた。

墓前にそのままになっている枯れた供花や線香の灰をとりのぞき、落ち葉や枝をはらい、雑巾で汚れを拭って、仕上げに水をかける。見よう見まねで楓も手伝った。ちいさな墓地なのに、ぜんぶの掃除を終えるまで二人がかりでもかなりの時間を要した。

「ここらの人間はずっとそういうふうにやってきとった。ここで生まれた子どもはみんなの子どもみたいなもんやって、おんなしように育てとったの。あんたの子ぉやゆうて女が子どもを連れてくりゃ、なんも言わんと、畑や山を売り払ってでも面倒を見てやんのが男の甲斐性やって、うちのじいさんもゆうとったわ」

最後に金村家の墓を清めると、紘子は線香と煙草を墓前に供え、長いあいだ手を合わせていた。

「先生のおじいさんって、そんなにいっぱい愛人がいたの?」

ごみをまとめていた手を止め、楓は紘子に訪ねた。真実を知ってしまうのはこわかったが、訊き出すならいましかないと思った。

「愛人ゆうか、このへんのきれいどころはみんなじいさんのお手つきやったでな」

「――」

楓が絶句すると、「冗談やわ」と紘子が笑った。「それこそ光源氏じゃあるまいし」

墓のすぐ横の大きな岩に腰をおろし、紘子は空にのぼっていくけむりを見あげた。

「それって、どう……つまり、その、みんながみんなじゃないにしても、何人かは、いたってこと？」

「なんや、まわりくどい。訊きたいことがあるならはっきり訊いたらええやろ」

楓が訊きたがっていることを、おそらく紘子はわかっている。わかっていて、こんな意地悪をしているのだろう。クソばばあ、と思って楓は舌打ちする。

そのとき、視界の端でなにかが動いた。はっとして振り返ると、藪から出てきたたぬきと目が合った。お供えに持ってきたびわを奪われないよう、とっさに楓はたぬきを威嚇した。

「おかしな子やね」喉を鳴らして紘子が笑う。「そんなもん、くれてやりゃええやろ」

「愛人だったの？」笑い声にかっとなり、単刀直入に楓は訊いた。「じいさんの愛人だったのは、美咲さんじゃなくて紘子さんだったんじゃないの？」

その可能性に思いあたったとき、そんなまさかとすぐにうち消そうとして、すべてのピースがあるべきところにぴたりと嵌まった気が楓はした。いままで腑に落ちなかったことすべてに、それで納得できてしまう。そしたらもう、そうとしか思えなくなった。

「わかっとったんやろ」

あまりにもあっさり紘子が認めたので、拍子抜けして膝から崩れそうになる。

「わかんない、そうなのかなとは思ってたけど、確信が持てなかったっていうか、持ちたくなかったっていうか……」

山から吹く風が白くひよひよした紘子の後れ毛を揺らし、かすかに視界が震えた。楓自身が震えているのかもしれなかった。

「あたしも焼きがまわったかねえ」

そう言うと紘子は、しみの浮いた腕を伸ばした。楓はすぐにその手を取り、紘子を立たせてやる。ちょっとでも力の加減をまちがえたら、ぽきりと折れてしまいそうに細く頼りない腕だった。

「置き土産に、昔話を聞かせたるわ」


墓地を出たときには晴れていたのに、駅前に戻ってくるころにはフロントガラスにぽつぽつ雨が落ちてきた。まだ早い時間だからか、「ミカド」のカウンターにじいさんたちの姿はなく、入ってすぐに紘子がドアに鍵をかけた。降り出したばかりだというのに、店の中にはすでに雨の気配が入り込んでいた。

「ミカド」の二階は思っていたより物が少なく、こざっぱりと整えられていた。二間の和室に茶だんすとちゃぶ台が置かれているだけの仮住まいみたいな部屋。

よく冷えたビールが飲みたいと紘子が言うので、一階から瓶ビールを持ってきて、乾杯もせずにグラスを傾けた。楓にはビールの味なんかよくわからないが、肉体労働したあとの体に気持ちよくしみわたった。

「あ、やば、帰り運転してかなきゃなのに」

「かまやせんわ、どうせここいらに警察なんかおらんで」

二口三口グラスを傾けただけで、紘子はそれ以上ビールに口をつけなかった。かわりに、墓前に供えるために買ったハイライトに火をつけて軽くふかした。

「最初に断っとくけど、あの子はじいさんの子とちがうでね。そこまでのことは、あたしもようせんわ」

いきなり核心をつく話が飛び出してきたので、楓はビールを噴き出しそうになった。すぐに自分へのあてこすりだと気づき、「そういうのを目クソ鼻クソを笑うっていうんだよ」むっとして言い返すと、紘子が意外そうに目を丸くした。

「なに？」

「いや、あの子の——太陽の父親がようゆうとったなと思って」

「えっ、目クソ鼻クソ？」

「ここいらの人間はそんなんばっかりやって、どいつもこいつも鼻クソみたいな顔してゆうて……まあ、でも、そやな」そこで紘子はくつくつと笑い出した。笑った拍子に煙草のけむりが視界を白く染め、紘子の輪郭があやふやになる。「あたしとしたことが、目クソのくせに鼻クソを笑うみたいなこと、ゆうてまったわ」

「でも実際、目クソと鼻クソだったら鼻クソのほうがいやだよね」

そんな諺があるなんて、先生に教えてもらうまで楓も知らなかった。先生が勝手に作った格言めいたジョークなのかと思っていたぐらいだ。でもそうか、と楓は思う。先生も父親から教わった言葉だったのか。

「ああ、ほんと、しゃあない」ひとしきり笑い終えると、紘子は目尻に浮かんだ涙を指ではらった。「なんやもう、シリアスな気分が台無しやな」

昼間は体調がよさそうだったが、日差しの下を動きまわったせいか、顔に疲れがにじんでいる。ふいに沈黙が降りてきて、トタン屋根を打つ雨の音が部屋の中まで聞こえてくる。唾を飲み込んだらその音まで響いてしまいそうで、みじろぎするのも躊躇してしまうような緊張の中、「どっから話したもんかね」と静かに紘子は語り出した。

地元の高校を卒業した紘子は、温泉街の旅館で通いの仲居をしていた。いまではこの町の子どものほとんどが高校を卒業すると名古屋や東京へ出ていってしまうが、当時は同級生の半分近くが地元で職を見つけるか、てきとうな嫁ぎ先を見繕(みつくろ)うかして、ここに留まったのだという。気軽に海外に行けるような時代でもなかったから、都会からのハネムーン客が引きも切らず押し寄せ、地元の産業もいまよりずっと活気があり、町中が祝祭のムードに満ちていた。

「じいさんもな、若いころは羽ぶりもよければ男ぶりもよくて、あれでなかなか魅力的な人やったもんで」

父親ほど年の離れた相手とどういう経緯でそうした関係になったのか、紘子は多くを語ろうとしなかったが、その口ぶりから、想像していたより恋愛に近いものだったのかもしれない感触がした。

「そんな長い期間やあらせんよ。せいぜい二年かそこらのことやったんやけど、途中でコレができて」

そこで紘子は両手で「腹ぼて」のジェスチャーをしてみせた。

「町でも噂になっとったし、ばあさんにも感づかれて、潮時やとじいさんも思ったんやろな。手切れ金がわりに店を持たせてくれるゆうし、認知もするゆうもんで、一人で子どもを育てる腹づもりしとったんやけど、その子が流れてまって」

反射的に楓が眉をひそめると、「なんちゅう顔しとんの」と紘子がからかうように眉間を指した。ばつの悪さをごまかすように、楓は紘子の飲み残したビールに手を伸ばした。グラスに残ったビールは苦いばかりで、ちっともおいしいとは感じられなかった。

「そんとき、死んだ亭主にいろいろ世話んなってね。ちょうど東京の大学からこっち戻ってきたばっかで、あの人もこの町に居場所がなかったんやろうけど、なにかと気にかけてくれて、そのうちほだされたゆうか、まあ、そういうことになって、よりによってじいさんの息子とそんなことになるなんて、じいさんも驚いとったけどあたしがいちばん驚いたわ」

「先生のお父さんは、知らなかったの？　その、紘子さんと、自分の父親がそういうあれだったって……」

「知っとったやろうね」煙草を灰皿に押しつけ、紘子が皮肉っぽく唇をゆがめる。「知っとって知らんふりをしとった。そうするしかなかったんやと思うよ。息をするように嘘をつく男やったしな」

　にわかには信じがたい話だった。けれど、夫婦でありながらそこにあるものを見て見ぬふりをする。そういうしぐさにならば楓も身に覚えがあった。親子でありながら、家族でありながら、肝心のことには触れないようにして、いまこの瞬間を平穏に過ごすことだけに注力する。そういうことを、楓もこれまでずっと続けてきた。

「先生は？」けむりの幕を透かして楓は紘子を見た。「先生はどこまで知ってるの？　自分の父親がだれだか、疑ってるんじゃないの？」

「さあどうやろね」紘子は首を傾げ、どこか遠くを見るような目になった。「じいさんとのことは、どうせここいらの人間はみんな知っとることやし、はなから隠すつもりもなければ隠しとおせるとも思っとらんかったでね。そんでも、こっちからわざわざ話すことでもないし、訊かれたらそんときはちゃんと話したろって覚悟しとったんやけど、あの意気地なしが、正面切って訊く勇気もなかったみたいやな。そうゆうとこ、父親にそっくりやわ」

「そんなの、バカみたいじゃん。だって、疑う必要もないのに。ＤＮＡ鑑定とかそういうのも、その気になればできただろうに……」

「やで、バカなんやろ。そんな度胸もない大バカ野郎」

ふん、と紘子は笑った。突き放したような笑い方ではあったけれど、そこに楓は、うっすら腐臭のするような甘さがあるのを嗅ぎ取らずにいられなかった。いい年をした息子のことを、いまだに紘子は「あの子」と呼ぶ。

「先生は、なんのつもりであんな小説を書いたんだろう」

紘子に向けてというより、ずっと抱え込んでいた疑問を外に放つみたいに楓はつぶやいた。母親の過去について、先生はいつ、どうやって知ったんだろう。紘子を恨んだだろうか。憎んだだろうか。いつどのような形であったにせよ、そのときの先生の気持ちを思うと胸がちぎれそうになる。

けれど同時に、母親を侮辱する人間に怒りをおぼえたのではないか。母親に対する反発と母親を守りたいという矛盾する願いを抱え込み、無力な自分にうちひしがれていたのではないか。想像しているうちに楓は、自分が母と子のどちらに気持ちを寄せているのかわからなくなった。

「さあね、あたしへのあてつけのつもりなんやろ」面白くもなさそうに紘子は言うと、汗をかきはじめた瓶をつかんで楓のグラスにビールを注いだ。「あたしの知ったこっちゃないよ」

「紘子さんは読んだの？」

答えを聞きそびれたままだったことを、改めて楓は訊ねた。いいや、と紘子が首を横に振る。

「最初に出た何冊かは読んだけど、なんや、あたしにはようわからんで、それからいっさい読まんくなった」

「読んだほうがいいよ」口をついて出てきた言葉に楓は自分で驚いた。「少なくともいちばん新しいやつ、あれは、紘子さんに向けて書いた小説だよ。や、わかんないけど、でもたぶん、そうなんだと思う。だから、読んであげなよ」それまで考えてもいなかったようなことを確信に満ちた声で言っている。そんな自分にびっくりする。

「なんやそれ。そんなもってまわったようなことせんでも、言いたいことがあるなら直接言えばええのに」

「それができたら先生じゃないよ」

「言えとる」

紘子が目を細めた。苦々しそうな顔にも見えたし、慈しむような表情にも見えた。

「あの子は昔っからそう。人が自分の思いどおりにならんのが気に入らんゆうてすぐ拗ねる。その場で癇癪を起こすならまだええよ。むっつりと内に溜め込んで、こんなふうに忘れたころんなって、思わんような形で返してよこす。こっちにしてみりゃたまったもんやないわ」

「人が自分の思いどおりにならん」

紘子の言葉をそのままくりかえし、「それって、あたりまえ、なのでは……?」と楓が首を傾げると、「そらそうや」と紘子が噴き出した。「ほんとに、かなわんわ」そうつぶやいた紘子の声が、聞いていられないほど甘く湿っていて、ああ、やだやだ、と楓は思う。

この母子は、なんて臆病なんだろう。紘子も先生もいい大人のくせして、なにをそんなに怯えているのだろう。紘子なんか、もうすぐ死んでしまうのに。死んでしまったらそれで終わりなのに。思いを伝えようとすればいつでもそうできるほど近くにいるのに、どうしてそうしないんだろう。

「どういうつもりでこんな田舎までやってきて、大地を産んだのか知らんけどね」

煙草の吸殻や空になったグラスにばかり目を落としていた紘子が、そこでようやく顔をあげて楓を見た。

「あんたは間違えんようにな」

そんなことを言われても、と喉まで出かかった言葉を楓は呑み込んだ。そんなことを言われたって、そもそもの最初から間違ってるのにいまさらどうしようもない――なんて、もうすぐ死んでしまう人に向かって言えるわけがなかった。

トタン屋根を鳴らし、雨はいっそう強く降り続けていた。


どうやって小説を書くの、とまだ四谷の「妾宅」で暮らしていたころに、先生に訊いてみたことがある。小説を書いたこともなければ書こうと思ったこともない楓にとって、純粋に不思議だったのだ。それはどこからやってくるのか、どうやって生まれるものなのか。

「どうやってって、パソコンで」

語尾に（笑）がつくようないつものしゃべりかたではぐらかしていた先生も、あんまり楓がしつこく訊ねるので、そのうち観念したようだった。うーん、そうだなあ、と顎鬚を撫でながら考え込むようなポーズをとると、

「記憶とか」

まずそう言った。

「空想とか、願望とか、昨日見た夢とか、デジャブのようにさっとよぎっていく映像とか、漠とした不安とか、深い悔恨とか、あるいは祈りとか、原風景とか」

原風景ってなに？　と楓が訊ねると、言葉の意味ではなく、「俺にとっては岐阜の田舎、とくに川辺の景色かな。じいさんにしょっちゅう閉じ込められた蔵の中も、トラウマになってんのかいまだに夢に見る」と笑いながら先生は言った。

「あとはそう、町ですれちがっただれかの残り香だったり、ふいに耳に滑り込んできた流行歌だったり、新聞や雑誌で読んだ記事だったり、古い映画の一場面だったり、そういったもろもろの断片がつねに頭の中にちらばっていて、あるときそこに磁力が働くっていうのかな。ほら、よく〝降りてくる〟とか言うだろ？　創作しない人間には嘘くさくて大げさに聞こえるかもしれないけど、でもそうとしか言いようのないなにか――神と表現するのはさすがに憚られるけれど――ともかくなんらかの力が作用して、四方八方に散らばっていた断片がひとところに集まってくるんだ。そこまできたらあとはもう、ピースを拾い集めるみたいに一枚のパズルを完成させるしかない」

最初のうち、とつとつと言葉を選びながらしゃべっていた先生は、そのあたりから興が乗ってきたのか、インタビューに答えているみたいな口ぶりになり、身ぶり手ぶりまでついてきた。

「なんか、自分で書いてるんじゃないみたいに聞こえる」

思ったままのことを楓が口にすると、「ご明察」と先生が指を鳴らした。

「いやほんと、まさにそのとおりで、自分で書いているというよりなにかに書かされてるんじゃないかって思うときがあるよ。むこうから勝手にやってきて、書き終わるまで居座ってどいてくれないんだから、迷惑だと思うことすらある。作家によっては最初から全体図が見えていて、完璧に小説をコントロールできるタイプもいるようだけど、少なくとも俺はそうじゃない。とくに長編なんか、完成するまで自分でもなにを書いているのかわからなくなることがあるぐらいなんだから。いったん小説が走り出してしまったら、どうすることもできない」

そこで先生はあらぬほうを見て、どうすることもできないんだよ、とくりかえした。できるだけ他人に素を見せず、過剰に自分を装っているようなところが先生にはあるけれど、その言葉は本心からのものだという気がした。

「じゃあ、どうして小説を書くの？」

これも純粋な疑問だった。だって先生は、なにもかも完璧にコントロールしたい人だと思っていたから。いついかなるときでもしゃくしゃくとし、汗なんか一滴もかいたことのないような涼しい顔をして、薄笑いですべてを見はるかしている——ように見せたがっている。そんな人が、なにかに主導権をあずけ、みずから翻弄されるようなまねをしようとするなんて、楓には奇妙で不可解なことに思えた。そこまでして先生は、なにを得ようとしているんだろう。それには、そうするだけの価値があるんだろうか。

「すべてを知りたい、のかな」

やがて返ってきた答えは、ずいぶんと率直で素朴なものだった。

「知らないことがあるというその状態が耐えられないから、すべてを知りつくすために小説を書いているんじゃないかって思うことがある。なんで、どうして、が原動力っていうか。いや、わかってんだよ。一生かかったってそんなことは無理だって。けど、止められないんだ。止めたら自分でなくなってしまう」

「よくわかんないけど、なんか、すごく先生っぽい」

「なんだよそれ。あ、もしかしてバカにしてる？」

照れ隠しのように先生は笑って、すぐにまた薄笑いの仮面の向こうに自分を隠してしまった。

先生が書く小説には現実の女たちに似ただれかが登場する。野ゆりや楓や紘子や美咲を思わせるような女たち。けれどそこには、実際の野ゆりも楓も紘子も美咲も存在しない。なんで、どうして、が原動力だというのであれば、もっと現実に肉薄したってよさそうなものなのに、作り物めいた女たちの影を寄せ集めて人形遊びをしているようにしか見えない。かたくなに女に背を向け、女を憎んでいるみたいだとさえ思う。繊細だけどそのぶん狭量で箱庭的。人形のような女たちと「僕」以外はほとんど書き割りみたいな世界。先生の書く小説はぜんぶそうだ。あまりに徹底している。

どうして先生はだれかを傷つけてまであんな小説を書かずにいられないんだろう。楓のほうこそ、なんで、どうして、と考え続けている。なんで野ゆりにあんなひどい仕打ちができるのか。どうしてあまでして血のつながった子どもを欲しがっていたのか。時計なんていくらでも買えるだろうに、なぜいつまでも祖父に買ってもらった古い型の時計を使い続けているのか。

先生はなにもかもを持っている。楓よりもずっと大人で頭がよく、あちこちに家があり、野ゆりという非の打ちどころのない妻がいて、念願の息子まで生まれた。自由にできるお金をたくさん持っていて、一部では名前の知られた有名人で、美しい女たちに囲まれ、光の集まる場所で生きている。

なのに、どうしたわけか、そんな先生をかわいそうだと楓は思う。帰る場所がわからなくなって途方に暮れているいじらしい子どものようだと思う。

4

木の根が浮いている。うたた寝から目をさまし、まず最初に楓はそう思った。それが、野ゆりの足の裏だと気づく前に泣き声がして、まだ半分寝ぼけたような心地のまま大地を抱きあげる。しっとりと汗で濡れた赤ん坊の体温が肌着をとおして伝わってくる。

「あらあら、もうミルクの時間？」

足の裏をこちらへ向け、本革のソファを乾拭きしていた野ゆりが振りかえった。六月に入ってから、家の中でも出かけるときでも、野ゆりは裸足ですごしている。しっとりと油を含み艶の出たひのきの床を、足音も立てず軽やかに歩く。

「根っこみたい」

野ゆりの足の裏をじっと見つめたまま楓は言った。

「え？」野ゆりは怪訝そうに首を傾げたが、なんのことを言われているのかすぐに気づいたらしく、うん、そう、とうなずいた。「子どものときに近所の用水路で遊んでたら怪我しちゃって」

「痛そう」

「痛くはないよ、もう、さすがに。たまに引き攣るかんじはあるけど」

「触っていい？」

縫った痕がいくつも走り、周囲の皮膚を巻き込んでいびつな模様を描いている。木の根のようにも見えたし、心臓のようにも見えた。

「え、やだ」わずかに野ゆりが身を引く気配があった。「くすぐったいもん、やだよ」

「そうだよね」楓はおとなしく引き下がった。古い傷を触らせてだなんて、ふつうに気持ち悪いじゃんね。冗談っぽくつけたそうとして、けれどそう言ったところで野ゆりが笑ってくれない気がして、「知らなかった、そんな傷があるなんて」とつぶやいた。

「わざわざ見せるようなものじゃないもの」

　野ゆりは肩をすくめると、こちらに背を向けて掃除の手を再開した。その硬い表情がこれ以上触れてくれるなと言っているように見えた。

　野ゆりにはまだ自分の知らない面がある。この家でともに暮らすようになって十ヶ月が経とうとしているが、時間が経てば経つほど、楓は野ゆりのことがわからなくなっている。

　この女はいったいだれなんだろう。美咲がこの家に怒鳴り込んできたときに見せた、あの強硬で冷淡な野ゆりの態度を思い出すだに楓は混乱する。おそらくあの場にいただれもがそうだったんじゃないかと思う。先生も紘子も近所のばあさんたちも、知らない女の影を野ゆりの上に見ていたんじゃないかって。

　いつかあんなふうに美咲が――美咲でなくとも、だれか他の女が怒鳴り込んでくることを、野ゆりはわかっていたのかもしれない。わかった上で、どうやって女を追い払ってやろうか、あらかじめ腹づもりしてあったのかもしれない。それほど堂に入った正妻ぶりだった。なにより夫の利益を優先する、妻になるために生まれてきたような女。

　お嫁さん以外ならなんでもよかった――いつだったか、野ゆりはそう言ったのだ。

　大地はどんな大人になるのだろう、なりたいものになろうと思えばなんにでもなれる、それってすごいことだよね。来客もなく、世界中が身じろぎもせず止まってしまったような午後の静けさの中で、大地の寝顔を眺めながら二人で話していたことがあった。その流れで、それぞれ子どものころになりたかったものの話をした。私はケーキ屋さんだったな、と楓は言った。そしたらいつでも好きなだけ生クリームたっぷりの甘いケーキが食べられるから。

そのとき野ゆりが言ったのだ。お嫁さん以外ならなんでもよかった、だけどそれ以外になんにもできることがなかった、と。

でも、ゆりちゃんは家事が得意じゃん。楓はびっくりして、フォローのつもりで口にした。野ゆりほど賢い人や野ゆりほどなんでもできる人を、楓はほかに知らなかった。けれど野ゆりは、家事なんて、と恥ずかしそうにうつむいた。

「そんなの、なんの自慢にもならない。実際なんの資格もなければなんの能力もないから再就職もできなかったし。そのとき太陽が笑ってたの、結婚しててよかったねって」

楓はぽかんと口を開けたまま、次に言うべき言葉が見つからないでいた。野ゆりはそれを別の意味にとったらしく、愛人に対しあてつけめいたことを口にしてしまった決まりの悪さから、用事を思い出したふりをしてそそくさと居間を出ていった。

それで楓は思い出したのだった。野ゆりが先生の妻であること、そして、自分が先生の愛人であることを。


紘子の容態が急変し、温泉街の病院に運び込まれたのはそれからまもなくのことだった。その日の午後、いつものように楓は「ミカド」に顔を出した。一階から呼びかけても、紘子がいっこうに降りてくる気配がないことを不審に思い、様子を見に二階にあがると、布団の中で高熱を出して震えていた。

枯れ枝のような紘子の体にこわごわ触れ、そのびっくりするような熱さに楓は軽いパニックに陥った。電話で野ゆりに報せると、すぐさま一階の厨房に降りていって冷蔵庫にあった豆腐を手で握りつぶした。早く、早く熱をさまさないと紘子が死んでしまう。昔、楓や紡が熱を出したときにママがよく作っていた湿布を思い出しながら、水切りもしていないつぶしただけの豆腐をべちゃべちゃとキッチンペーパーになすりつけていると、

「なにしとんの？」

野ゆりから連絡を受けた湊がやってきて、怪訝そうに厨房を覗き込んだ。

「冷やさなきゃと思って」

そう言って楓は、豆腐に濡れた手で涙を拭った。

湊に抱きかかえられ、ベンツで病院に運び込まれた紘子は、点滴が効いたのか、翌日にはけろりとしていた。さすがにこれ以上、一人で暮らすのは難しいだろうと医師から告げられると、紘子は一言の相談もなく緩和ケア病棟のある病院に転院することを決め、「なにがあっても、あんたらに迷惑をかける気はないでね」と東京から飛んできた先生に向かって言ってのけた。

「迷惑だなんて、そんな……」と喉を詰まらせた先生の目に涙が溜まっていくのが、薄ピンク色のサングラス越しにも見て取れた。「なんのために俺たちがこっちに戻ってきたと思ってるんだよ。母さんを看取るつもりで家もリフォームしたんだから、俺たちに遠慮することなんかないんだって。そもそもあの家は母さんの家だろ。母さんが嫁いで、長いあいだ暮らしてた家じゃないか。わけのわからないこと言ってないで戻ってきてくれよ」

「ようう言うわ」

ベッドに横たわり、枕に頭をあずけたまま紘子はふんと鼻を鳴らした。個室のベッドのすぐ脇に先生と野ゆりが並んで座り、大地を抱いた楓は、少し離れた場所から遠巻きに彼らの会話を聞

いていた。

「だれがいつ看取ってくれなんて頼んだ？　ちゃんちゃらおかしいわ、あんまり笑わせんでよ」

紘子の体から伸びた点滴の管を目で追いながら、この状態でよく憎まれ口を叩けるものだと楓は感心した。

「いつあんたがこっちに戻ってきたって？　野ゆりにぜんぶおっかぶせて、東京で好き勝手しとった身分でようそんなことが言えたもんだわ。あんたはええよ。どうせあたしがあの家に戻ったところで、野ゆりの負担が増えるだけで、なんの関係もないでそんなことが言えるんやろ。見てみい、この子らの疲れきったような顔。赤ん坊の世話だけでもてんてこまいになっとるのに、その上こんな病人まで抱え込んだらえらいことになる。そんなん、あたしはようせんわ」

最後のほうはかすれて、ほとんど声にならなかった。途中からばつの悪そうな顔になっていた先生は、「いや、でも……」と助けを求めるように野ゆりを見た。涙はすっかり乾いていた。

「負担だとか迷惑だとか、そんなふうに思わないでください」先生の隣で、静かに野ゆりが引き継いだ。「むしろ、家にいてもらったほうが安心できます。紘子さんの言うとおり、だいちゃんのお世話もあるから、手がまわらないこともあるかもしれないけど、ヘルパーさんにきてもらったりもできるだろうし……もちろん私もできるかぎりのことはさせていただくつもりです」

模範的すぎるぐらいよくできた嫁の言葉だった。おそらくそこに嘘はないのだろう。目の前に困っている人がいたら放っておけず、献身的に奉仕する。野ゆりがそういう人間であることを楓は知っていた。だけどなんだろう、なにかが引っかかる。

「それにほら、紘子さんがうちにくれば、いつでもだいちゃんの顔が見られるでしょう？　これ以上の薬なんてないと思う。ねえ、どうか戻ってきてくださいよ」

なにを言ったところで——たとえ孫で釣ったところで、紘子の気が変わるはずがないとあきらめているのかもしれない。野ゆりの口調にはまるで熱っぽさが感じられなかった。いったいこれは、だれに向けてのパフォーマンスなんだろう。こういうときにはこう口にするものだと、マナー本にでも書かれているみたいな儀礼的なやりとり。それが、楓には気持ち悪かった。

「トイレ」

しらじらしい会話を聞いていたくなくて、楓は立ちあがった。すぐに野ゆりがこちらに手を伸ばしてきたので、「こっちにいるときぐらい先生が抱っこしなよ」と先生に大地を押しつけて病室を出た。そのまま階段をかけおりていって、病院の入り口の自販機で体に悪そうな毒々しい色の炭酸飲料を買い、一気飲みしようとしてすぐむせた。

紘子も紘子だ。ごふごふと咳き込みながら腹立ちまぎれに楓は思う。これまでさんざん野ゆりのことをこき使っておきながら、いまさら「迷惑をかけたくない」だなんてどの口が言うんだろう。二人とも急にしおらしくなって、正しい姑と嫁みたいにすました顔して、バカじゃないの。もうすぐ死んじゃうのに。そんな高度な腹の探り合いなんかしてる場合じゃないのに。

早よ死なんと。いつのころからか紘子は、楓といるときだけ、そんなふうにぼやくようになった。あたしが早よ死なんと、野ゆりがどこにも行けんやろ。まるで自分が野ゆりをここに引き留めている元凶であるかのように、確信に満ちた声でくりかえしそう言うのだった。

しつこくこみあげる咳に呼吸するのも苦しくなって、楓はその場にしゃがみこんだ。目尻ににじんだ涙を膝にこすりつけ、バカじゃないのと吐き捨てるようにつぶやく。どうしてこんなにむきになっているのか、楓は自分でもわかっていなかった。紘子の死に、なにかが終わってしまう予感に、正体もわからないまま怯えていた。

「なにしとんの?」

頭上から降ってきた声に顔をあげると、病院の入り口に突っ立って、湊がこちらを見おろしていた。「デジャブかな」とつぶやいて、照れ隠しに楓は笑った。湊にはへんなところばかり見られている。

「もしかして、紘子さんに会いにきた?」

「うん、配達終わったで、戻る前にと思って」

「でも、いま、先生いる」

天井のほうを指し示しながら、でもってなんだろう、でもって、と楓が考えていると、湊はカーゴパンツのポケットから取り出したベンツの鍵を楓に握らせた。

「これ、返しにきただけやから」

それだけ言うと、すぐに踵(きびす)を返して病院を出ていってしまった。呼び止めたところでなにを話していいのかわからず、そのまま楓は湊の背中を見送った。革のキーホルダーのついたベンツの鍵に、湊の体温がほんのり残っていた。

飲みかけのペットボトルを片手にぶらさげて楓が病室に戻ると、中途半端に開いた扉の隙間からおだやかな笑い声が聞こえてきた。紘子にもよく見えるように、角度をつけて大地を抱いた先生がへらへらと軽口をたたき、紘子と野ゆりが呆れたように笑っている。先ほどまでのとりつくろったような雰囲気はすでになく、みんなくつろいでいて、どこからどう見ても、病床の母に孫を見せにきた幸福な夫婦にしか見えなかった。割って入るのがためらわれるような完璧な調和。すぐ目の前で透明なシャッターを下ろされたみたいに楓はその場に立ち尽くし、家族の風景をただ眺めているしかなかった。

どのぐらいそうしていただろう。気が遠くなるほど長い時間にも思えたし、ほんの一瞬のようでもあった。楓の手の中でペットボトルのつぶれる音がして、気づいた野ゆりがこちらを見た。それからすぐに、ついと目をそらした。

東京に残してきた仕事を片づけにいったん四谷のマンションに戻った先生が、再び本宅に帰ってきたのはそれから一週間経ってからのことだった。あと一ヶ月だとみてくださいと医師から告げられ、覚悟を決めたようだ。しばらくのあいだ——紘子が死ぬまでは、こちらに留まるつもりらしい。

帰ってきたその日のうちに、先生は楓の部屋の机を占拠した。ノートパソコンを取り囲むように資料や筆記具、ゲラの入った封筒が配置され、すっかり先生のコックピットと化している。

ありえない、とそれを批難したのは楓ではなく野ゆりだった。楓に対しあまりにも敬意を欠いていると、いつになく怒りをあらわにする野ゆりに、「でもさ、もとは俺の書斎だったんだよ？」と先生は唇を尖らせた。「それにほら、どうせ楓は最近、居間で寝起きしてんでしょ」

「それとこれとは話が別でしょう」

「もちろん、楓が一人になりたいときとか、ぐっすり眠りたいときには優先するし。二階のちっこいデスクだといまいち調子が出なくてさあ」

「なにを言ってるの。あなたがあの部屋で机にかじりついていたら、楓のほうが遠慮するに決まってる。そんなこともわからないの？」

「だったらどうしろって言うんだよ。週刊誌の連載も大詰めなのに、集中できる場所がないと俺困っちゃうよ」

「北側の紘子さんの部屋が空いてるから、そこで仕事すれば?」

二人の言い争う声を他人事のように聞きながら、どうでもいいと楓は思っていた。どうせ書き物なんてしないし、雨風さえしのげれば寝る場所なんてどこだっていい。

「いいよ、別に、私は」だから、そのまま口にした。「なんだったら私がばあばの部屋を使ってもいいし、『ミカド』の二階で寝泊まりしろって言われたってぜんぜん、別に、かまわ——」

楓が最後まで言い切る前に、そんな、と潤んだ声で野ゆりが口を挟んだ。「遠慮する必要なんてない。だって、あの部屋はあなたの——」

「いやほんとにいいんだって!」鬱陶しくて、つい語気が荒くなった。「なにがどうでも、ほんとに心底どうでもいい」

どうして野ゆりがこんなにもむきになっているのか、楓には理解できなかった。そんなことを言ったら野ゆりこそ、蔵の屋根裏になんか甘んじていないで、自分の待遇について文句のひとつぐらい言ったらいいのに。

「ほら、楓もこう言ってることだし、この話はこれで終わり! なっ?」

微妙な空気を察知したらしい先生が、やけに明るい声で言って、その話はおしまいになった。

そんなふうにして「私たち」の生活がはじまった。

これまで先生が本宅に戻ってきたときは、一泊かそこらでトンボ返りすることがほとんどだった。長い期間こちらに留まることもあったが、そんなときには入れ違いに野ゆりが帰省していたり病に臥せていたりして、本格的な「妻妾同居」をするのは今回がはじめてだった。それで三人とも、どうしていいのかわからなくなっているみたいだった。

先生の言動に普段以上にぴりぴりした様子を見せるようになった野ゆりは、楓に対しては過敏なほど気をまわし、遠慮するようなそぶりを見せる。そんな野ゆりに楓は無性に苛立ち、突っぱねるような態度をとってしまう。

日中、家にいるときはだいたい書斎にこもりきりになっている先生も、先生なりにこの状況にやりづらさを感じているのだろう。気が向いたときだけ大地を抱きにやってきて、いつもに輪をかけて調子のいいことばかり言い、ちらちらと女たちのご機嫌をうかがっていた。母親の死を目前に、うろたえていることを悟られまいと無理にはしゃいでいるようにも見えた。先生になにか言葉をかけてあげたいと楓は思ったが、紘子の許可もないまま勝手になにかを告げるわけにもいかないし、野ゆりの目を気にして先生と二人きりになるのを避けてもいた。

それぞれが別々の拍子を刻んでいるみたいにちぐはぐで、おかしなかんじだった。楓がはじめてこの家にやってきたときのようにぎこちない。「私たち」のバランスがくずれて、ひしゃげた三角形になっている。あるいは、てんでんばらばらの点と線に。

けれど、もしかしたら——自分さえここからいなくなれば、たちまち調和が生まれ、どこにでもある平凡な家族の風景に変わるのかもしれない。抜けない棘が刺さったみたいにあの日の病室の光景を思い返しては、ひそかに楓は胸を痛めた。

五ヶ月に入って首もすわるようになり、新生児期の息の詰まるような緊張からは解放されたが、あいかわらず楓は眠っているときと野ゆりに追い出されて外出しているとき以外は、大地のそばにぴたりと貼りついて離れなかった。風呂にも入らず、トイレも極力がまんしているので、日ごと野ゆりにたしなめられた。

あと少し、もう少しと先延ばしにしているうちに、夏がすぐそこまで近づいている。大地に乳をあたえながら、大丈夫、と声にならない声で楓はつぶやく。大丈夫、あきらめはいいほうだ。

これまでもぜんぶあきらめて、ぜんぶ捨ててきた。それでも、まだこうして生きている。死ぬほどのことじゃない。だから大丈夫、この子を失っても生きていける。

腕の中でうくうくと乳首に吸いつく大地を見おろし、でもどうやって？　と楓は思う。この子を失って、どうやって生きていったらいいのか、楓には想像もつかない。

六月の半ばに近くの緩和ケア病棟に空きが出て、紘子はそちらへ移ることになった。近いとはいっても集落から車で一時間半、だだっ広い敷地にいくつも病棟が建ちならぶ巨大な総合病院で、どこになにがあるのかわからず、紘子の個室までたどりつくのも一苦労だった。

「なんだ、あんた一人か」

楓の顔を見るなり、紘子はいちばんにそう言った。

「悪かったね、私一人で」

窓の外に視線を投げ、ぶっきらぼうに楓は答える。視界を遮るような建物はなく、遠くの山の稜線まで見わたせる。すでに日は傾きかけ、空の半分を雲が覆っている。

「どうせくるなら、大地も連れてくりゃいいのに」

「大地なら、先生とゆりちゃんがしょっちゅう連れてきてるでしょ」

紘子の顔を見るのは、温泉街の病院に運び込まれたとき以来だった。あれからまだ半月も経っていないのに、十も二十も老け込んだように見えた。ベッドの背もたれをわずかに起こし、首を動かすのも億劫そうにしている。病人然としたその姿に気圧(けお)されまいと、楓は腹に力を込めた。

「うちからここにくるまでどんだけかかると思ってんの、一時間半だよ、一時間半。いくらなんでも遠すぎるって。私一人で大地を連れてくるなんて無理にきまってる。往復三時間のワンオペドライブだよ？」

　野ゆりに持たされた保冷バッグから煮物やだし巻き卵、カットしたすいかの詰まったタッパーを取り出しながら楓はまくしたてた。それから、途中のコンビニで買いこんできた菓子パンもベッドの上に並べていく。

「なんやこれ」

「ゆりちゃんが持ってけって。病院食がまずいって紘子さんが文句ばっかり言ってるからって。こっちのパンは私からのお見舞い。あんまり遠いからここまでくるあいだにお腹すいちゃった。食べないなら食べちゃうからね」

　言ったそばから、小倉あんとマーガリンの挟まったロールパンの袋を勢いよくやぶり、口に押し込む。自分でも妙なテンションになっているとわかっていたが止められなかった。

「コンビニのパンなんかいらんから、孫の顔が見たいわ」

「だから、戻ってこいって先生もゆりちゃんも言ってたんじゃん。家にいればいつでも大地の顔が見られるって」

「またそれ」

　ベッドの上に投げ出した手を、紘子がしっしとはらう。その動きの思いがけない力強さに楓はついうれしくなって、「あ、でももうだめだ。紘子さんの部屋、私の部屋になっちゃったから、もう戻ってくるとこないわ。ざんねんでしたー」ロールパンをもごもごと咀嚼（そしゃく）しながらおどけて言う。

　もとは先生の祖母が使っていたという北側の部屋にベッドを運び込み、いまではそこが楓の部屋になっている。ひととおりのリフォームは施してあったが、ろくに陽も差さず湿気もひどいので、「あんな部屋で暮らせるか」と紘子がいやがる気持ちもわからないでもなかった。姑であり正妻である女が使っていた部屋とくればなおさらだろう。

銀の手鏡と化粧瓶、薄紫色のガウンと有田焼のぐい呑み。ベッドのまわりに、「ミカド」の二階から運び込んだ荷物はごくわずかだった。仮住まいから仮住まいへ移り住んだようなその身軽さを、奇妙な親しみをもって楓は眺めた。死ぬために生きてる人の身軽さ。

「ずっと気になってたんだけど」

食べかけのロールパンに目を落として楓が切り出すと、

「あんたもたいがいしつこいね」

うんざりしたように紘子が鼻に皺を寄せた。

「気になってることはいまのうちに訊いとかないと――」

その先を口にするのをためらっていると、「いつ死んでまうかもわからんでね」と紘子がかわりに言葉を継いだ。単に事実を述べているだけといった乾いた口調だったが、なんと答えたものか迷って、楓はロールパンにかぶりついた。

墓参りの日に昔話を聞き出してから、ことあるごとに楓は紘子を質問攻めにした。ベンツでドライブしているときや「ミカド」に客がいないときを見計らって「気になってることがあるんだけど」と楓が切り出すと、素直に答えてくれるときもあれば、聞こえないふりをして狸寝入りを決めこむときもあった。

「先生のおばあさんってどんな人だったの?」そうして、いままた楓は、ずっと気になっていたことを紘子に訊ねた。「あの家でずっといっしょに暮らしてたんでしょ? 気まずくなかった?」

「薄気味の悪い女やったよ」紘子が息を吐いた。笑ったのだと楓にはわかった。「いつも息をひそめるように自分を押し殺して、うすら寒い笑顔を貼りつけとるおかしな女」

「どっかのだれかさんみたいじゃん」げえっと楓が舌を突き出すと、今度ははっきり口の端を持ちあげて笑った。

「そんでも、なんやろね。最後まで嫌いにはなれんかった。向こうはどうやったか知らんけど」

どんな答えが返ってきたとしても、それがすべてではないことを楓はわかっていた。嫁と姑、愛人と正妻——男をあいだに挟んだ関係を離れ、ただの女と女になる瞬間が、先生の祖母と紘子のあいだにもおそらくあったのだろう。マックポテト（あれをマックポテトだといまも楓は認めていないが）や「ほんもの」のピザを頬張りながら笑いあい、警察の検問をアクセル全開でぶち破り、祈るような気持ちで大地の寝息に耳をすませた——だれかに語って聞かせるほどのことではない、あわのような瞬間が、かつてもあの家にあったのだろう。

「あんたがくるの、待っとったんや。あれの続き、読んでえよ」

少ししゃべっただけで疲れてしまったのか、そう言って紘子は目を閉じた。

「読みあげ機能の使いかた、教えてあげたじゃん」

「知らんわ、あんたが読んでよ」

やっぱりそうなるよなと観念し、楓はスマホで『修羅を抱く』をひらいた。まだ全体の十分の一も進んでいない。冒頭で主人公の母親が死に、少年時代の回想シーンに入るところだ。

「あれからどれだけの年月がすぎただろう。この町で生きていくことの逃れ難い陰気に背を向け、十八歳で東京に出てからは思い返すこともなかった。当初、僕が予想していた以上にそれはうまくいった。うまく忘れられた。そう思っていた。今日、この日がくるまでは」

老眼で本を読むのもつらいと紘子が言うので、先生のおさがりの古いタブレットにダウンロードしてやったら、そちらはそちらで目がちかちかして見ていられないと言うので、楓が読んで聞かせてやるようになった。「勝手に殺さんといて」だの「そんなことあたしは言ったおぼえない」だのといちいち口を挟んでくるせいでちっとも先に進まなかったが、そのまま読み進めていったら、後半のエロシーンまで音読しなければならないことに気づき、いまさら楓は後悔していた。

この本を読み終わるまでは死なないで。数ページも読み進めないうちに寝息を立てはじめた紘子の寝顔に楓は語りかける。そうしながら、おそらくそれがかなわないことを予感していた。ごめん、紘子さん、もういやがんないから、エロシーンでもなんでも読むから目をさましてよ。

それから週に二日のペースで楓は紘子の見舞いに通った。日を追うごとに、紘子の衰弱は進んでいった。楓が見舞いに行っても眠っていることが多く、薬の影響か、ときどき意識が混濁して、わけのわからないことを口走ることが増えた。

刻々と死に近づいてゆく母親を前に、先生はあからさまに動揺していた。大丈夫、殺しても死なないよあの人は、などと調子のいいことを言っていたかと思ったら、大枚を叩いてがんに効くと評判のプロポリスだのアガリクスだのを取り寄せたり、近所のばあさんに勧められた高価なミネラルウォーターを何箱も購入したり、食餌療法で末期がんを克服した男性がオーナーシェフを務めるオーベルジュに連れていくと騒ぎ出し、「そんなとこ、だれが行くか」と紘子に一蹴されたりしていた。本人の気が済むなら、と野ゆりはそれをやさしく放置していた。

一度だけ、美咲と湊の母子とすれちがった。紘子が教えるなと言うので、集落のだれにも転院先の病院を教えていなかったが、湊にだけはこっそり楓から知らせてあった。楓が病室に顔を出すと、パイプ椅子に座った美咲が身を乗り出すようにして紘子の寝顔を見つめていた。泣いているようにも見えた。

「ありがとう」

帰り際、美咲は楓に向かって頭を下げた。ぜんぜん、なんにも、と楓が急いで手を振ると、美咲の肩越しに湊が目だけでうなずいた。だから楓も同じようにした。

「いま何時や？」

窓から射し込む陽の色が黄みを帯びてくると、紘子はそわそわしはじめる。ああもうこんな時間、と夢からさめたような顔でつぶやき、早く店を開けんと、仕込みもまだしとらんし、と無理に体を起こそうとする。

自分がいまどこでなにをしているのか、わからなくなっているみたいだった。楓がだれなのかわからなくなることもあるようで、妙にかしこまったよそゆきの口調で話しかけてくることもあれば、ベッドの上で癇癪を起こし、いますぐここから出ていけと怒鳴りつけられることもあった。

がんの末期にはよくある症状らしいと帰ってから先生に教えてもらった。手術や入院した直後など、とくに高齢者に起こりやすいという。

「あれぐらいの年齢の女の人だと、夕飯の買い物に行くって騒ぎ出す人が多いらしいけど、うちの母親ときたら最後まで店のことなんだもんなあ」

先生の横顔はさびしそうでもあり、誇らしげでもあった。

だとしたらゆりちゃんは、夕飯のしたくでそわそわするタイプだね。口にしようとして、楓はやめておいた。楓がそう言ったら、きっと先生は「だろうね」と笑っただろうから。そしたらむかついて、唾を吐きかけてやりたくなっただろうから。

四谷から大きな段ボール箱が届いたとき、先生と野ゆりは大地を連れて紘子の見舞いに出かけていて、家には楓一人しかいなかった。

差出人の欄にも受取人の欄にも「金村太陽」と書かれていたが、先生の字ではなかった。定期的に郵便物や荷物を転送してもらうように編集者に頼んであると先生が言っていたことを思い出し、一瞬だけ迷ってから楓は封を開いた。

大地が生まれてから図書館へ行けなくなっていたので、週刊誌で連載中の「薄氷をゆく」の続きを読めていなかった。こわれゆく妻の様子と夫婦の回想シーン、それでもほかの女との逢瀬をやめられない「私」の懊悩が交互に描かれ、そこへときどき、二十代後半の女性編集者（美人ではないが、若いころの妻をどことなく彷彿とさせる）とのやりとりが差し込まれるだけの小説で、最初のうちこそ夫婦の内情を覗き見るような気持ちで読んでいたが、だんだん飽きてきた。それでもここまできたからには、最後まで見届けなければという妙な使命感があった。

段ボール箱の中身は、先生の連載やインタビューが掲載された雑誌がほとんどだった。封筒に入ったままの週刊誌を取り出し、片っぱしから封を剥いて刊行順に並べていると、あいだに挟まっていた白い封筒が土間に滑り落ちた。なんだろう、と思って見ると、おもてに「ＤＮＡ」と書かれているのが目に飛び込んできた。「鑑定結果報告書在中」と赤い印も捺されている。

楓は封筒を拾いあげ、乱暴に封を開けた。今度は一瞬も迷わなかった。

「これなに？」

日が暮れるころに帰ってきた先生をつかまえて、楓は封筒の中身――大地と先生の父子関係を証明するＤＮＡ鑑定結果の報告書を突きつけた。大山さんちで朴葉（ほおば）ずしをもらってきたから今日は日本酒でも開けよう、俺これ好きなんだよ、子どものころからの好物でさ、と上機嫌に言いつのりながら玄関に入ってきた先生は、それを見てさっと顔色を変えた。

「あ、いや、これは」

　悪戯を見つかった子どものようにわかりやすく目を泳がせると、先生は土間にそのままになっている封の開いた段ボール箱を指し、「勝手に人の荷物を開けるなんて、ルール違反だろ」と眉をひそめた。論点をずらそうとしているのがばればれだった。

「それは謝る。でもいつもそうしてたから。ゆりちゃんがいいって言うから、四谷から届いた荷物は私が開けていいことになってたの」

「だから謝るって言ってんじゃん。ごめんなさい。もう二度としません。これでいい？」

「ぜんぜん謝ってるように聞こえないんだけど。この家ではゆりちゃんがルールなの。そんなルール、俺認めてないし」

「だからそれぜんぜん謝ってないよね？」

　玄関先で言い争っていると、大地を抱いて遅れて入ってきた野ゆりは一瞬でなにかを察したようだった。

「もうこんな時間だから、まずはごはんにしましょう。朴葉ずしとお吸い物と……そうだ、もらいもののハムがあるから野菜といっしょに焼きましょうか。あ、だいちゃんをおねがい」

　慌ただしくそう言って楓に大地を渡すと、サンダルを脱ぎ捨てて台所にかけていった。

　つやつやした朴の葉に包まれた酢飯の上に、紅ショウガや錦糸卵、酢でしめた鱒（ます）、きゃらぶきや椎茸の煮ものが彩りよくのった朴葉ずしを楓は五個食べた。食事どころではなかったみたいで、先生は三個も食べられず、結局、日本酒も開けずじまいだった。

　夕食後、きれいに片づけたテーブルを挟んで、楓と先生は向きあった。たがいの出方をうかがうような沈黙がしばらく続き、黙ってＤＮＡ鑑定をしたことは悪いと思っている、とまず先生が謝った。「だけど、もし俺が前もってＤＮＡ鑑定をしたいって言ってたら、どっちにしたって怒ったろ」

「ぜんぜん謝ってるように聞こえないんだけど」

先ほどの先生の言葉を楓はそのままお返しした。

「不安だったんだよ」両手で顔の上半分を覆い、先生が低くうめいた。「情けない話だけど、男はどうしたって、確信がもてないから、それで……」

六月の頭に一度こちらへ戻ってきたときに、楓と野ゆりの目を盗んで大地の口腔内の細胞を採取し検査機関に送ったのだと、手短に先生は説明した。鑑定結果が届くのを待っているあいだに紘子の容態が変わるといけないから編集者に転送を頼んでおいたのだが、まさか楓が勝手に荷物を開けるとは思っていなかったと性懲りもなく再び論点をずらそうとしたので、「その話はもう終わったくない？」と楓は声を荒らげた。

「疑ってたわけじゃないんだよ、ほんとに。疑ってたわけじゃないけど、でも……」

先生はもう一度、鑑定結果に目を落とした。「被験者同士は生物学的親子関係であると判断されます」と太字で記された箇所を、たしかめるように指でなぞる。やっぱり先生はずるいと楓は思う。どうしようもない人だとわかっているのに、うっかり許してしまいそうになる。

「疑ってたわけじゃないけど、なに？　なんだっていうの？」

楓はつとめてひややかな声で言った。

「念のためっていうか……」

「念のため？」

「なんだよ、さっきからいちいち人の言葉尻とらえて！　だからこうして謝ってんじゃん！　悪いと思ってるって言ってんだろ！」

「ぜんぜん謝ってるように聞こえないから言ってんの！」

言い争いがヒートアップしかけたところへ、大地を寝かしつけていた野ゆりが居間から戻ってきた。

「あなたたち、さっきも同じようなやりとりしてなかった？」

どんな感情を抱えていたらそんな顔ができるんだろう。温度も湿度も感じられない、ぞっとするような微笑を浮かべていた。

「よくわからないんだけど、私にもわかるように説明してくれない？」

そう言って野ゆりは、鉄瓶で沸かした湯でめずらしくコーヒーを淹れた。長くなりそうだからコーヒーにしましょう、と。楓と先生に「ＮＯ」を言えるわけもなかった。

「あなたたちは、愛しあっているんじゃなかったの？」

黒々した液体の入ったカップをいびつな三角の形にならべ、おもむろに野ゆりが訊ねた。

私たちのこの暮らしはもうすぐ終わる。唐突に、楓はそれを予感した。

5

幼いころに一度、死んだことがある。

夏だった。その日はめずらしく父が家にいて、やたらと機嫌がよかった。もしかしたら、昼から酒を飲んで酔っぱらっていたのかもしれない。

「山椒魚（さんしょううお）を探しにいこう」

急に思いついたように父が言い出し、二人で近くの渓流へ出かけることになった。子どもに歩幅を合わせるなどという発想のない父は後ろをふりかえることもなく先へ先へと行ってしまうから、鼠色の甚兵衛（じんべえ）を着た背中を走って追いかけた。父と二人でどこかに出かけることなどめったになかったので、少しばかり緊張していたと思う。

僕と父のほかに人影はなく、川のせせらぎの他には父のゴム草履が地面を擦る音しかしなかった。こんもり葉を繁らせた木々がドームのように頭上を覆い、まだらに落ちる陽が透きとおった水に反射して、プリズムのように光をまきちらしていた。

渓流のすぐ上には滝が落ち、その脇にオオサンショウウオの飼育池があった。このあたりは山椒魚の生息地になっていて、やつらは大体岩陰に潜んでいる、いたずらに手を突っ込むと食われるか、へたすると抜けなくなるぞ。そう言って父が脅すから、僕はすっかり震えあがり、水遊びもしないで父の背中に張りついていた。

あんまり僕が怖がっていたからだろう。面白がった父は上衣が濡れるのもかまわず身をかがめ、岩場の隙間に手を突っ込んで、「あっ！」と大きな叫び声をあげた。いかん、やられた、この奥にとんでもない凶暴なやつがいる、くそっ、離せ、離さんかコラ、と見えないなにかに罵声を浴びせていたかと思ったら、助けてくれと言わんばかりにもう片方の手を僕に向かって伸ばした。僕はとっさにその手を振りはらい、浅瀬の水をはねあげ、無我夢中で逃げた。父の呼び止める声がしたが、それどころではなかった。とにかく恐ろしくて、すぐにでもその場から逃げ去りたかったのだ。

次の瞬間には、深淵に足を取られていた。ゆるやかだった川の流れが、そこで転調していた。なにが起こっているのかすぐにはわからず、闇雲に手足を動かしているうちに自分が溺れていることに気づいた。もがけばもがくほど、苦しさがつのった。死という概念を当時知っていたかどうかさだかではないが、なにかが終わるということを確信した。その恐慌。絶望的で圧倒的なひとつのピリオド。あのとき僕は、たしかに一度、死んだのだ。

気を失いそうになる寸前、強い力で引きあげられた。うつろな意識で僕はその腕にしがみついた。声は聞こえなかった。体温と、僕の体を抱きあげる力強さだけを感じていた。目や鼻や耳、喉の奥の奥、気管支の方まで水が入り込んで、どこもかしこも痛くて、全身を貫いた死の余韻に震えた。大量に飲み込んだ水を吐き出し、僕はきれぎれに父に訊ねた。

「お父さん、大丈夫？　食われた手、いたくない？」

あのときの、はっと光を見るような父の目を憶えている。息子を、息子の生命を見たときの父の目。その驚き、その歓喜、その赦し。

あの日、父が探していたものはなんだったのだろう。だいぶ後になってから、父の本棚にあった井伏鱒二(いぶせますじ)の『山椒魚』を読んだが、いまだに僕はその答えを見つけられないでいる。あるいは、山椒魚は父自身だったのか。父の蔵書を読み漁ることで、僕は父との対話を試みた。

そこまで読んで、楓はスマホの画面から顔をあげた。大地が起き出すような気配を感じたのだが、気のせいだったようだ。ベッドの中でくぴくぴと口を動かしながらまだ眠りの中にいる。

こうして改めて『修羅を抱く』を読みかえしてみると、最初に読んだときとは受ける印象がちがった。そのことに楓は驚いた。紘子から昔話を聞いたからそう感じるのだろうと思い、なんとなくずるをしているような気になる。こんなのフェアじゃない。だって本来、読者は知りようもないことなのだから。

野ゆりは知っていたんだろうか。紘子の過去を。先生の疑心を。

もちろん知っていたのだろう。何度くりかえし考えてみても、結局は同じところにたどりつく。あなたたちは恋愛関係にあるのではないのか、と野ゆりに二人の関係を問いただされた夜、

「愛しあっているというか、ある種の信頼関係みたいなものというのか、まあその信頼を、俺のほうから裏切っちゃったわけだけど」

先生は悪びれもせずそう言ってのけた。バレちゃったものはしょうがないとばかりに、DNAの鑑定結果報告書をぴらぴらさせながら。

この人はなんにもこわくないんだな、とそれを見て楓は悟った。痛いところを突かれればそれなりに焦った様子を見せ、言いつくろって体裁を保とうともするが、先生にとってはじゃれあいの一種にすぎないのだろう。野ゆりのことも楓のことも、ほんとうにはこれっぽっちも恐れていない。なにをしたところで、どうせ許されると高を括っている。

「最初から、順を追って、ぜんぶ話して」

こんな夜を、この夫婦はこれまで何度くりかえしてきたのだろう。能面のような顔をした野ゆりを見て、楓は「薄氷をゆく」に出てくる作家の妻を思い出した。「あなたのことはすべて把握しておきたいから」と洗いざらい話すことを望む妻。

「どこから話したものかな……」

やれやれといったように先生は楓のほうをちらと見ると、なにがあっても野ゆりにだけは知られたくないと思っていた「あのこと」について話しはじめた。

先生の愛人にして、という突拍子もない楓の申し出を、いいよ、うちくれば、と先生はことも

なく受け入れ、四谷のマンションで暮らせるように手はずをととのえてくれた。岐阜に移り住む際に夫婦で暮らしていた奥沢のマンションを引き払い、四谷に新しくかまえた「秘密基地」。愛人を囲うにはうってつけだった。

「そのかわりといったらあれだけど、俺の子ども、産んでくれないかな」

雑誌のインテリア特集からそのまま抜き出してきたような白いL字形のソファに腰かけ、しれっと先生は言った。シャツにアイロンをかけておいてとでも言うような気安い口調だったから、一瞬なにを言われたのかわからなかった。

「美咲が望むなら、好きなだけずっといていいよ。だから、だめかな？」

「美咲じゃない、ほんとの名前は楓っていって……」

「いいよ」

ソファの脇からにゅっと突き出たフロアランプに気をとられながら、楓はやっとそれだけ返した。恐竜の首みたいに大きな弧を描く銀色のアーム。雑誌で見かけるたびにいったいどういう人がこの手のランプを買うのだろうと思っていたが、なるほどこういう人が買うのかと納得した。

よく考えもせずに楓は答えていた。とにかく楓は疲れきっていて、なにも考えたくなかった。食べるものに困らず、安心して眠れる場所があり、好きでもない男の前で裸にならなくて済むなら、もうなんでもよかった。

先生のことを愛していたわけじゃない。けど、感謝はしていたし、奇妙な愛着をおぼえてもいた。だから、そうすることにした。

専用のアプリを使い、月経の周期を記録し、楓は月々の排卵日を先生に知らせた。仕事でどうしても都合がつかないときを除いて、毎月その日になると先生はやってきて楓とセックスをした。

最初は問題なかった。いまさら先生とセックスするなんて、という気恥ずかしさこそあったが、先生はちゃんと機能した。でもすぐにだめになった。

「あれ、おかしいな……」

しぼんだ男性器を抜き取り、先生は泣き笑いのような顔になった。つられて楓も困ったように笑った。そういう客はたまにいたから慣れていた。「私にやらせて」とあの手この手でどうにかしようとしたが、どうにもならなかった。

「おかしいな、いつもはこんなんじゃないんだけど、いくつか締切が控えているから、そっちに気をとられちゃってんのかな」

子作りのプレッシャーからか、野ゆりに対する後ろめたさからか、それとも金で楓の体を買ったも同然だからか、はっきりした理由はわからないままだった。先生と野ゆりのあいだに子どもができなかったのと同じで、はっきり理由がわからないから対処のしようもなかった。

このままだと部屋を追い出されてしまうかもしれないと楓が不安をおぼえていると、シリンジ法のキットを持った先生が四谷にあらわれた。あらかじめ射精した精液を注射器で吸い取り、膣の中に注ぎ入れるための器具だという。

「人工授精の家庭用バージョンってかんじ？　正式な夫婦じゃないと病院ではやってもらえないから、これならいけるんじゃないかなって」

——そこまでする？

思わず口をついて出そうになった言葉を楓は呑み込んだ。こんなのもあるから試してみよう、と軽い調子で言っているように見えて、先生の目は真剣そのものだった。

「ちょっと待ってて」

トイレに立てこもった先生は、十分もしないうちに精液の入った紙コップを片手に出てくると、厳かな手つきで注射器の先にカテーテルを差し込み、中身を吸い取らせた。

「どうしよう、俺がやろうか?」

「いい、いい、自分でやる」

先生から注射器を受け取ると、今度は楓が寝室に立てこもった。ベッドの上で脚を開き、カテーテルを挿入する。デリヘルで働いていたころ、毎日のようにローションを仕込んでいたから扱いには慣れていた。

そのすべてがなにかの冗談みたいで、笑い出しそうになるのを楓はこらえた。ここまでして血のつながった子どもをほしがる気持ちが理解できなかったが、そこになにか痛切な光を見た気がして、ちょっとでもおちょくったりしたら先生が泣いちゃうんじゃないかと思った。

排卵日がやってくるたびに一連の儀式をくりかえし、三回目で妊娠反応が出た。すぐに先生に電話で知らせたら、ありがとう、と濡れたような声で先生は言った。よかった、ほんとうにうれしい、ありがとう、と。

その声を聞きながら、いつかの冬の夜、外気に鼻の頭を真っ赤にしながら悠仁と手をつないでドン・キホーテに妊娠検査薬を買いにいったことを楓は思い出していた。あの日の高揚や幸福感はかけらもなく、なにもかもが前世の記憶のように遠かった。

「いままで黙ってて悪かったよ。こんなこと、どう話したらいいのかわからなくて……」

小説の取材でデリヘル嬢だった楓をホテルの一室に呼んだことからはじまり、謝礼のかわりに借金を清算してやったこと、行くところがないと言う楓を四谷に住まわせるようになった経緯、シリンジ法のキットをネットで取り寄せたこと、楓の排卵日のたびに人工授精を試したことまで先生は詳細に話したが、「美咲」という源氏名のことや何度か楓と行為に及んだこと、先生のものが役に立たなかったことについてはいっさい触れようとしなかった。途中から、野ゆりに聞かせているというより、楓に聞かせているようにも思えた。ここまでは話していいことで、ここから先はだめだと線引きするために。

「俺が頼んだんだよ」縋るような目で野ゆりを見て、先生は言った。「俺の子どもを産んでくれって、俺が楓に頼んだんだ」

「そう」

ため息のように野ゆりがつぶやいた。

「それで、あなたも、承知したっていうこと?」

冷めきったコーヒーに目を落とし、楓はわずかにうなずいた。野ゆりの顔を見ることが、どうしてもできなかった。

路頭に迷った若い女を保護してやるかわりに、自分の子どもを産ませる。そんなグロテスクな事実を知られるぐらいなら、愛人ということにしておいたほうがまだ通りがいいと先生も思ったのだろう。野ゆりに「あのこと」を知られたら軽蔑されてしまう。ひどく野ゆりを傷つけることになる。なにより楓もそれを恐れていた。愛人だと思われたまま憎まれているほうがまだましだった。

「ごめんなさい」うつむいたまま楓は言った。

「あなたが謝ることなの?」

問われて、楓は言葉に詰まった。なんのことを謝ったのか、自分でもわかっていなかったから。それがどんな罪になるのかもわからないまま、罪の意識で押しつぶされそうになっていた。

「怒らないの？」

だから、かわりに訊いた。怒ってくれたらいいのに。美咲みたいに、紘子みたいに、野ゆりもちゃんと怒ればいい。目の前でシャッターを下ろされ、にこやかにつめたく対応されるぐらいなら、そのほうがいい。

「あなたに？　どうして？」

けれど野ゆりのその声は、かすかな笑いを含んでいた。なにか間違ったことを言ってしまったのではないかと不安になって、そこでようやく楓は顔をあげた。ペンダントライトの灯りに照らされ、野ゆりは微笑んでいた。怒りなのか悲しみなのか、そこにある感情がなんなのか、楓には読み取ることができなかった。

「なにかあるんじゃないかとは思ってたけど、そう、そういうことだったの」

ふっと野ゆりが笑った。一度笑ったらはずみがついて止まらなくなったのか、声をあげて笑いはじめた。最初はびくびくと野ゆりの顔色をうかがい、窮屈そうに身を縮めていた先生も、そのうち調子を合わせて笑い出した。ふふふ。ははは。ふふふふふふふふ。あっはははははは。楓はぎょっとした。二人してどうかしちゃったんじゃないかと思った。あれほど必死な笑い声を耳にしたのははじめてだった。

やがて、玄関の柱時計が鳴るのを合図に、もうこんな時間、と野ゆりが立ちあがった。そのまだれも口をつけなかったコーヒーを下げ、ずいぶん長い時間をかけて流しでカップを洗っていた。風呂入って寝るかな、と先生もスマホを片手に立ちあがり、風呂場ではなく書斎のほうへと消えていった。まるでなにごともなかったかのように。

驚いたことにそれは、翌日もその翌日もまたその翌日も続いた。楓が追い出されることもなければ、野ゆりが荷物をまとめて出ていくこともなく、先生が東京へ逃げ帰ることもなかった。あのバカ笑いですべてが帳消しにされたみたいに、それまでどおりの日々がくりかえされた。食後のコーヒーを飲みながら先生が冗談を言い、それに応えて野ゆりが笑うことさえあった。決定的ななにかが起こったとしても素知らぬ顔をして日常を遂行しようとするその結束、その意志の強さに楓は打ちのめされた。なんとおぞましく、なんとお似合いの夫婦だろう。

朝、目をさますとだれより先に野ゆりが起きていて、台所で朝食のしたくをしている。なにかを煮炊きするにおいが居間まで流れてきて、ねぎやぬか漬けを刻む音が聞こえてくる。夢うつつのまま大地のおしめを替え、乳をあたえながら楓はその音に耳をすます。その心地よさに屈服しそうになる。こんなの、どう考えたっておかしいのに。

薄気味の悪い女だと、長い月日をともに暮らした姑について紘子は語っていたが、だれかに野ゆりのことを訊かれたら楓も同じように答えるだろう。いつも困り眉でうっそりと微笑んで、朝から晩まで裸足でかけまわり、家中をぴかぴかに磨きあげて、なにくれとなく家族の世話を焼く女。生きてるのに死んでるみたいな女。

薄氷の上に立っている。だから野ゆりは怒らないし、出ていかない。だから先生は野ゆりを恐れない。

指先でスマホのページを遡り、先ほど読みあげたばかりの箇所をもう一度、楓は頭から目でなぞる。だれもかれもが、姿の見えないなにかに怯えながら生きている。だれかの切実な欲望が、別のだれかを追い詰め、なにもかもを剝奪してしまうようなことがある。人と人がともに生きていこうとするかぎり、そういうことは避けようもなく起こる。だったら、どうすればいいんだろう。私たちは、どうしたらいい？

目で文字をなぞるだけで、途中から内容なんかほとんど頭に入ってこなかった。何度読みかえしたところで、ここに答えが書かれていないことはわかっていた。こんなのやっぱりフェアじゃないと楓は思った。


七月のはじめに、紘子は息を引き取った。

「きれいな顔、してるでしょう」

苦しむこともなく静かに眠るように逝ったのだと、弔問にやってくる人たちに先生が語って聞かせると、ほんとうだ、きれいな顔してる、と同じようにみんなひそめた声でくりかえした。棺の中にちんまりとおさまり、白粉をはたかれた紘子の顔は、求肥のようにすべすべとして美しかった。

実際のところ先生の祖父と父、どちらがより好きだったのかと楓が以前訊ねたとき、「あほやないの、あんた」と喉をのけぞらせて紘子は笑っていた。「よう言わんわ、そんなこと」とひとしきりころころ笑ってから、なにか言おうと口を開きかけ、「やめた、たあけくさい」とすぐに短く吐き捨てた。

訊きたいことはまだたくさんあったのに、このちいさな体に語られなかった言葉を抱えて逝ってしまった。その取りかえしのつかなさに、なんだか楓はぼうっとした。

葬儀社や近所の人たちが手伝いにやってきて、葬儀は自宅で行われることになった。通夜の日は昼過ぎから雨が降りはじめ、早い時間に弔問にきた美咲と湊はだれともろくに言葉をかわさず、焼香だけすませてその場を立ち去った。美咲にいたっては、先生に一瞥もくれなかった。

紘子の通夜は奇妙なあかるさに満ちていた。年寄り連中はいつもと変わらぬ調子で、次はだれやろな、などと軽口を叩きあい、しまいには賭けまではじめていた。弔問客に食事や酒をふるまうため、喪服の上から割烹着を身につけた野ゆりはずっと働きづめだった。日付が変わるころ、近所のじいさんたちを相手にべろべろに酔っぱらった先生が、紘子が好きだったという「愛の讃歌」を歌いはじめ、そのうち大合唱になった。調子っぱずれの男たちの歌声が、大地とともに北側の和室に避難していた楓の耳まで届いた。

　翌日は朝からよく晴れて、蒸し暑い一日になった。楓は一人で葬儀を抜け出すと、東側の蔵の沓脱石（くつぬぎいし）に腰かけて、「ミカド」の二階から持ち出したハイライトに火をつけた。からくてきつくて、吸い込むたびに咳き込んだ。開け放った居間の窓から読経の声が響きわたり、潤んだような集落の緑がまぶしく目を射た。

　先生の愛人じゃないということを、最後まで楓は紘子に告げられなかった。何度も打ち明けようとして、いまさら言ってどうするとすぐに引っこめた。そんなことを言ったところで紘子を混乱させるだけだったし、なにより紘子が示してくれた連帯を失ってしまうのがこわかった。

　レンタルの喪服のポケットから、楓はベンツの鍵を取り出した。こっそり棺に入れてやろうと思っていたのに、紘子のまわりにはつねにだれかしらいて、機会をうかがっているうちに入れそびれてしまった。

　医師から余命一年の宣告を受けてすぐ、有り金をはたいてベンツを買ったのだと紘子からは聞いていた。山や土地を処分し、定期預金も解約して、Cクラスがやっとだった、と。その場でCクラスの値段を調べ、楓は引っくりかえりそうになった。どうしてそこまでしてベンツを買ったのかと訊ねる楓に、どうしてもなにも死ぬまでにいっぺん運転してみたかったからだと紘子は答えた。わざわざそんなことを訊く意味がわからないと言わんばかりの顔をしていた。

「それで、どこへでも、あんたの好きなところへ行けばええ」

しゃがれた紘子の声が耳の奥によみがえる。緩和ケア病棟に移ったばかりでまだ意識がはっきりしていたころに、湊から預かった鍵を渡そうとしたら、あんたにやる、と投げ捨てるように紘子は言ったのだった。なに言ってんの、大事な愛車なのに、と楓はまともに取りあおうともしなかった。受け取れるはずがないと思ったし、許されるはずがないとも思った。

「もう必要ないで、あんたにやるわ。あんたなんか逆立ちしたって買えんような車なんやで、ありがたくもらっときゃええやろ」

こんなときでも憎まれ口を叩かずにいられない紘子に、「そんなの、わかんないじゃん」と楓は言った。「大地が将来プロのサッカー選手にでもなったら、ベンツなんて鼻クソほじってても乗れるじゃん」

「サッカー選手にはなれんやろ」

「なにそれひどい、大地の可能性を信じてないの」

「この町におるかぎりはな。大リーガーならわからんけど」

枕に頭をあずけたまま、紘子は皮肉っぽく唇をゆがめた。この町にはサッカークラブがないから、この町の子どもたちは野球をやるしかないのだとじいさんたちが話していたことを楓は思い出した。

「すごい。私より上を見てた」楓は笑い、「もらう理由がないよ」もう一度、紘子にも見えるようにベンツの鍵を差し出した。

「理由なんか」吐き捨てるように言って、紘子は笑った。「あたしがあんたにやるゆうとるんやで、理由なんかいらんわ。大地を連れて、それでどこへでも行ったらええ」

「連れてこいって言ったり、連れてけって言ったり、どっちだよ」

途中から声に涙がにじんだが、急いで菓子パンを口に押し込んでごまかした。おぼえとって、あんたが。話したって、ぜんぶ、あの子に。きれぎれにそれだけ言うと、紘子は瞼を閉じ、寝息を立てはじめた。おかげで楓は、思いきり泣くことができた。

あのとき、搾り出せるだけ出しきったから、もう涙は出てこない。

ハイライトを吸い終えると、楓は深く息を吸い込んだ。マイナスイオン感があるとか言ったら野ゆりには叱られそうだけど、やっぱり東京の空気とはぜんぜんちがう。澄んだ緑の中で大きく伸びをし、ベンツの鍵をにぎりしめる。

どうするか、もう決めていた。


火葬を終えて家に戻ると、その夜は通夜ぶるまいに供した残り物でかんたんに夕飯をすませた。食事を終え、早々に書斎に引きあげようとする先生を楓は呼び止めた。

「話があるから、ゆりちゃんもいっしょに聞いて」

台所で片づけをしていた野ゆりも、途中で切りあげて食堂に戻ってきた。いつもの席にそれぞれ腰をおろし、三人は顔をつきあわせた。火葬場から戻ってすぐミルクをのませた大地は居間のベビーベッドで眠っている。そろそろ目をさますころだ。その前に終えてしまいたかった。

「お金なんかいらないから、大地を私にください」

楓がなにを言い出したのか、先生も野ゆりもよくわからないみたいだった。二人とも山から降りてきたばかりのたぬきのようにきょとんとした顔で、こちらを見ている。

「なんべんも考えた」と楓は口走り、「いや、嘘、ほんとはつい最近までできるだけ考えないようにしてた。その可能性について、そんなこと、ちょっとも考えちゃいけないって思ってた。だってそれこそ契約違反になるから」と急いで言葉を重ねた。「けど、そもそもちゃんと契約らしい契約なんかしたっけって思って、たしかに先生に子どもを産んでくれと言われてそれには同意した。それくらいしか恩返しできる方法が思いつかなかったから。でも、生まれてきた子を先生にあげるとまで言ったおぼえはなくて、だから」

どうしたら戻れるだろう。どうしたら間違いを取り消せるのだろう。これまで楓はずっとそう思ってきた。先生の子どもを妊娠しなければよかったのか、ルビさんや悠仁に出会わなければ、十八歳で家を出たりしなければ——やり直せるなら過去のどの地点まで遡ればいいのか、楓が犯した間違いとはそもそもなんなのか、いまさら考えてもしかたがないことをうじうじと思い悩み、これからどうするかについて考えようともしていなかった。起こってしまったことは取りかえしがつかない。そんなあたりまえのことに気づくまでにずいぶん時間がかかってしまった。

「最近になって、そろそろここを出ていかなきゃいけないのかなって思いはじめて、それで、さすがにいろいろ考えた。なんべんでも考えた。その上で、あの子をここに置いてなんかいけないと思った。だから、お願いします、あの子を私にください。あの子と行かせてください」

最後まで言い切ると、楓は二人に向かって頭を下げた。

「なにを言って——」先生は笑おうとしたみたいだった。笑おうとしてうまくいかず、「行くって、どこに行くっていうんだよ。金って、いったいなんの話をして……なにか、誤解が、あるんじゃ……」とあえぐように言った。

この数日で先生は一気に老け込んだように見える。やたらと白髪が目立ち、白目がどろりと濁っている。それでも喪服を着ていたときはまだぴしっとして見えたけれど、部屋着にしているくたびれたTシャツとハーフパンツに着替えたとたん、哀れを誘った。

母親を亡くしたばかりの先生にこんなことを言い出すなんて、自分はなんてひとでなしなんだろう。申し訳ない気持ちになりながら、けれど引くつもりはなかった。先生をかわいそうだと思ったら負ける。それだけは肝に銘じていたし、そんな気持ちはＤＮＡの鑑定書を目にしたときから消え失せていた。

「行かせてくれないなら、週刊誌にネタを売る」

切り札のつもりで口にしたのに、先生は笑った。今度はちゃんと笑えていた。

「好きにしたら？　作家の不興を買うようなネタを、出版社が記事にするわけないだろ」

「でも、だって――」

去年の秋、女優とのスキャンダルが週刊誌に掲載されたじゃないか、と言いかけた楓を遮るように、

「あんな文芸もやってないような出版社の三文雑誌に載ったからってなんだっていうんだよ」

嘲るように先生が言う。

「いいよ、だったら週刊誌じゃなくても、暴露系の YouTube でもなんでもいい」

売り言葉に買い言葉で、楓はかっとなった。悠仁にも金を渡したくせに。ルビさんにも渡そうとしたくせに。あの三十万円が口止め料でないのなら、なんだっていうつもりなんだろう。

「いいかげんにして！」

二人のやりとりを黙って聞いていた野ゆりが叫んだ。その顔は蒼白だった。

「あなたたち、自分がなにを言ってるかわかってるの？」

そのとき、居間から大地の泣く声がして、すぐに野ゆりが飛び出していった。出遅れた楓はそ

こから動くこともできないで、遠ざかっていく足音を聞いていた。こんなときだけ野ゆりは足音を立てるのだ。

翌朝、野ゆりの運転するディフェンダーで「ミカド」へ向かうと、楓は最後の営業の準備にとりかかった。キープしているボトルがあったら飲みにくるなり取りにくるなりするように、前もって近所の人たちには伝えてあった。コーヒーチケットの残りは店に残っているジュースやコーヒー豆と交換するから、と。紘子が死んだらそうするように、紘子と相談して決めてあったのだ。

「うん、まだ大丈夫そう」

開店の準備を手伝いにきた野ゆりは、冷蔵庫の奥から長いあいだ放置されていたぬか床を引っぱり出して、表面の白っぽい部分をこそげ落としていた。大丈夫、大丈夫、どうにかなる。くりかえし励ますように言って、慣れた手つきでぬか床をかきまぜながら、

「だいちゃんのことをいちばんに考えて」

ひとりごちるみたいにつぶやいた。

「言われなくたってそうしてる」

なにか言われるのではないかと身構えていた楓は、アイスコーヒーを仕込んでいた手を止めて答えた。力強く、燻(くすぶ)ったようなにおいが店内に満ちる。しかし野ゆりは、そうかな、と一歩も引こうとしなかった。

「だいちゃんのことをいちばんに考えていたら、ここを出ていくなんて考えもしないはずだけど。だってどうするの、住むところもお金も仕事だってないのに、あなた一人であの子を育てていくなんて無理に決まってる」

そう言って野ゆりは、ベビーカーに乗せられた大地をカウンター越しに覗き込んだ。野ゆりが大地を見る目はいつだって慈しみにあふれていて、楓は胸がはりさけそうになる。自分はこの人からこの子を奪おうとしているのだ。

「そんなことわかってる。一人でもなんとかしてみせる。いざとなったらまた風俗でもなんでもやればいいんだし」

「それが無理だったから、太陽の子どもを産むはめになったんでしょう？」

「あのときとはちがう」野ゆりの迫力に圧されながら、楓はやっと言った。「少なくとも大地がいる。この子のためならなんだって――」

「どうしてそんなに意固地になってるの？　だいちゃんのためを思うならここで育てるのがいちばんだってわかりそうなものでしょ。ここなら環境もいいし、生活に困る心配もない。よけいな苦労なんかしないですむならそれに越したことはない。そういうふうに心を配って、あらゆるものから子どもを守ってやるのが親の役目なんじゃないの？」

　だからいやだったのだ。野ゆりに説得されたら揺らいでしまいそうで。野ゆりに育てられたほうが大地のためなんじゃないか、なりたいものになろうと思えばなんにでもなれる――その可能性を一つでも多く残してあげられるんじゃないか、とぐらつきそうになる。

「たとえそうだとしても、ここにあの子を置いていくわけにはいかない」

「だから、どうしてそういう話になるの？　あなたからだいちゃんを取りあげるつもりなんかないのに。ここでいっしょにあなたも暮らせばいいだけの話でしょ？」きかん気の強い子どもに言い聞かせるみたいに、野ゆりの声がやわらかくなる。「どうせ太陽なんかめったに帰ってこないんだから、あの家でこれまでどおりだれにも邪魔されず、三人で暮らしていけばいいじゃない。

あなたには申し訳ないことをしたと思ってるの。せめて償いをさせてほしい。ね、お願い、そうしましょうよ。こんなことになるまでは、私たち、うまくやってたでしょう？」

水の張った田んぼのようにつるりと光をはねかえす目。これが私たち家族のありかただと、私たちは逃げも隠れもしないし、なにも恥じることなどしていないと、言ってのけたときと同じ目をしていた。

「そんなこと、できるわけない」

「できるわけないって、どうして？」

鏡面のような目を向けられ、楓はぞっとした。「家族」という言葉に、この人はいったいなにを閉じ込めようとしているのだろう。

「変わった家族形態だから？　あなたたちのいう〝契約〟で生まれた子どもをみんなで育ててるから？　それがなんだっていうの。いまは多様性の時代だって太陽も言ってたでしょ。新しいことをはじめるときには反発は避けられないものだって。言いたい人には言わせておけばいいんだよ、世間の偏見からだいちゃんを守るのだって私たちの――」

「そういう問題じゃ……」

そこで楓は言葉に詰まった。

大地が太陽の息子だということが知られたら、きっといまのままではいられない。いつか必ず、どこかしらから秘密は漏れる。家を開け放ち、弔問にやってくる人たちを好きなように出入りさせていた通夜のあいだ、いつだれが太陽と大地の父子関係の証明書を発見してもおかしくないと楓はひやひやしていた。それでなくともあの家の鍵はいつだって開いている。楓が発見したように、家主の留守中にやってきただれかがなにかを見つけないともかぎらない。昔の仲間にネタを売られる可能性だって完全に潰えたわけじゃない。そんな時限爆弾みたいなものを抱えて、この町で大地が育っていくことを考えたら、気が気じゃなくてどうにかなってしまいそうだった。

なのに、ここまではっきり言い切られると、野ゆりの言っていることこそが唯一絶対の正解で、自分のほうが間違っている気さえしてくる。

「それは、そうかも……いや、どうだろ、わかんない、でも……」

うまく言葉をつなげられないでいると、アイスコーヒーのポットの中で氷が崩れる音がした。

あんまりいっぺんに注いだらかんよ。紘子が口を酸っぱくして言っていたことが耳の奥によみがえる。あわてんように、せかさんように、ゆっくり、ゆっくり……。

「ここにいたら、同じことのくりかえしになっちゃうっていうか、ゆりちゃんを犠牲にしてるみたいで、私がいやっていうか」

大地のことをいちばんに考える。それはもちろんそうなのだろう。そうすることが望ましいのだろう。でも、と同時に楓は思いもする。そのためだったら、自分のことは後回しにしていいんだろうか。

「犠牲だなんて、そんなふうに言わないで」眉をハの字にして野ゆりが笑った。「同じことのくりかえしって、それのなにがいけないの？　みんなそうやってきたように、私たちもそうやっていくしかないんだよ。人の営みって――生活って、そういうものでしょう？　時代が変わったところで、根本の部分は変わらないと思うけど」

「だから、そういうことじゃ……」

話がずれていくことにじれったさをおぼえながら楓は言いよどんだ。こちらがなにを言ったところで間髪容れずに反論する野ゆりに、だんだん腹が立ってきてもいた。これだけ頭の回転が速いくせに、どうしてもっとほかのことに活かそうとしないのだろう。こんなところで先生の小間使い兼顧問弁護士みたいなことをしてるだけなんて、野ゆりがもったいなすぎる――そこまで考えて、楓ははっとした。

「ねえ、だったらゆりちゃんもいっしょに行こう」

どうしてもっと早く思いつかなかったんだろう。口にしたら、もうそれしかないような気がしてきた。

「大地のことをそんなに心配してくれるなら、ゆりちゃんもいっしょにきてよ」

不安なんか数えきれないほどある。先のことを考えるだけで泣き出しそうにこわい。だけど野ゆりと二人なら――一人では無理でも二人ならなんとかなるんじゃないか、唯一絶対の正解は見つけられなくても、私たちにとってのベターな道を探すことはできるんじゃないか。あの家で、生まれて間もない大地の育児にあけくれていたころの一体感を思い返し、楓は一瞬の夢を見た。

けれど野ゆりは、「どうして？」と首を傾げた。「どうして私がここを出ていかなくちゃいけないの？　時間をかけて家をきれいにして、畑まで耕して、暮らしやすいようにここまでしてきたのに、どうして私がこの生活を手放さなくちゃならないのよ」そう言って、バレリーナのように優雅な手つきで蛇口をひねり、ぬかにまみれた手を洗い流した。

こんなに言葉が通じない人だっただろうか。このかんじ、このもどかしさには身におぼえがあった。ママや悠仁がどんどん知らない人のようになっていったときのあのかんじ――ああ、そうか、とそこでようやく楓は気づいた。これは、熱狂している人の目だ。野ゆりはもうずっと「私たち」に熱狂していたのだ。

「ゆりちゃんは、なにをそんなにこわがっているの？」

渦中にいる人にどんな言葉が届くのか、楓にはわからなかった。だから、頭に浮かんだままのことを訊ねた。

「お金がないこと？　住むところがなくなること？　そんなの、なんだっていうの。ゆりちゃんはなんだってできる。どこでだって生きられる。前に言ってたよね、結婚しててよかったって先生に笑われたって。それ、ゆりちゃんじゃなくて先生のほうこそじゃん。あいつ、ゆりちゃんのことなめてんじゃん、なめきってんじゃん。こんな――」そこで楓は言葉を切り、ベビーカーのほうに視線をやった。「ここまでされて、このままなにごともなかったみたいに暮らしていけるの？　放っておいたらあんなやつ、またなんかやらかすに決まってる。それでもいいの？　こんな生活、しがみついてまで守る価値なんかない。いますぐぶっこわしたほうがいい」

「ぶっこわす？」

耳に届くか届かないかぐらいのちいさなつぶやきだった。物騒な言葉なのに、野ゆりの声で聞くと、口の中でほろほろ崩れる異国のお菓子の名前のように聞こえた。

「それを、あなたが言うの？」

野ゆりの目がわずかに揺らいでいた。

「そんな無責任なこと言わないで。あなたはなんにもわかってない。わかってないから、そんなことが言えるんだよ。ぶっこわして、それからどうするつもりなの？」

低く怒りのこめられた声だったが、挑むように楓を見据える野ゆりは、泣き出すのをがまんしている十代の女の子のようだった。その言葉のなにがそんなに気に入らないのか――かつてだれかに無責任に言われたことがあるのか、楓には知る由もなかったが、これ以上なにか言ったら野ゆり自身がこわれてしまいそうだった。

「もうやっとる？」

そこへ、ドアベルの音がして、近所の年寄り連中がぞろぞろ中に入ってきた。コーヒーの香りに吸い寄せられたのか、「準備中」の札をかけていたのにおかまいなしだった。店を閉めるころまた迎えにくるとだけ言い残し、野ゆりは大地を連れ、逃げるように先生の待つ本宅へ帰っていった。

「ついにこの店もなくなるんか」

「どんどん変わってくわ、人も、町も」

葬儀にやってきたのと同じ顔ぶれがかわるがわる店を訪れ、口々に名残を惜しんだ。楓は彼らにコーヒーを淹れ、お茶請けのじゃり豆も冷凍のチーズケーキやモンブランもすべて解凍し、お好きにどうぞとカウンターに並べておいた。昼から酒を飲む人もいて、冷凍餃子も冷蔵庫で干涸びかけていたチーズも乾きもののおつまみも大盤ぶるまいした。

——この町で生きていくことの逃れ難い陰気。

閉店セールだよ、持ってけドロボーだよ、と来る人来る人に声をかけ、だれがドロボーやとか、出血大サービスやなとか、返ってきた言葉に笑いながら、『修羅を抱く』の一文を楓は反芻した。先生や先生の家族がそうだったように、いま目の前で楽しそうに笑っている彼らも、そのような陰気を内に抱えているのかもしれない。そうしながら、この町で暮らし続けているのかもしれない。

この人たちが悪い人じゃないことぐらい楓はわかっていた。けれど、一人一人は善良でやさしい人たちが、ある局面では手のひらを返したように冷淡で陰湿になることもよく知っていた。できることならいつまでもここに留まっていたかったけれど、名残惜しさを感じているうちが華なのだということも、かなしいほど知っていた。

日が暮れるころ、客のいなくなった店内で楓が片づけをしていると、湊が一人でやってきた。一杯分だけ残っていたアイスコーヒーを注文も聞かずにカウンターに出すと、ミルクもガムシロップもストローさえ使わずに湊はそれを飲んだ。その顎から喉にかけてのラインを、遠い彼方の水平線を眺めるように楓は眺めた。

この町を出ていくことを、ごくそっけなく楓は告げた。ほうか、と湊の反応もそっけないものだった。いつか楓がここを出ていくことをわかっていたみたいに。

「どこ行くか知らんけど、途中まで送ってこうか?」

そう言って湊は煙草をくわえた。火をつけようとして、途中で禁煙だと気づいたのか、だれもいないのにあたりを見回している。

「いいよ、もう」と楓は笑った。「どうせ家主死んでるし」

湊を前にすると、湊の口調が移ったみたいにぶっきらぼうな口調になる。そのことが楓はうれしかった。ふつうの女の子みたいで。

「紘子さんにベンツもらったから、ベンツで行く。先生の家からここまで荷物を運ぶのだけ手伝って」

返事のかわりに湊は、煙草のけむりを輪っかにして吐き出した。

楓が大地を連れて出ていくと告げてから、先生は体調不良を訴えて二階から降りてこようとしなかった。食事の時間にも顔を出さず、野ゆりが毎食二階まで運んでいるようだった。週刊誌の連載が大詰めを迎えているから、集中を切らさないよう東京には戻らず、こちらで書ききってしまうつもりだと紘子の葬儀の日に言っていたので、二階でこそ仕事はしているのかもしれない。そんなに大地を手離したくないならなんでいままで放っておいたんだ、いまこうしているあいだにもどうして一階に降りてきて抱いてやろうとしないのだと文句の一つも言ってやりたかったが、そっちがその気ならこっちだってとつい楓もむきになった。

一方の野ゆりは、「ミカド」での話し合いが決裂してからはなにも言ってこようとはしなかった。説得したところで、楓の気持ちが変わらないと気づいたのだろう。楓のほうでも、野ゆりの心をこじ開けるのを断念しているようなところがあった。ぶっこわして、それからどうするつもりなの？　その問いの答えを楓は用意できていなかった。

とりあえずママのところに行こうと思っている、とかわりに楓は野ゆりに告げた。ママに大地の顔を見せに行って、先のことはそれから考えるつもりだと。お母さんきっと喜ぶよ、と野ゆりは微笑んだ。そうかな、とうつむく楓に、そうだよ、きっとそう、と力強くささやいた。

それから数日かけて楓は荷物の整理をした。たいした量ではなかったが、野ゆりの手を借りて洗濯できるものはして、夏物はボストンバッグに、冬物やすぐ出番のなさそうなものは段ボール箱に詰めた。役所への届け出は落ち着く場所が決まってからのほうがいいだろう、ベンツを売るか名義変更するかはそのときまた考えればいい、大地の予防接種のスケジュール表をプリントしておいたから忘れないでちゃんと受けさせるように、とあれこれ申し送りし、最後に野ゆりは封筒に入った現金を楓に渡した。受け取れないと固辞する楓に、受け取ってくれないなら行かせないと冗談っぽく言って笑った。脅しじゃん、と楓も笑ってそれを受け取った。ありがとう、いつかぜったい返すから。

このところずっとぎくしゃくしていたのが嘘みたいに、出発までの数日間は楓も野ゆりも軽口を飛ばしあってよく笑った。せめて出ていくまでのあいだはなごやかに過ごしていたかった。身を引きちぎられるようなつらい別れをこれ以上重ねたくはなかった。次に顔を合わせたときにまた笑えるように。次に顔を合わせることに怯まなくて済むように。

　この家で暮らしているあいだ、楓はずっとこわかった。野ゆりを傷つけることがこわかった。どうかそんなことにはなりませんようにと、びくびく息をひそめながら野ゆりの出方をうかがっているようなところがあった。けれどいま楓は、ようやく野ゆりと対等になれた気がしていた。

「前にゆりちゃん、私に訊いたよね。先生のどこが好きなのって」

出発の朝、野ゆりと向き合って朝食を食べていた楓は、思いきって訊いてみた。

「あれからずっと気になってたんだ。ゆりちゃんは、先生のどこが好きなんだろうって」

ぱしん、とぬか漬けをかじってから、私ね、と野ゆりはにこりともせず言った。「太陽になんの期待もしてないから、いっしょにいられるんだと思う」

「なにそれ、質問の答えになってない」

楓は笑い、それからすぐに、野ゆりは怒っているのだと理解した。怒らないの？　とわざわざ訊くまでもなく、もうずっと長いあいだ、先生に、楓に、自分自身に対し、これ以上ないほど怒っている。いま自分が置かれている状況に、忌まわしい過去に、絶望的な未来にどうしようもないほど怒っている。そうしてそれを、あきらめてもいる。世界を、その理不尽をぶっこわすことをあきらめてしまっている。

「そんな目で見ないで」

　さびしそうに言って、野ゆりは楓から目をそらした。答えのかわりに楓は、ぱしん、と奥歯でぬか漬けを噛みしめた。こんなふうに野ゆりの鎖を断ち切ってやれるなら歯なんか砕けてもいいと思ったが、野ゆりがそれを望んでいないのならしかたがなかった。

「先生、ちょっと話せる？」

食事を終えると楓は、二階の先生に向かって階下から呼びかけた。今日、この家を出ていくから最後にちゃんと話したい、と何度か訴えてみても返事はなかった。どういうつもりでいるのか知らないが、あまりにおとなげない態度にがまんならず、「いまからそっちに行く」と宣言して楓は階段をかけあがった。

カーテンを閉め切った寝室のベッドの上で、先生はタオルケットを頭からかぶって丸まっていた。続きの間のデスクの上に開いたノートパソコンがそのままになっていたから、寝たふりなのはあきらかだった。この期に及んでこれかよと呆れ果てながら、「先生、いままでありがとう」と楓は言った。その気持ちだけは伝えておきたかった。

「それでも母親か」タオルケットをとおして、くぐもった先生の声がした。「自分がどれだけ残酷なことをしようとしているのか、わかってるのか」

楓が答えないでいると、先生が体を起こした。髪はぼさぼさで髭も伸びっぱなしで、なにかに取り憑かれているみたいに目が血走っていた。寝室の入り口に立ち尽くしたまま、楓は先生と向き合った。

「男の子には父親が必要だろ。自分がどこからやってきたかも知らないで、生きていけると思うか？　そんなかわいそうなことを、よく自分の子に――」

そこで先生は喉を詰まらせ、ごまかすように咳き込んだ。薄暗くてよくわからなかったが、泣いているのかもしれなかった。

「生きていけるよ」だから楓は断言した。「生きていくしかないじゃん。だってほかに、どうしろっていうの。それに、大地がかわいそうかどうかは、先生が決めることじゃない」

先生は自分でわかっていないのだ。先生をかわいそうにしてるのは先生自身なのだということを。そのことをこそ気の毒だと楓は思う。

「念のために言っておくけど、大地を先生に会わせないなんて言ってないから。本人が望めばいつだって会わせるし、先生が会いたいって言うなら、四谷にでもこの家にでも連れてくる」

いつか、先生に話してあげられるといい。紘子から聞かされたいろんな話を。話したって、あの子に、と紘子に託されたことを。

「ちゃっかりベンツはもらっていくくせに、金なんかいらないとか、よく言えたもんだよな」

じゃあね、と階段を下りていこうとする楓を引き留めるように、先生が低く呻いた。

「どうせ遺言状なんかないんだ、いくらでも無効にできる。この家から一歩でも出ていこうとしてみろ。あの女にベンツをやったおぼえなんかない、盗まれたってすぐに警察に届けてやる。子どもを盗まれたって——」

なにを言っているのか、自分でもよくわかっていないみたいだった。「好きにしたら」とだけ言い残して、楓は階段を下りていった。


ボストンバッグと段ボール三箱。楓の荷物はそれだけだった。ベビーカーやベビーシートやベビーベッド、おしめやミルクのほかにも野ゆりが縫ったり買い揃えたりしたベビーグッズの数々で、大地の荷物のほうが多いくらいだった。

ベビーシートを載せなきゃいけないからと、いつもの軽トラではなくわざわざ美咲の愛車の軽ワゴン車で迎えにきた湊は、二人分の荷物を積み込むと、「これでぜんぶ?」と訊ねた。

「うん、ありがとう」

　後部座席にベビーシートを固定しながら楓は答えた。ベンツを停めてある「ミカド」の駐車場まで車で十分もかからない距離だが、野ゆりに送ってもらうのはなんとなく気が引けた。やっぱりあのとき、湊に頼んでおいて正解だった。

「これ、お弁当」

　玄関まで見送りに出てきた野ゆりは、そう言って楓にクーラーバッグを差し出した。

「玄米おにぎりと玉子焼き、あとピーマンの肉詰め。大豆ミートだといやがるかと思って合い挽きにしておいた。それからだいちゃんの離乳食。見ればわかると思うけど、こっちがかぼちゃでこっちがにんじん、あとりんごをすりおろしたの。凍らせてあるのとすぐ食べられるのと二種類あるから間違えないように」

　早口に説明する野ゆりの声を聞いているだけで楓はうっかり泣きそうになって、「ゆりちゃんのバカ」と涙まじりにつぶやいた。楓の悪態など聞こえていないのか、大地の定期健診を忘れないこと、予防接種のスケジュール表をなくしたら控えがあるからいつでも連絡するように、とこの数日、耳にタコができるぐらいくりかえしていることをなおも野ゆりは言いつのった。

「わかった、もうわかったから」

　ふりきるように、楓は助手席に乗り込んだ。手をふる野ゆりにおざなりに手をふりかえし、意識して前を向く。湊の運転する軽ワゴン車がゆっくり動き出し、本宅の敷地を出ていく。フロントガラスの向こう、一面緑に染まった田園風景があらわれる。

　後部座席で機嫌のよさそうな声をあげる大地に、鳥さん飛んでるね、今日はおでかけだからね、と声をかけながら楓はスマホを開き、「ミカド」の駐車場から茨城の実家までの道順を確認する。

六時間半。何度確認しても表示される時間に変わりはなく、その長い道のりを想像しただけで気が滅入りそうになる。一人で大地の世話を焼きながら運転していくことを考えたら、半日はかかると見ておいたほうがいいだろう。

「あの車、いっぺん運転させてもらっといたらよかったな」

農道を一キロほど走ったところで、湊がつぶやいた。春先に桜の木のところで鉢合わせたときに、まぶしそうにディフェンダーを眺めていたことを思い出し、「また言ってる」と楓は笑った。

「あの車そんなにいいか？　いかついばっかりで、湊がいつも乗ってる軽トラのほうがよっぽどかわいいじゃん。白くて、犬みたいな顔してて」

「俺にはとても手が出んでな」と湊はぼやくように言い、名残惜しそうにバックミラーを覗きこんでいる。「こないだ、どんなもんやろと調べてみたらとんでもない値段になっとった。コロナで製造台数が絞られとるらしくて、世界中で高騰しとるんやって」

「なにそれ」

湊から型式を聞き出し、楓はすぐさまスマホで先生の車の値段を調べた。中古にもかかわらず、紘子のベンツの二倍近い値段がついている。「は？」思わず声が出た。何度確かめても、ケタがひとつちがう。

信じられなかった。こんなに高い車を持っているくせに、Cクラスのベンツぐらいでガタガタぬかしてたのか。というか、そんな金があるなら余命いくばくもない母親にベンツぐらい買ってやってもよくないか。なんてみみっちくてケチくさくてちっぽけな男なんだろう。考えれば考えるほど腹が立ってきて、

「止めて」

よく考えもせず口走っていた。

「え?」

「いいから止めて!」

大地をおねがい、すぐ追いかけるから先行ってて、とだけ言って楓は車を飛び降り、いまきた道を走って引き返した。

雲の裂け目から強い日が差して、楓の頭を真後ろから焼きつける。また今日も日焼け止めを塗るのを忘れてしまったと思いながら、楓は全速力で走った。スカートがまくれあがり、太ももが丸出しになるのもかまわず走った。どうせこんな田舎、だれに見られるわけでもない。すぐに息があがって心臓が痛いほど打ちはじめたが、それでも楓は足を止めずに走り続ける。野ゆりに買ってもらったスニーカーはぴたりと足に吸いついて、朝日で白飛びしたような田園風景をどこまでも走っていけそうだった。

「ゆりちゃん!」

玄関に鍵がかかっていないことはわかっていた。下駄箱のかごの中からディフェンダーの鍵をつかむと、楓は家の中に向かって声をはりあげた。

「先生、盗難届出すって言ってた。このまま私一人で出ていったらつかまっちゃう。私を泥棒にしたくなかったらゆりちゃんもいっしょにきて」

「え?　なに?　どういうこと——」

台所で片づけをしていたらしい野ゆりが玄関まで出てきて、驚いたように目を丸くしている。

「早く!」

急かす(せ)ように叫ぶと、楓はディフェンダーに飛び乗り、エンジンをかけた。急いで車をバックさせ、方向を切り替える。

「いっしょに行こう、ゆりちゃん！」

窓を開け、エンジン音に負けないよう、声のかぎり楓は叫んだ。

なにも期待していないから先生といっしょにいられるのだと野ゆりは言ったが、そんなさびしいことがあるだろうか。それよりも楓は野ゆりに期待してほしかった。楓に、大地に、なにより野ゆり自身に期待してほしかった。奪いあうのではなく、わけあたえ、支えあいながら野ゆりと生きていきたかった。

「お嫁さん以外のなにかになろうよ、私たちいっしょに！」

ぼんやりと土間に立ち尽くしていた野ゆりが、はじかれたように顔をあげて玄関を飛び出してくる。なにごとか察知したのか、二階から降りてきた先生の姿がその背後に見えた。

「信じられない」

助手席に乗り込むと、そう言って野ゆりは噴き出した。楓に言っているようにも、自分自身に言っているようにも聞こえた。

楓はギアを入れ、アクセルを踏み込んだ。あたふたとつま先だけ靴に入れ、先生が家の外に出てくるのと、ディフェンダーが発進するのがほとんど同時だった。先生がなにかを叫んだが、エンジン音にかき消され、二人の耳には届かなかった。面食らったような顔をした先生とバックミラー越しに目が合う。そのすぐ手前に、野ゆりのつっかけが片方落ちているのを見つけ、

「シンデレラじゃん」

がまんできずに楓も噴き出した。

「これだから、あなたは――」その先を野ゆりが口にする前に、また笑いがこみあげる。固く錠

のかけられた蔵が視界をよぎったが、もうふりかえらなかった。

「先生、大丈夫かな。ショックで、連載の原稿落としたり、しないかな」笑いをこらえ、楓はきれぎれにやっと言う。「妻が愛人と結託して出ていっちゃうなんて、こんなおかしな話、ない」

「いまさら？」と野ゆりがそれを笑い飛ばした。

国道を南下して恵那（えな）まで出て、そこから中央自動車道に乗る――その途中で新しい靴を買おうとナビを操作しながら野ゆりが言った。それから、財布もなにも持ってきてないけどクレジットカードの番号は暗記してるからと楓のスマホを操作し、ありったけの額を電子決済アプリにチャージしていた。

「ミカド」の二階で見繕ってきた紘子の靴は、野ゆりにはちいさいようだった。それでもないよりましだからと、ズックの踵（かかと）を踏みつけて履いている。ついでに野ゆりは「ミカド」の厨房からぬか床と味噌樽を持ち出して、ディフェンダーの後部座席に積み込んだ。

「これで、もう大丈夫」

野ゆりが言うからにはそうなんだろうと楓は思った。

こんな田舎で車なしですごすのはあまりにも不憫だから先生に渡してやってくれ、と別れ際に楓はベンツの鍵を湊に託した。武士のなさけだね、とくすくす野ゆりが笑うから、楓もつられてけらけら笑った。

「どうするの、太陽がベンツで追いかけてきたら」

「ぶっちぎるだけでしょ」

「お手のものだよね」

二人とも、どちらがなにを言っても笑いが止まらなかった。壊れたからくり人形みたいに制御がきかず、もうやめて、おかしい、しぬ、しぬ、と言いながら笑い続けた。ああ、もうやだ、こんなに笑ったのいつぶりだろう、と身をのけぞらせて笑う野ゆりは、困り眉で笑っていた妻さんとは別人のようだった。

楓が車を降りていってすぐ大地に泣かれたとかで、ほんの十分やそこら赤ん坊と二人きりにされただけですっかり憔悴しきった様子の湊は、どうして楓がディフェンダーに乗ってきたのか、どうして野ゆりもいっしょに行くことになったのか、ろくに説明もされなかったから――そんなの楓や野ゆりにも説明できなかったのだが――、最後の最後までバカ笑いしている女二人を不気味そうに眺めていた。

「だいちゃん、よく眠ってる」

助手席から後部座席のベビーシートを何度も確かめながら、ほっとしたように野ゆりがつぶやく。ショッピングモールへの買い出しや大地の健診や紘子の見舞いに行くときに何度も通った国道を、そのどれともちがう心持ちで楓は運転する。川の流れに併走するように、道はどこまでも続いている。

「あなたのことを知りたいって思ったの」まっすぐに前を見て、野ゆりが口を開いた。

「太陽に子どもができたって言われたとき、相手はどんな人だろうって思った。どんな人が太陽の子どもを産むんだろう、太陽が好きになった人はどんな人だろうって知りたくなった。だから、うちに連れてきたらって、太陽に言ったの。なにも知らないままあなたを憎むぐらいなら、そのほうがいいって」

「知らなかった」

「話してなかったから」

「それで、どうだった?」

「もうむっちゃくちゃ」

そこで二人は、声をあげて笑った。

これからどうしよう、なにをしよう、なにがしたい? まずは仕事を見つけないと、大丈夫YouTubeで稼ぐから、ゆりちゃんそれ本気で言ってる? なんでもできるってあなたが言ったんじゃない。

全開にした窓から風が入り込み、二人の笑い声や髪を巻きあげていく。天気予報では午後から雨が降ると言っていたが、雲が切れ、ところどころ晴れ間がのぞいている。

「このまま晴れるといいけど」空を見あげ楓がつぶやくと、「晴れるよ、きっと」と野ゆりが答えた。

なんの根拠もなかったけれど、野ゆりが言うからにはそうなのだろうと楓は確信する。もうこわいとは思わなかった。

初出　「小説新潮」２０２３年5月号〜２０２４年10月号
なお、単行本化にあたり加筆修正を施しています。

吉川トリコ（ヨシカワ・トリコ）
1977年生まれ。名古屋市在住。2004年「ねむりひめ」で「女による女のためのR-18文学賞」第3回大賞および読者賞を受賞。同年、同作が入った短編集『しゃぼん』にてデビュー。2021年エッセイ「流産あるあるすごく言いたい」（『おんなのじかん』所収）で第1回PEPジャーナリズム大賞オピニオン部門受賞。2022年『余命一年、男をかう』が第28回島清恋愛文学賞を受賞。他の著書に「マリー・アントワネットの日記」シリーズ、『夢で逢えたら』『流れる星をつかまえに』『あわのまにまに』『コンビニエンス・ラブ』などがある。

裸足(はだし)でかけてくおかしな妻(つま)さん

著者
吉川(よしかわ)トリコ

発行
2025年3月20日

発行者｜佐藤隆信

発行所｜株式会社新潮社
〒162-8711
東京都新宿区矢来町71
電話 編集部 03-3266-5411
読者係 03-3266-5111
https://www.shinchosha.co.jp

装幀｜新潮社装幀室

印刷所｜株式会社光邦

製本所｜大口製本印刷株式会社

ISBN978-4-10-472504-5 C0093